SHERLOCK HOLMES
THE MAN WHO NEVER LIVED AND WILL NEVER DIE

写真で見る ヴィクトリア朝ロンドンとシャーロック・ホームズ

アレックス・ワーナー 編
日暮雅通 訳

Alex Werner

原書房

Contents

訳者注記：ホームズ物語の邦題及び引用部分は、光文社文庫版『新訳シャーロック・ホームズ全集』を使用した。ただし、原文に合わせて若干アレンジした部分もある。

【著者】

デヴィッド・キャナダイン

1950年、イギリス・バーミンガム生まれ。プリンストン大学歴史学部のドッジ記念教授。『いま歴史とは何か』『イギリスの階級社会』、『虚飾の帝国――オリエンタリズムからオーナメンタリズムへ』など14冊の著書があり、このほど英国王ジョージ5世の短い伝記を書き上げた。ウルフソン基金、ロイヤル・アカデミー、バーミンガム図書館、ロスチャイルド・アーカイヴ、グラッドストーン図書館、ゴードン・ブラウン・アーカイヴの理事を兼務。また、オックスフォード国内伝記文学辞典編者、ウェストミンスター寺院建築維持委員会副会長、オックスフォード大学のジャーナル“Past and Present”の編集委員、ヴィクトリアン・ソサエティ副会長、【王立造幣局／ロイヤル・ミント】諮問委員会および議会史編集委員会の委員でもある。ナショナル・ポートレート・ギャラリー理事会やブルー・プラーク委員会の元会長。イングリッシュ・ヘリテッジ財団理事、ケネディ記念トラスト理事、大英帝国・イギリス連邦博物館理事も務めている。英国のラジオやテレビにたびたび登場。BBCラジオ4の番組“A Point of View”のレギュラー寄稿者。

ジョン・ストークス

ロンドン大学キングズ・カレッジの現代英文学名誉教授。19世紀末文化について幅広く執筆してきた。マーク・W・ターナーとの共編で、オスカー・ワイルドによる新聞雑誌文筆の仕事をComplete Works (Oxford University Press, 2013) 全2巻にまとめた。

アレックス・ワーナー

ロンドン博物館歴史部長。チャールズ・ディケンズ博物館理事。「ディケンズとロンドン」展（2011～12年）、「膨張する都市」ギャラリー（2010年）、「切り裂きジャックとイースト・エンド」展（2008～09年）など、数々の展示を企画してきた。主な著書に、トニー・ウィリアムズと共著のDikens's Victorian London (Ebury Press, 2011)、クリス・エルマーズと共著のDockland Life (Mainstream Publishing, 2000) などがある。

パット・ハーディ

ロンドン博物館の絵画・印刷物・デッサン担当キュレーター、シャーロック・ホームズ展担当キュレーター。コートールド研究所で19世紀英国美術を専攻して博士号を取得し、ナショナル・ポートレート・ギャラリーで批評家の賞賛を得た「サー・トマス・ローレンス」展にアシスタント・キュレーターとして携わった。その後、リヴァプールの国立博物館で「ワークス・オン・ペーパー」展担当キュレーターを務める。ロンドン博物館で最近携わった展示は「ディケンズとロンドン」展（2011～12年）、「Drawing the Games――2012年ロンドンとニコラス・ガーランド」展。現在は、2015年にロンドン博物館ドックランズ分館で予定されている展示のためコーポレート・アートを調査中。執筆活動は幅広く、現在19世紀の移住者たちの情景についての本を執筆している。

クレア・ペティット

ロンドン大学キングズ・カレッジの19世紀文学・文化教授。最初の小論Patent Inventions: Intellectual Property and the Victorian Novel (Oxford University Press, 2004) で、産業化していく世界における独創性について研究した。第二の著書Dr. Livingstone, I Presume?: Missionaries, Journalists, Explorers and Empire (Profile and Harvard University Press, 2007) は、19世紀アフリカとヨーロッパの近代性衝突をテーマにしたもの。2006～11年、ケンブリッジ大学ヴィクトリア朝研究プロジェクトのリサーチ・ディレクターを務め、現在はAHRC基金による4年計画のプロジェクトで大西洋横断電信ケーブルの美学についての研究である“'Scrambled Message: The Telegraphic Imaginary 1857 - 1900”に取り組んでいる。

ナタリー・モリス

イギリス映画協会ナショナル・アーカイヴ特別コレクションのシニア・キュレーター。1930年以前に英国の映画産業で活躍した女性たち、映画のマーケティングとパブリシティ、アルフレッド・ヒッチコックと妻アルマ・レヴィールの駆け出し時代（およびロンドンとのつながり）など、無声映画やイギリス映画のさまざまな側面について、執筆や講演をしてきた。現在の研究テーマは、食べ物と映画、英国映画の衣装デザイン、マイケル・パウエルとエメリック・プレスバーガーの映画など。

【訳者】

日暮雅通（ひぐらし・まさみち）

1954年生まれ。青山学院大学理工学部物理学科卒。翻訳家。主な訳書にドイル『新訳シャーロック・ホームズ全集』、バンソン『シャーロック・ホームズ百科事典』、スタシャワー『コナン・ドイル伝』、ブレヴァートン『世界の発明発見歴史百科』など多数。

翻訳協力：勝俣孝美

はじめに

シャーロック・ホームズといえば、世界で最も有名な架空のキャラクターであろう。だが不思議なことに、ホームズをテーマにした大々的な展示が、英国ではもう六十年以上も行われていない。一方、BBCテレビの『SHERLOCK』や米CBSテレビの『エレメンタリー ホームズ&ワトソン in NY』、ガイ・リッチー監督、ロバート・ダウニー・ジュニア主演の大作映画が立て続けに大評判となった今、ホームズはおそらく人気の絶頂にあるのだろう。映画の興行収入は合わせて約十億ドルにのぼったと言われる。

舞台が過去のヴィクトリア朝だろうと現代だろうとおかまいなく、新たな翻案が大量に生み出されてきたのは、コナン・ドイルの原作にそうした力があったからにほかならない。いつの時代にも、新規のファンが続々とホームズに引きつけられてきたのだ。この探偵とその世界の魅力がいつまでも失われずにいるのは、なぜなのか。その点を探り、明らかにしていきたい。それには、ホームズのもつ個性の重要な側面とともに、急増していく人口と極端な富と貧困をかかえて変貌していく巨大都市、ヴィクトリア朝およびエドワード朝のロンドンという背景についても、考えねばならない。

単なる探偵小説シリーズの域を大きく超えてシャーロック・ホームズが象徴的な存在となったのは、なぜか。それを解明するのが、この小論集の狙いである。生活がどんどん複雑でめまぐるしいものになっていく時代に生み出されたホームズは、ひとりでそのすべてを理解することのできる人間として登場した。知力と並はずれた観察眼や犯罪捜査手法で、彼は複雑な問題を、「魔法使い」とまで言われる能力でみごとに解決する――しばしば、ほかの誰にも解決できない場合でもだ。

今回、ロンドン博物館で開催されたホームズ展のコンセプトを練っているうち、深く掘り下げるべき重要な主題がいくつもあるとわかってきた。まず、ホームズ映画の長い歴史は、ほかに類を見ないものだ。これほどたびたび映像化の対象となってきた架空のキャラクターは、ほかにいない（例外があるとしたら、ドラキュラとフランケンシュタインくらいだろう）。ホームズが大衆文化において圧倒的な地位を占めるようになる経緯を知るには、これまでうずたかく積み重なってきた解釈や描写を、ひとつひとつはがして見通せるようにする必要がある。そして、ホームズひとりではなく、ワトスン博士もとりあげなくてはならない。この冒険譚と二人のキャラクターは切り離して考えられないのだから。また、ハドスン夫人、モリアーティ教授、アイリーン・アドラー、レストレード警部といった脇役たちも、それぞれ重要な役割を演じて非常に独特で希有な世界を支え、成り立たせている。俳優、脚本家、監督たちはみな例外なく、それまでの作品からインスピレーションを得ている。二十世紀にホームズを演じた特に印象深い存在はジェレミー・ブレットとバジル・ラスボーンの二人だが、アーサー・ウォントナー、ジョン・バリモア、エイル・ノーウッドなど、早くから銀幕にすばらしいホームズ像を描いてみせた俳優はたくさんいる。そしておそらく、最も影響力の大きかった俳優はウィリアム・ジレットではないだろうか。彼は舞台で千三百回ホームズ役を演じ、一九一六年には劇場での芝居を映画化した（この映画『シャーロック・ホームズ』は長らく行方が不明だったが、本書の刊行直後、二〇一四年にフランス版が発見された）。

初期のサイレント映画以前にも、功労者はいる。十九世紀末と二十世紀初頭に物語を生き生きと描いた、二人の挿絵画家だ。アメリカではフレドリック・ドア・スティールが、《コリアーズ・ウィークリー》誌の表紙にカラーで、品格と自信をたたえたホームズの姿を描いた。一方英国で大衆の想像力にホームズとワトスンの姿を初めて定着させたのは、シドニー・パジェットの線画だった。

もうひとつ考慮すべき重要な要素は、ロンドン自体の状況《コンテクスト》である。シャーロック・ホームズのロンドンは、実在の街でもあり想像上の街でもある。彼の世界は、実在する通りにある架空の住所、ベイカー街二二一Bを中心に放射状に広がっている。ウェスト・エンドがあり（ホームズの依頼人の多くがこのあたりに住む）、そこからさらに大都市郊外の周辺部へと延びていく。二輪辻馬車《ハンサム》がホームズとワトスンを乗せて街を駆け巡り、幹線鉄道の駅へも運ぶ。その駅から、二人はイングランドの地方へ向かって冒険に乗り出すのだ。

　ホームズ物語が初めて世に出たころ、ロンドンという都市は過渡期にあった。古い建物が取り壊されては、通りが広げられていた。それがどこよりも顕著だったのはウェストミンスターであり、ホワイトホールの両側に巨大な官庁ビルが次々に建った。近くのトラファルガー広場周辺やエンバンクメント沿いに、帝都の訪問客たちを泊める豪華なホテルが並んだ。この新市街には、いかにもドラマチックなことがひそんでいそうだった。たとえば政府の機密文書が行方不明になるとか、外国の高官が表沙汰にはできないやっかいな状況に陥るとか。そういう事態にこそ、世界にひとりしかいない諮問探偵、シャーロック・ホームズの助けが必要になるのだ。

　十九世紀末のロンドンは、そのままで強く視覚に訴えかける街だった。最初の映画製作者たちは、活気にあふれる街の雑踏を、取り憑かれたように撮影した。写真家たちは、人目を引くランドマークばかりでなく、こまごました市井の暮らしも記録に残した。画家たちは、この街独特の空気を、色彩や光を必死にとらえようとした。通りをすっぽり覆っている霧や煙が、目に映るロンドンの雰囲気に、何かが起こりそうな気配とあいまいさを添えるのだった。つまりは大気汚染なのだが、それがこの街の不気味な夜陰と組み合わさると、ガス灯に照らされた丸石舗装の通りが、夜更けにぶらつく危険を招くかのように思えてくる。生活も芸術も、そういう恐怖と隣り合わせの環境にあったのだ。ちょうどコナン・ドイルが最初期のホームズ物語を執筆していたころ、イースト・エンド地区のホワイトチャペルでは、切り裂きジャックが身の毛もよだつような殺人を重ねていた。一方のウェスト・エンドでは、夜ごとに舞台で上演されるロバート・ルイス・スティーヴンスンの『ジキル博士とハイド氏』が、ロンドンの観客たちを震え上がらせていた。

展示の一部として、ホームズの原点を探る必要もあった。コナン・ドイルがそれまでにないタイプの探偵を生み出そうという着想をどう練り上げていったか、その過程をかいま見ることができるような、古いメモやノートが数多く残っている。一八八五年から一八八六年にかけて書かれたノートの一ページに、コナン・ドイルは「シェリンフォード・ホームズ」および「オーモンド・サッカー」と書きとめていることから、まだこのキャラクターの名前がすっかり固まっていなかったのだとわかる。ただし、「証言法」を用いる「諮問探偵」という非常に明確なコンセプトは、最初からあった。

またコナン・ドイルは、エディンバラ大学で医学を学んでいたときの指導教官のひとり、ジョゼフ・ベル博士の技能も念頭に置いていた。コナン・ドイルはベル博士の外来診療助手を務めていたので、観察しただけで患者の素性や健康状態を査定する博士のすばらしい能力を、学ぶことができたのだ。ホームズの身体的外見も、この外科医をモデルにしたものだった。探偵を最初に描写するにあたって、特に「肉の薄い鷲鼻」と書いている。一八九三年にサモアでホームズ物語を初めて読んだロバート・ルイス・スティーヴンスンは、コナン・ドイルに手紙で尋ねた。「まさかこれは、わがなつかしの友人、ドクター・ジョーなのではあるまいか?」返事は、「ジョー・ベルとポーのムッシュー・デュパン（ずいぶん薄めてありますが）を混ぜ合わせたものです」だった。*

短編小説という形式をとったのも、探偵小説というジャンルを使ったのも、エドガー・アラン・ポーの影響が大きかった。ポーの「モルグ街の殺人」は「世界初の探偵小説」と言われている。おもしろいことに、ポーの主人公もホームズも、ともに驚嘆すべき分析能力の持ち主で、ともに犯罪現場を綿密に捜査する。

ロンドン博物館での展示には、ホームズの複雑で並はずれた個性や人格をときほぐすという狙いもある。感情的なものをことごとく遠ざけ、ワトスン博士とハドスン夫人以外に友人らしい友人はいないと言っていいホームズ。今だったら、軽度の自閉症か躁鬱病の傾向があるのではないかと思われてもおかしくない。そんな態度をとる原因がどうあれ、ホームズが魅力的な人物であることに変わりはない。非凡な能力を宿す、冷静で抜け目のない頭脳をもちながら、正反対の、倦怠感と退屈から麻薬に手が伸びるようなボヘミアン的傾向もある。彼はその驚異的な分析能力で、神ならぬ人間の手には負えないほど複雑きわまりない問題を解決していく。最新の科学捜査手法を取り入れて犯罪を解明し、暗号や煙草の灰といった世に知られていないことがらについての造詣が深い。また、変装の名手でもあって、街なかで隠密に調査活動をする。法を破るのを恐れず、犯罪を犯した者に対して裁判官や陪審の役を務めることもある。そして何よりも、ホームズとワトスンは正真正銘の英国紳士だ――二人の厚い友情や、まごうかたなく紳士らしい身なりが、はっきりそう示している。

コナン・ドイルは、ホームズを生み出してからそう長くたたないうちに、彼を殺してしまいたくなった。自身が目指していた純文学作品の執筆に、この探偵がじゃまになっていると思ったのだ。《ストランド》一八九三年二月号で、ホームズはモリアーティ教授とともにライヘンバッハの滝で死の淵に追い込まれる。そしてその結末は、英米の読者たちを動転させ、打ちのめした。その後彼らは、作者にホームズの復活を強く求めた。八年間はもちこたえたコナン・ドイルだったが、一九〇一年、この探偵の最も有名な長篇冒険譚、〈バスカヴィル家の犬〉を執筆する。ただし、モリアーティと格闘して死ぬ以前の事件という設定だった。一九〇三年、コナン・ドイルはとうとう態度を軟化させて、探偵を生き返らせる。読者は、シャーロック・ホームズが奇跡的に生き延びていたことを知ったのだ。

後期の物語で、彼の命を狙うコナン・ドイルの企てはことごとく失敗する――とはいえ、ホームズも年はとっていく。彼が最後に登場したのは第一次世界大戦が勃発する直前のことで、引退後に一時復帰してドイツのスパイの裏をかくという物語だ。

シャーロック・ホームズはその後も生き長らえ、今なお生きつづけている。この小論集が、ホームズという偶像の探偵が一世紀以上の昔と変わらぬ強さで今も読者の反響を呼ぶ、そのわけを解明する一助となれば幸いである。

＊原注　Ernest Mehew (ed.), *Selected Letters of Robert Louis Stevenson* (New Haven, 1997), p. 540.

●訳者注　本書は二〇一四年十月十七日から二〇一五年四月十二日にかけてロンドン博物館で開催されたホームズ展'Sherlock Holmes: The Man Who Never Lived and Will Never Die'に合わせて出版された。これとは別に、展示カタログが二〇一五年に発行されている。

トテナム・コート・ロード、1890年頃

（間違った？）正体《アイデンティティ》［1］

コナン・ドイル、シャーロック・ホームズ、そして世紀末ロンドン

デヴィッド・キャナダイン

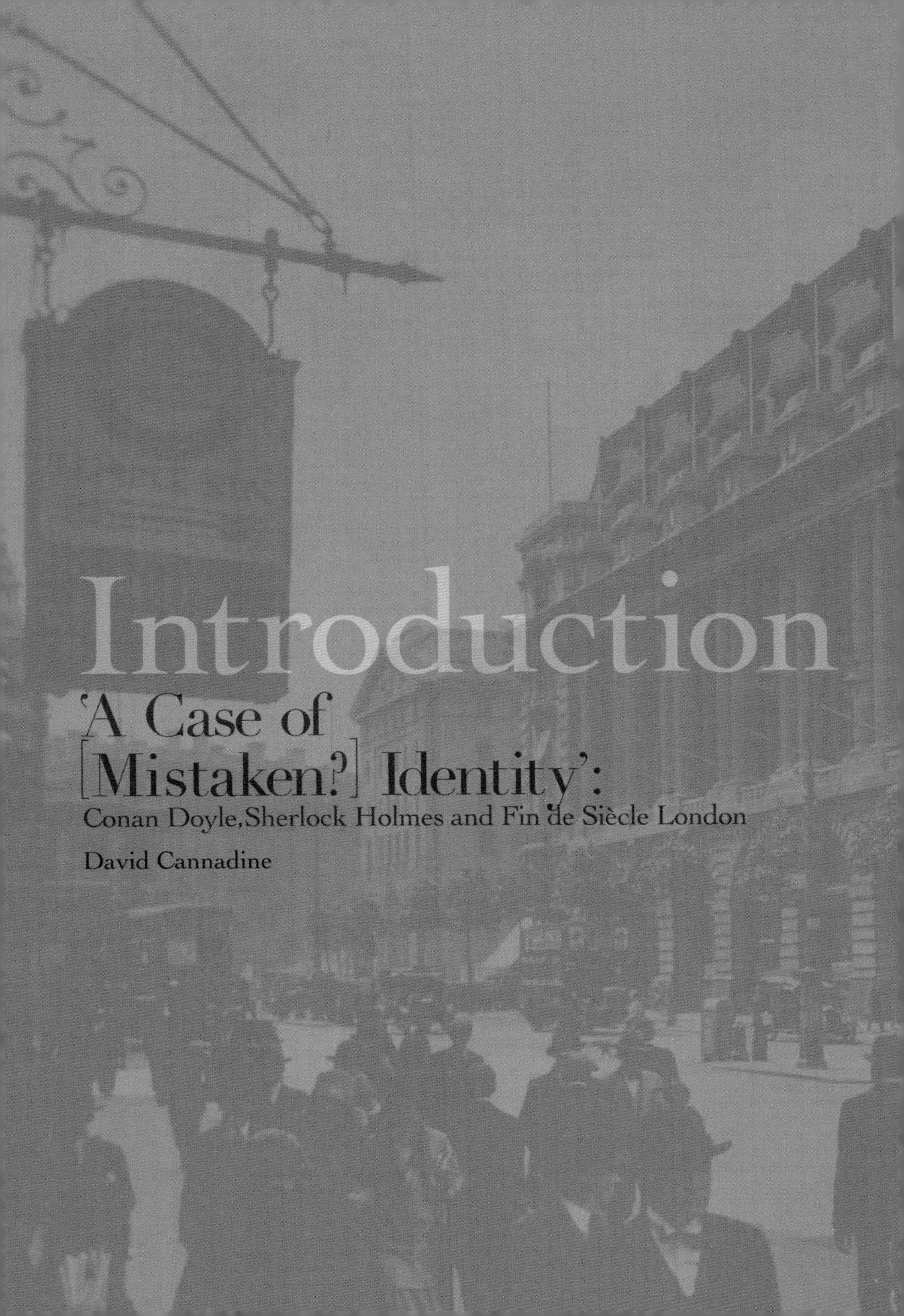

Introduction

'A Case of [Mistaken?] Identity':

Conan Doyle, Sherlock Holmes and Fin de Siècle London

David Cannadine

ロンドンの歴史上、一八八〇年代後半はめまぐるしい変化の時代だった。英国の首都として、大英帝国の大都会として、地球上で唯一無二の〝世界的都市《ザ・ワールド・シティ》〟として、いきなり突出した地位にのしあがったのだ（このうえない悪名をとどろかせもしたが）。そして、その傑出ぶりは一九一四年に世界大戦が勃発するまで続くことになる。[2]

ロンドンという都市と、大英帝国や王室や歴史との結びつきは、一八八六年にサウス・ケンジントンで開催され大好評を博した『植民地およびインド展』や、その翌年のヴィクトリア女王即位五十年記念祭、あるいはギルバート・アンド・サリヴァンのオペラ *The Yeoman of the Guard*（一八八八年）で脚光を浴びた由緒あるロンドン塔などによって、改めて見直されることとなった。そして行政の大変革後は、一八八八年新設の民主的に選出されたロンドン市議会が、市行政のほとんどを管理することとなる。ちょうどそのころ、従来の自治権を失うまいとするロンドン旧市は、市長関連の威光や式典を拡大するなどして、うまく改革を受け流した。[3]しかし、富裕層と上流階級の住むウェスト・エンドと、貧窮者や低所得者の集まるイースト・エンドとの格差が広がる一方であることに、懸念はつのっていた。一八八六年と一八八七年にトラファルガー広場で失業者たちが暴動を起こし、一八八八年には悪名高い切り裂きジャック事件、一八八九年にはロンドン・ドックで大ストライキが起こるなど、不安はふくらみ、強まっていった。[4]

そうしたさまざまな出来事や発展に対して、意味深く対照的な二つの反応があった。ひとつは、急激に拡張しつつあるロンドン首都圏警察の本部としてニュー・スコットランド・ヤードの建設が始まったこと。もうひとつはロンドン・ドックのストライキと同じ年、チャールズ・ブースが、のちに歴史的研究報告書となる『ロンドン民衆の生活と労働』第一巻を発表、世界的大都市ロンドンの住民の三分の一が貧困にあえいでいるという結論を出したことだった。[5]

ブースのほかにも、英国内外の多くの作家や思想家、学者や評論家、ジャーナリストや解説者が、

左頁：ヴィクトリア女王即位五十年記念祭（部分）、1887年、ダドリー・ハーディ。1887年6月21日夕方のトラファルガー広場の人出を描いた水彩画

一八八〇年代半ばからこの大都市を、最先端をゆく都市で生活する困難と将来性とが、ともに最も過激で誇大なかたちで表れる場所だと、書き記しはじめていた[6]。見方によれば、ロンドンはこれまでにないやっかいな恐ろしい方法で人間の品性を貶め、堕落させる。また別の見方をすれば、救いとなるような自己実現や成功の機会を差し出してくれるのだ。

若き日のコナン・ドイルもその両面を見て取り、世間一般の通念をこのころ執筆した初期の二作品に書き込んだ。一八八七年に発表した〈緋色の研究〉である。この中で、傷病兵として軍から送還され、わずかな所持金とともにろくに頼るあてもないまま帰国したワトスン博士は、自然に――不本意ではあったが――この国の首都に引き寄せられ、その街を「大英帝国であらゆる無為徒食のやからが押し流されてゆく先、あの巨大な汚水溜めのような大都市ロンドン」と表現して嘆くのだった。しかし、その一年後にコナン・ドイルは「英国知識人の地理的分布」というまったく別種の作品（ノンフィクション記事）を執筆、この数十年というものロンドンは「明らかに国内の人口比をはるかに超える多数の知識人を輩出してきた」と論じている。「ロンドンに富が集中し、何世紀も昔からあらゆる職業の最も有望な知識人たちがこの大都市に引き寄せられてきたことに目を向ければ、あながち予測できないことではない[7]」

コナン・ドイルのホームズ物語の大きな特徴となったのが、ロンドンに対するこのように対照的な二つのイメージだった。捜し出して捕らえるべき好ましくない者どもを吸い寄せかくまう、巨大にふくれあがった都市、〝当代のバビロン（逸楽と悪徳の大都会）〟にして、過去に類を見ない将来性や無限のチャンスをふるまってくれる、すばらしい奇跡の起こる街、〝新しきエルサレム（地上の楽園）〟。そういう街が、覇気のある非凡な人々を引きつけ、はぐくんだ。シャーロック・ホームズ自身もそのひとりで、彼が活躍した本拠は終始一貫して世紀末ロンドンだった[8]。

左頁：チャールズ・ブースが手書きで色分けした『ロンドン貧困分布地図』原図より、ロンドン・ドック付近のシャドウェル、ラトクリフ、ステップニーを示す部分、1889～1891年

MILE END ROAD
COMMERCIAL ROAD
ST PAUL
SHADWELL
Shadwell
SHADWELL NEW BASIN
wer Pool

I

よく言われてきたことだが、ホームズとワトスンの物語には主役が三人いる。名探偵、善良な医師、そしてつねに存在する大都会だ。ある程度までは（あくまでもある程度までだが）、そのとおりだ。前述の *The Yeoman of the Guard* におけるロンドン塔のようなもので、コナン・ドイルの小説にとってこの街は、単にそこにあるだけの背景や動かない舞台という以上の存在だった。コナン・ドイルにとってのロンドンは、「ディケンズにとってのロンドンと同様、物語の形式や内容を発展させられそうな条件」だったのである。[9]

とはいえ、田舎の紳士階級出のホームズが仕事を始めた場所は、ロンドンではなかった。代々続く地方地主の家系に生まれ、小さな大学町の〝カレッジ〟に学んだ彼が最初に手がけた〈グロリア・スコット号〉（一八七四年の設定）と〈マスグレイヴ家の儀式書〉（一八七九年の設定）という二つの事件では、それぞれノーフォークとサセックスへ出向いている。[10]だが、その間のどこかの時点で、ロンドンで世界初の〝諮問探偵〟としてキャリアを積むことに決めて、最初は大英博物館近くのモンタギュー街に、その後はベイカー街二二一Bに居を定めた。ワトスン博士とともにベイカー街に落ちついたのは、〈緋色の研究〉に書かれているとおり一八八一年で、十年ほどそこで開業したのち、姿を消す。〈最後の事件〉（一八九一年の設定）において、ライヘンバッハの滝でモリアーティ教授とともに死んだものと思われたのだ。[11]

だがその後ホームズは、〈空き家の冒険〉（一八九四年の設定）で語られるようにベイカー街へ生還し、〈這う男〉（一九〇三年の設定）の説明によれば一九〇三年末まで、もう十年ばかり探偵業を続けた。その後彼は、ロンドンに見切りをつけ、サウスダウンズ丘陵地帯のイーストボーン付近にある「夢見るささやかな農場」（〈這う男〉）で養蜂と哲学研究の隠退生活を送る。記録に残る最後の二つの事件は、最初の二つと同じくロンドンではない場所で起こった。〈ライオンのたてがみ〉（一九〇七年の設定）はサセックスの彼の家に近い海岸で、〈最後の挨拶〉（一九一四年の設定）はハリッジで。[12] しかし、一八八〇年代、および一八九〇年代半ばから後半にかけてと、一九〇〇年代初めのホームズは、ずっと変わらずベイカー街に住んでいた。結果的に、ホームズといえば必ず連想されるようになったのは、そのころのロンドンなのだ。[13]

それにもかかわらず、この探偵とロンドンの密接なつながりは、いくつかの点で誤解を招きやすい文学上のまやかしだった。自分が創造した「ロンドンの裏道を知りぬいている」（〈空き家の冒険〉）探偵と違って、作者コナン・ドイル本人は巨大都市ロンドンにさほどなじんでいなかった。そこに住んだのは短期間だったし、先人のディケンズや同時代のジョージ・ギッシング、H・G・ウェルズが骨の髄までそうだったような〝ロンドン小説家〟には、決してならなかった。[14]

「コナン・ドイル博士とミセス・コナン・ドイル」、サウス・ノーウッドにて、《ストランド》、1892年

彼の先祖たちはアイルランド人（複合姓に使われている〝コナン〟も〝ドイル〟も、ともにアイルランド系の姓）だが、彼自身は一八五九年にエディンバラで生まれ、ランカシャーのストーニーハースト校で、その後オーストリアのフェルトキルヒでカトリック教徒としての教育を受けてから、生まれた町に戻って医学を学んだ。学生時代にはバーミンガムで医療助手として働いた。また、船医として北極地方と西アフリカへ二度の長期の（かつジョゼフ・コンラッド風の）航海に出た。しばらくのあいだプリマスで医院を共同開業したが、うまくいかなかった。その後ポーツマス近くのサウスシーへ移って開業し、今度は前よりもうまくいく。そして一八八五年に結婚。最初期のホームズ物語を書いたのはこの南海岸に住んでいたころだが、一八九一年にはもう家族を連れてロンドンへ引っ越し、そこで眼科医としてやっていこうと思っていた。当初住んだのはモンタギュー・プレイス（診療所はウィンポール街北端のデヴォンシャー・プレイス二番地）で、その後サウス・ノーウッド郊外に移り住んだころには、医者の道をあきらめて執筆に専従していた。[15]

だが、都会生活は短かった。一八九三年、妻が結核にかかり、二年間温暖な地方を転々としたあげく、一八九六年に一家はロンドンを離れて、サリー州ハインドヘッドという田舎町に移り住んだのだ。ロンドンはそれきりとなり、十年後に妻を亡くすと、再婚してサセックスのウィンドルシャム・マナーに引っ越し、終世そこに暮らした。そのころの彼は、ロンドン文学界の社会的にも政治的にも権威ある一員となっていて、ロンドン滞在用のせまいフラットを街中に維持してはいたものの、都会に常住することは二度となかった。[16]

自分が生み出した最高傑作が主張するほど、あるいはディケンズやギッシングやウェルズが誇示するほどには、コナン・ドイルが世紀末ロンドンに詳しかったわけでも地の利があったわけでもないということが、これで少しはわかるのではないだろうか。〈緋色の研究〉や〈四つの署名〉を書いていたころ、彼はそう頻繁にではないがしばらくのあいだロンドンを訪れたことがあった。一八八〇年代後半のロンドンについて、彼は主として当時の地図を精査することで知識を得た。その後四年間ほどその大都会に住んで、それ以上になじみ深くなることはなかった。終世のロンドン人になるどころか、ロンドン人という意識をもったことがないのだ。

ホームズ物語には書き間違いや地誌的な誤りが散見されるし、ヘンリー・ジェイムズ言うところのロンドンの「想像も及ばない広大さ」や、たびたび名前を挙げておきながらめったに詳しく描写はしない特定の界隈や建物を、彼はあまり好きではなかった。それどころか、晩年のコナン・ドイルは、あるとき、ベイカー街には足を踏み入れたこともないと語っている。実際は一八七四年に、当時ベイカー街にあったマダム・タッソーの蠟人形館を訪れているので、文字どおりの意味ではないのだろう。それにしても、ホームズ物語にあれほど中心的な位置を占める大きな存在となった有名な幹線道路なのに、特定の住人や建物を詳述してその通りを生き生きと再

エディンバラ、ハイ・ストリートのアドヴォケーツ・クローズ、1868年

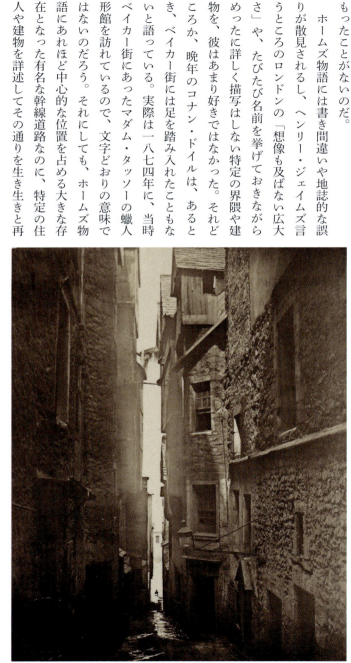

現するようなことを、コナン・ドイルはいっさいしなかったのだった。[17]

そういう欠落があることをもとに、オーウェン・ダドリー・エドワーズは、ホームズの一八八〇年代ロンドンはあの巨大都市ロンドンではないと結論づけた。いくつものせまい路地、すぐ隣り合って並ぶ壮大なものとむさくるしいもの、大規模に分散した世界的都市にはない結束したコミュニティという強力な感覚は、コナン・ドイルの知る一八八〇年代から一八九〇年代にかけてのエディンバラを、ちょっとアレンジしたものだと主張しているのだ。同様に、物語に登場する浮浪児集団、〝ベイカー街遊撃隊〟も、あまり十九世紀末ロンドンの一味らしくない。むしろ、コナン・ドイルがかつて行動をともにしたことのある、エディンバラの若者グループをモデルにしているのではないかというのだ。[18]

コナン・ドイルがこの大都会に短期間住んだだけでなじみが浅かった、ということからは、ホームズがロンドンの外で活躍することが多かった理由も理解できる。ホームズ物語ではたびたびサセックス州やサリー州が、ときには西部地方やバーミンガムが舞台になっているのだが、イングランド各地のそういった場所をコナン・ドイルは首都よりよく知っていた。長篇四作のうち〈緋色の研究〉はロンドンを舞台にしているものの、重要なバック・ストーリー（物語が始まる前に起こったとされている出来事）はアメリカで起きている。〈四つの署名〉もやはりロンドンが舞台でありながら、それ以前にインドであった出来事と深く関係している。〈バスカヴィル家の犬〉は何度かロンドンを幕間にはさんでいるが、大部分の出来事がイングランド西部地方で起きる。物語がサセックス州で展開する〈恐怖の谷〉にも、やはりアメリカが舞台の長いサブプロットがある。

短篇も、五十六篇のうち三分の一以上が、ロンドン以外を主な舞台としていた。有名なエピソードを挙げてみると、〈名馬シルヴァー・ブレイズ〉（イングランド西部地方）、〈まだらの紐〉（サリー州）、〈這う男〉（オールダーショット）、〈プライアリ・スクール〉（イングランド北部）など。地方からロンドンまでやってきて、ホームズに田舎の事件解決への力添えを求める依頼人も多い。そういう事件の中心となるのはたいてい、バスカヴィル館のように辺鄙なところにあるカントリー・ハウスだ。依頼人とともに現地へ出向いて捜査することになるので、ホームズとワトスンはロンドンの鉄道駅をしょっちゅう足早に出入りしている。まさにそうして列車で移動しながら、ホームズがみずからの経験を引き合いに述懐する。〈ぶな屋敷〉では、「ロンドンのどんなにいかがわしい薄汚れた裏町よりも、むしろ、のどかで美しく見える田園のほうが、はるかに恐ろしい犯罪を生み出しているんだ」と。

また、オランダやスカンディナヴィアの有力者一族、教皇、トルコの皇帝《スルタン》などから依頼された事件を数々手がけてヨーロッパ大陸で活躍していることも、物語中にたびたびほのめかされる。モーペルテュイ男爵を「ヨーロッパ随一の詐欺師」だとみごとに見破って勝ち誇ったものの、疲れ果てて伏したのがリヨンのホテルだった。ホームズが死に追いやられたとされたのはスイスのライヘンバッハの滝であり、やはりロンドンではなかった。それに続く三年の〝大空白時代〟に、彼はヨーロッパ、アジア、北アフリカを広く旅して回った。[19]

確かに、なりゆきや結末がどうあれ、物語の幕開けはたいていロンドンのど真ん中で、ホームズとワトスンがベイカー街二二一Bで心地よく落ち着いているときだ。部屋の窓からはぼんやりとガス灯や辻馬車《ハンサム》が見え、悩みを抱えて歩道を歩いてくる依頼人の姿が見えることもよくある。〈ぶな屋敷〉でもそうだ。

> うすら寒い、早春の朝のことだった。わたしたちは朝食のあと、ベイカー街のいつもの部屋で、赤々と燃える暖炉の火をはさむようにして腰をおろしていた。外には濃い霧が黒ずんだ褐色の家並みのあいだにたちこめ、通りのむかいの家の窓が、重苦しく渦巻く黄色がかった霧を通して、黒いしみのようにぼんやりと浮かんでいる。[20]

つまり、ロンドンの黄色みを帯びた濃霧がかきたてる謎めいた脅威の情感を描き出すコナン・ドイルは、当時の気象学者や環境問題専門家たち、またヘンリー・ジェイムズやオスカー・ワイルドといった作家たち、ホイッスラーやモネといった画家たちに先んじて、一八八〇年代と九〇年代にひどくなる一方だった都会の現象を的確に認識していたことになる。[21] ジェイムズはロンドンの、「あらゆるものにまとわりつき、豊かな褐色にくすむぼんやりした形状にしてしまう、荘厳で神秘的な空気」を愛した。モネは、「霧のないロンドンは美しい街とは思えない。荘厳な広がりを感じさせるのは、霧のおかげなのだ」と言ったことがある。[22]

だが、コナン・ドイルは決してロンドンの霧を、そこまで叙情的に、生き生きとは書かなかった。それどころか、霧について書くことはまれだった。ホームズ物語を大ざっぱに調べたところ、霧に言及しているのはほんの三十五カ所だ。それも大半が、ロンドンを舞台にしたひとつの短篇〈ブルース・パーティントン型設計書〉と、デヴォン州を舞台にしたひとつの長篇〈バスカヴィル家の犬〉のものだ。まさかと思うだろうが、ホームズ物語はロンドンの叙情的雰囲気なるものにさして注意を払っていないのだ。霧ばかりでなく、煙のにおいや馬糞、歩道や街路の汚らしさ、丸石に当たって馬のひづめがたてる容赦ない騒音や耐えがたいほどの交通混雑にも、ほとんど触れていない。[23]

だが、コナン・ドイルの大都会の描写にある不備は、霧の扱い方だけではない。G・M・ヤングがかつて述べたように、典型的なホームズ世界たる一八八〇年代と九〇年代のロンドンは、「ディケンズが知っていたような広大でまとまりのない街――霧に閉ざされ熱病に悩まされ、暗く得体の知れない川を懐に抱く街」から「ホワイトホール、テムズ・エンバンクメント、サウス・ケンジントンを擁する帝都」へ、徐々に変貌していくところだった。[24] ところが、熱病も霧と同様、コナン・ドイルには注意を払われていない。はっきりと意味のある言及は、〈瀕死の探偵〉でホームズが「スマトラのクーリー病」にかかったときの一度きり、「ロザハイズの川に近い裏通り」で仕事に取り組んだ結果うつってしまっ

左頁:気球から眺めたロンドン鳥瞰図、1884年、ウィリアム・ライオネル・ワイリーとヘンリー・ウィリアム・ブリュワー

た、「まちがいなく命にかかわる病気であり、恐ろしい伝染力がある」というくだりだ。そして〈四つの署名〉に「謎めいた」テムズ川を描くにあたっても、ホームズとワトスンは、悪漢たちと彼らに奪われた「アグラの財宝」を追って「テムズ川を下る大追跡劇」に乗り出すのだが、「プールを過ぎ、西インド・ドックスを左に見ながら長いデットフォード水域を南下し、アイル・オブ・ドッグズを回ったところで、また北に転じた」と、地名を列挙するだけの域をほとんど出ていない。

〝帝都〟としてのロンドンが物語中にあまりはっきり見えてこないのは、都市の変化が起こったのがホームズが隠退したあとである二十世紀最初の十年(さらにはそのずっとあと)だったからだ。[25] ロイヤル・アルバート・ホールが一度登場する以外に、サウス・ケンジントンの博物館複合体についてはひとこともない。また、ホームズとワトスンはちょくちょくテムズ川を渡っているが、ホームズが〝生還〟してまもなくの一八九五年に完成したタワー・ブリッジは一度も渡っていない。ホワイトホールはというと、ホームズの兄マイクロフトがそこに勤務し、〈海軍条約文書〉で外務省に触れられている。ところが前述のオーウェン・ダドリー・エドワーズによると、その室内の描写はサー・ジョージ・ギルバート・ス

コットが手がけた最新の贅を尽くした新古典主義様式の内装に基づくものではなくて、エディンバラで弁護士たちが使っているような狭苦しい部屋をモデルにしているのだという。[26]

意外なことではないが、物語に頻出するロンドンの地名は、コナン・ドイルが一八九〇年代初めに短期間住んでいた二つの地域に集中している。ひとつはロンドン中心街のブルームズベリーからマリルボーンにかけて。ホームズにとってはモンタギュー街とベイカー街に、コナン・ドイルにとってはモンタギュー・プレイスとウィンポール街にはさまれた、トテナム・コート・ロードとオックスフォード街という主要幹線道路二本を横切る地域だ。つまり、作者になじみのあるロンドン中心街と、作品に描かれる地域は重なり合っている。

もうひとつは、コナン・ドイルがその後ノーウッドに転居したことを反映した、テムズ川の南に広がるロンドン郊外の、「ロンドンという巨大な都市が、怪物のようなその触手を田園地帯に向かって伸ばしてきている」地域である。ノーウッド、およびシドナムやストレタムといったその隣接地域ばかりでなく、ランベスやケニントン、ルイシャムやウリッジ、ブラックヒースやグリニッジ、ブリクストンやクロイドン、ウィンブルドンやワンズワースまでも含まれる。[27]ほかにもたびたび出てくる地名がある――シティ、ドック地帯、イースト・エンド。クラーケンウェルにコヴェント・ガーデン。メイフェア、セント・ジェームジズ、ペルメル。リージェント街、ピカデリー。トラファルガー広場、フリート街、ストランド。ケンジントン、ハイド・パーク、ノッティング・ヒル。チジック、ハマースミス、フラム。（回数は少ないが）ハムステッド、ハロー。登場頻度が最も高い建造物は、鉄道の駅だ。特にパディントン、チャリング・クロス、ウォータールー、ロンドン・ブリッジ、ヴィクトリアの各駅（ホームズが市外で手がけた事件の大半は、ロンドンの南や東で起きている）。ほかに言及されているのは、大英博物館、ロイヤル・アルバート・ホール、外務省、国会議事堂とウェストミンスター寺院、セント・ポール大聖堂とクリスタル・パレス（水晶宮）。いろいろな劇場、ホテル、レストランも出て

グランド・ホテルのトラファルガー広場側、1890年頃

くる。実在するもの(ヘイマーケット劇場、ランガム・ホテル、シンプスンズ)もあれば、架空のものもある。そして、セント・バーソロミュー病院、チャリング・クロス病院、キングズ・カレッジ病院(一部ワトスン博士に敬意を表して)に、ウォータールー橋、ハマースミス橋、ヴォクソール橋(タワー・ブリッジと同様、ロンドン橋も無視されているが)[28]。

こうして地名を長々と列挙してみると、コナン・ドイルの描写の限界が正確に表れてくる。さらには、見落とされがちな問題点が浮かび上がってくる。ウェストミンスター寺院や大英博物館、コヴェント・ガーデンの貴族の地所、ブルームズベリーやメイフェア、ジョン・ナッシュが設計を手がけたリージェント街など、ホームズのロンドンには一部本当に古いものもあるが、大部分が彼自身の生まれる直前や生存中に建造されたものなのだ(ホームズはコナン・ドイルと同じ一八五〇年代の生まれ)。ウォータールー駅が一八四八年に開業し、パディントン駅は一八五四年落成、続いてヴィクトリア駅が一八六〇年、チャリング・クロス駅が一八六四年に竣工した。キングズ・クロス、ユーストン、パディントンの各駅を結ぶ地下鉄メトロポリタン線が、一八六三年に開業。そして、〈ブルース・パーティントン型設計書〉でアーサー・

カドガン・ウェストの死体が発見されたのが、その東の終点、オールドゲイト駅の外だった。[29]

　物語中に出てくる建造物のうち、シドナムのクリスタル・パレスは一八五一年の大博覧会のためハイド・パークに建てられたものだし、ウェストミンスター宮と外務省は一八六〇年代に完成、ロイヤル・アルバート・ホールのオープンは一八七一年だ。チャリング・クロス・ロード、シャフツベリー・アヴェニュー、クラーケンウェル・ロード、ヴィクトリア街、テムズ・エンバンクメントはヴィクトリア朝中期の開発のたまものだが、ノーサンバーランド・アヴェニューとローズベリー・アヴェニューはどちらもホームズ時代のロンドンで計画された。チャリング・クロスから八、九マイル先まで郊外が延び広がったのは十九世紀の後半で、乗合馬車や馬車鉄道《トラム》や通勤用鉄道の便もあった。ホテル、レストラン、劇場がロンドン中心街で目につくようになったのは、やっと一八七〇年代になってからのことだ。一八八八年に、「この途方もなく巨大なロンドンはまったく新しい街だ」と言った人間がいた。それは大げさな言い方かもしれないが、ホームズとワトスンの大都会の最も印象的な特徴は、（今ではそうい

シドナムのクリスタル・パレス(水晶宮)、1890年頃、ジョージ・ワシントン・ウィルソン

うことになっているが）なつかしい古さではなく、すっかり広がった新しさなのだった。[30]

確かに、歴史上はほとんどの時代、ロンドンが王室、行政、司法、立法の本拠地だった。商業と文化、政治と社会、文学と科学の中心地でもあった。そして、大きな港町、工業の舞台として栄え、金融の一大中心地だった。ところが、十九世紀の後半にはこうした活動がすべて（工業を除いて）拡張され、グレードアップして、ロンドンは英国中に改めて優勢を誇るとともに、過去に例を見ないような世界経済の中心地、世界の帝都ともなっていった。[31] したがって、ホームズが住んでいたあいだに、ロンドンの人口は劇的に増加している。ロンドン市議会が行政を担う地域で一八八一年に三八〇万だった人口が、二十年後には四五〇万に、大ロンドン（首都圏）全体では四七〇万から六六〇万にふくれあがった。大ブリテン島中から、ヨーロッパや北米その他世界中から、移民や労働者がやってきた。そのため、シティに勤務しながら、住むのは郊外の下層中産階級が多い新興住宅地という事務職や会社員が激増する（*The Diary of a Nobody* に登場するプーター氏がいい例だ）。[32] 中産階級の実業家や専門職の人口、英米の旅行者や一時居住者の流入が、空前の増大を見せる。こうして大規模に伸び広がった大都会は、それまでにないほど大きく変動し多様化していったのだった。

コナン・ドイルも、それに気づいていた。ホームズとワトスンが、「流行のロンドン、ホテルのロンドン、劇場のロンドン、文学のロンドン、商業のロンドン、そして海運のロンドン」を、次々にめまぐるしく通り過ぎていくさまを描いている。[33] それにしてもこれは、多機能の世界的大都市を描くのに、正確なものとあいまいなものを選んで組み合わせた独特の書き方だ。ロンドンに流行の通りや商業の通り、海運の通りは現に存在しただろうが、その他についてはそう言えそうにない。もしコナン・ドイル、あるいはホームズとワトスンが辻馬車の御者に、「ホテルのロンドン」や「文学のロンドン」へやってくれと言ったとしたら、御者はどこへ行けばいいのか煙に、というより霧に巻かれたような気がすることだろう。

Ⅱ

そうしたいわば特異な、コナン・ドイルの描く十九世紀末ロンドンは、当時モネが描いた油絵のように、どう見ても選択的な印象派風のイメージだった。だが、もっと本質的なところで、コナン・ドイルが創造しシャーロック・ホームズが住んだ、ごく主観的なロンドン像の陰には、何が潜んでいるのだろう？　現代人の多くが認めているように、その答えは決してわかりやすいものではない。そもそも、ロンドンは間違いなく本物の世界的都市《ワールド・シティ》だったかもしれないが、米国でもドイツでも驚くほど急速に工業化が進んでいたため、その世界一の立場がいつまで続くか、はなはだ怪しいものだった。米独両国は工業ですぐに英国を追い越してしまうだろうし、経済でも追いつこうとしていた。

しかも、多民族の活気があふれ、広大な地域に五つの区が統合された、（シカゴに次いで）先駆的な摩天楼の街ニューヨークは、ロンドンとはまったく違う、もっと魅力的な未来の都市像を体現しているように思えたのだった。一八九四年に初めてニューヨークを訪れたコナン・ドイルも、それに気づいている。[34]さらに、大英帝国のすばらしい大都会というロンドンの地位は、見かけとまったく違っていた。

〝アフリカ争奪戦〟や、オーストラリア連邦の成立、ボーア（ブール）人たちのトランスヴァール共和国およびオレンジ自由国征服と、特にロンドンでは意気揚々たる帝国主義が絶頂を極めた。しかし、さらに違うことを物語る出来事もある。ハルトゥームではゴードン将軍が戦死し、アイルランドの自治が叫ばれ、インドの独立を求める国民会議派が結成された。南ア戦争で英国軍はいくつもの敗北という屈辱をなめてもいた。一九〇〇年ごろにはもう、のちに民族独立主義のリーダーとなるアフリカ人やアジア人の若者が大勢、ロンドンで法律を学んでいたのだ。英国の首都としてロンドンは、ヴィクトリア女王即位五十年記念祭のあいだ、すっかり祝祭気分でパレードに興じた。その後一八九七年にはヴィクトリア女王即位六十年記念祭、さらにその四年後に女王の葬儀に続くエドワード七世戴冠。新たに神格化された君主国を祝う、王室の壮麗な儀式がさっそうと続いた。[35]だがそこには、プリンス・オブ・ウェールズ（のちのエドワード七世）のギャンブルと婚外交渉、およびその長男プリンス・エディの非行に起因する、知る人ぞ知る王室スキャンダルをめぐって不安が隠されていたのだった。

逆流さかまく、複雑きわまりない、世紀末ロンドン。重大なことはほかにもまだあった。英国政府の気風は、ヴィクトリア朝後期の二人の巨人、ソールズベリー卿（一八三〇～一九〇三。保守党の政治家、首相）とミスター・グラッドストーン（一八〇九～一九八九。自由党の政治家、首相）が体現するように、依然として男性的で高潔で、公共心にあふれ、公正、そして異性愛に縛られていた。ところが、一八八〇年代から一九九〇年代にかけては、モラル・パニックの時代でもあった。堕落、腐敗、崩壊、性的倒錯への関心が高まり、従来の性別による関係性を脅かす〝新しい女性〟に対する懸念がふくらんだ。オスカー・ワイルドの行為が〝はなはだしく猥褻〟だとして裁判沙汰になったり、クリーヴランド街にある同性愛者の売春宿にプリンス・エディが足繁く通っているという（おそらく間違いだろう）噂が立ったり、上流社会はずっとするようなスキャンダルにまみれた。[36]

次代を担う政治のリーダーたちの評判や経歴にも、非の打ちどころがないわけではなかった。社交界や政界の事情通のあいだで、グラッドストーンの後継者ローズベリー卿（自由党の政治家、首相）はイートン校在籍中に同性愛者だったと噂され、政治家としてローズベリー卿の跡を継ぐ甥のアーサー・バルフォア（一八四八～一九三〇。保守党の政治家、首相、外相）は、同じ筋で〝ファニー（女性の外性器を指す俗語）〟、〝両性具有者《ヘルマフロダイト》〟などと言われていた。[37]党派政治の観点からすれば、ホームズがロンドンに住んでいた期間のほとんどで政権と国政で優位に立っていたのはソールズベリーであり、その後バルフォアが率いた保守党と統一党で、英国の君主制を堅持し大英帝国を守りアイルランドとの連合国家を保つと、確約した。しかし、ロンドンの地方政治はまったく別

左頁左：ウィリアム・グラッドストーンのグラビア写真、1893年頃、ナショナル・リベラル・クラブ所蔵の肖像画より。ジョン・コリン・フォーブス
左頁右：第5代ローズベリー伯爵アーチボルド・プリムローズ、1894年、ヘンリー・T・グリーンヘッド

の路線を進んだ。保守党がロンドン市議会を創設するも、一九〇七年までロンドンを牛耳ったのはもっと急進的な方針の、自由党、フェビアン協会、社会党の中道左派〝進歩主義〟連合だった。それはソールズベリー政権が望んでいた結果ではない。思いどおりにならない産物を抑えようとして、一八九九年、二十八のメトロポリタン・バラ（区）からなる郡が、対抗勢力として新設されたのだった。[38]

十九世紀末のロンドンには、ほかにも多くの差異や矛盾があったが、その最大のものが、早くからディズレーリ（一八〇四～一八八一。トーリー党の政治家、首相、小説家）が呼び名をつけていた〝金持ち《リッチ》〟と〝貧乏人《プア》〟のあいだの相変わらずの格差だったのではなかろうか。プリンス・オブ・ウェールズはモールバラ・ハウス（ロンドンにある英国王室の別邸）できらびやかな謁見式まがいを主宰し、放埒な貴族、金持ちのユダヤ人銀行家、姦通の常習者たちとつきあいが深かった。地主たちは運のいいことに、株や鉱山使用権、社交シーズンのロンドンにもすばらしい状態に維持されている都会の不動産などから、たっぷりと所得を享受した。だが農場の地代だけに頼っている貴族や紳士階級《ジェントリー》は、それほど運に恵まれず、〝大恐慌〟のあいだは農作物の価格が暴落した。ほかにも、パーク・レーンやメイフェアには、南アフリカの〝金鉱業界の帝王〟やらア

メリカの大富豪やらが、エドワード・ギネス（アイヴァ伯爵）（一八四七～一九二七。大手ビール・メーカー、ギネス社の会長）、アルフレッド・ハームズワース（ノースクリフ子爵）（一八六五～一九二二。新聞社主）、ウィートマン・ピアスン（カウドレイ卿）ら国内の富豪に混じって住み、その豪勢な顔ぶれが、ヴィクトリア朝後期のロンドンは世界一裕福な街だという従来の見解を強固なものにしていた。

ところが、一八八〇年代から九〇年代にかけて多くの人に衝撃を与えたのは、これほど富める街のまっただ中に、あまりに多くの貧困が共存しつづけていることだった。一八八〇年代後半にいくつもの暴動やストライキが起き、それにともなう社会的危機や分裂という異常事態はほどなく回避されたが、ロンドンが顕著な社会問題をかかえているという認識は残った。チャールズ・ブースが『ロンドン民衆の生活と労働』全九巻の第二版を一八九二年から九七年にかけて、第三版を一九〇二年から〇三年にかけて出した。その彼と同名の、救世軍創設者ウィリアム・ブース大将が、一八九〇年に『暗黒のイギリスとその脱出』を刊行、異形の身体と腐敗した精神の〝野蛮人〟があちこちに棲息するジャングルのような都会ロンドンを描き出した。同書の共著者W・T・ステッド（一八四九～一九一二。英国のジャーナリスト）は、それまでにもロンドンの児童売春スキャンダルへの注意を喚起してきていた。切り裂きジャックの殺人事件以後、ホームズのロン

「イースト・エンドのモンスター（切り裂きジャック）による第7の残酷な殺人事件」の挿し絵、Illustrated Police News、1886年11月17日

ドンは繰り返し世界に名だたる犯罪と悪徳の首都だと知らされ、報道はどんどんセンセーショナルに、そしてしだいに全国的なものになっていった[39]。

貧困や売春の事実を否定できないとはいえ、シャーロック・ホームズのロンドンがそれまでよりはるかに安全になりつつあったのは事実だ。信頼性のある犯罪発生率が一八五〇年代から下がりはじめ、第一次世界大戦が勃発するまで下降を続けた。一八八二年の"Report of the Commissioner of Police of the Metropolis"が、ロンドンは「生命および財産に世界一安全な首都」であると宣言し、その十五年後には内務省の犯罪記録係がヴィクトリア朝の動向を調査して、「一八三六年以降、犯罪は激減した[40]」ときっぱり表明した。

だが、そういう結果が出るには、さまざまな原因と成り行きがあった。一八八〇年代には制服警官が過去のどの時代よりも大衆に高く評価された。世間一般に警官は頭脳明晰とまではいかずとも、まともで公正、勇敢、正直と考えられ、ギルバート・アンド・サリヴァンの喜歌劇『ペンザンスの海賊』で親しみを込めたものまねの対象になったりもした[41]。青い制服の男たちに加わった、新設された犯罪捜査課(CID)の私服刑事たちにも、まじめが取り柄の肯定的な資質は共通する。一方で、犯罪学者という新たに生まれた国際的専門家たちによって、科

警官たちと馬車の往来、1890年、ポール・マーティン

学的な犯罪研究も取り入れられていった（犯罪学者は大量の文献を生み出し、ホームズ自身も「いくつかの論文」を書いた）。治安維持や捜査の変化とともに、犯罪の性質も変わった。ディケンズのロンドンでは、犯罪は公然と行われ、残忍で暴力的だった。人目もはばからず、しばしば身の毛もよだつほどの強盗や殺人があり、犯罪者は〝物騒な階級〟に属すると考えられて、犯罪者階級が全体として社会秩序を脅かす存在だった。しかし、シャーロック・ホームズのロンドンでは、私的な、そして表向きは〝りっぱな〟住まいで犯罪が起こりがちだ。詐欺や使い込み、脅迫がらみの、あまり暴力的でない犯罪が多かった。犯人をあばくには、身体的な力よりも知力が必要になる。そしてしだいに、悪事を働くのは総称的ではっきりしない無法者の最下層階級でなく、欠陥のある個人や〝本職《プロ》〟の犯罪者とみなされるようになったため、犯罪はそれほど社会秩序を脅かす存在ではなくなった。[42]

コナン・ドイルが一時住んでいたころのロンドンはそういった状況で、彼はロンドン人ではなくともそういう時代の影響を大いに受けて、自分自身の生活や態度に時代の矛盾やあいまいさをいろいろと反映させた。見方によれば、彼は典型的なヴィクトリア朝後期の伝統主義者のようだ。つまり、自民族の先天的優越を意識し、誇りに思っている、英国王権にゆるぎない忠誠を示す、大英帝国に献身的で、深い愛国心の持ち主。先祖伝来のアイルラ

ピカデリー・サーカスとコヴェントリー街、1890年頃、ジョージ・ワシントン・ウィルソン

ンドの伝統やアイルランド民族独立を認めず、大英帝国崩壊の前兆になると見ていたアイルランド自治には、ほぼ一貫して強く反対する立場だった。ヴィクトリア女王を偶像視し（「すべてのものごとの中心、生活や職務の中核……敬愛する母」と書いている）、エドワード七世の忠実な崇拝者でもあった（その葬儀の「荘厳さ、その色彩、その趣向に、感覚が麻痺した」）。南アフリカでの医療業務に志願し、ボーア戦争中には英国の行為を正当化する本を何冊も書いて、その功績によりナイト爵を授かった。一九〇〇年とその六年後の二回、総選挙に統一党候補者として立候補し（落選したが）、女性の参政権には反対し、一九一四年から一九一八年にかけては英国の戦争の熱烈な支持者であり戦史記録者であった。[43]

確かに、スポーツを愛し、騎士道にのっとって紳士的にふるまい、軍人のような姿勢で天神髭（両端が少し上に曲がった髭）のコナン・ドイルは、登場する前のブリンプ大佐（英国の漫画家デイヴィッド・ロー〔一八九一〜一九六三〕が描いた保守主義者）と言ってもいいくらいだ。のちに家族は推理作家のジョン・ディクスン・カーに伝記の執筆を依頼するが、その中で潤色して打ち出そうとしたのは、頑迷な保守主義者ではない人物像解釈だった。その伝記は（どことなく信じがたいが）、コナン・ドイルはさまざまな点でシャーロック・ホームズそのものであり、墓碑銘に刻まれた「真実の剣《つるぎ》、正直《せいちょく》の刃《やいば》」を体現していたと力説している。近年、

リージェント街から北を望む、1890年頃、ジョージ・ワシントン・ウィルソン

一部の注釈者もこの解釈を認めてはいるが、それはコナン・ドイルを時代錯誤の人種差別主義者、頑固な帝国主義者として非難するという、まるで違った目的あってのことだ。[44]

それでもコナン・ドイルは、ヴィクトリア朝後期の英国および大英帝国の因襲的保守的行為の多くとは無縁だった。ヨーロッパのコスモポリタンであり、ドイツやフランスの文化と言語になじんでいた。彼が著した歴史小説の舞台は、英国よりもヨーロッパ大陸のほうが多い。敬愛の念をこめて、グラッドストーンとローズベリー卿をどことなく彷彿させる人物（「鼻が高く、目がワシのように鋭い、相手を圧倒するような威厳たっぷり」のベリンジャー卿と「心身ともに健全な」トリローニー・ホープ氏を、〈第二のしみ〉にホームズの依頼人として登場させている。そして、新設されたロンドン市議会の指揮権を進歩主義者たちが勝ち取ったことを喜んだし、世襲の議員からなる貴族院が二院制議会の上院であることや、ロンドンの大地主たちの「不労増価」という「悪しき独占権」に、不満を示した。「嘆かわしい」離婚法の刷新と制約緩和に賛成し、そのうちアイルランド民族独立に対しても支持側に回った。自分を育て教育したローマ・カトリックとともに、ほかの宗派のキリスト教もすべて退け、成人してまもないころから心霊主義《スピリチュアリズム》運動に傾倒した。[45]

父親はアルコール依存症だった。エディンバラ大学医学部の学位論文に梅毒をとりあげた。いくつかの（ホームズもの以外の）作品で同性愛などのテーマを掘り下げているし、知り合いだったオスカー・ワイルドを高く評価し、彼が投獄されたのは不当だと考えていた。最初の妻が結核で闘病中だったころから、別の女性、ジーン・レッキーと長いあいだ交際を続け、小説『二重唱』（一八九九年）に二人のつきあいを若干潤色して書いた。妻を亡くすと、見苦しくない程度にすみやかにジーンと結婚した。[46]また、アメリカの奴隷制度廃止運動指導者、ヘンリー・ハイランド・ガーネットにも敬服していた。時として英国が大英帝国の使命とばかり、侵略や干渉をしすぎることを憂慮した。（ジョゼフ・コンラッドもだったが）ベルギー王（レオポルド二世。アフリカ進出に努めた）のコンゴでの利己的、搾取的行為に反対した（支持者にはロジャー・ケイスメント、E・D・モレルらがいた）。英国の法体系における誤審裁判に反対する運動に身を投じ、みずから訴訟に参加して、南アジア人とドイツ生まれのユダヤ人を弁護した。[47]

作者とはまた違った意味でホームズも、まさに一八八〇年代、九〇年代の人間らしい、複雑で矛盾をかかえたキャラクターだ。コナン・ドイルは彼を、超人的と言ってもいいような、さながら奇跡のように「どんなに狡猾な敵も出し抜き、どんなに奇妙で難解な謎も解いてしまう」（これはP・D・ジェイムズによる表現）「特殊な知識と力」を備えた「魔法使い」として描くこともある。彼の頭脳はかつてなく完璧に近い推理マシンであり、依頼人たちはその鋭い眼力と推理能力に驚嘆する。〈ブルース・パーティントン型設計書〉など、きわめて重大な事件の扱い方も、驚くほど巧みだ。「みごとな推理だ。きみの仕事のなかでも最高傑作じゃないか」とワトスンは言う。また、ホームズは

アーサー・コナン・ドイル、1890年頃

並はずれて勇敢で強く、大胆にして恐れを知らず、機略縦横、尊大で威圧的で無謀でもある。騎士道精神と愛国心をもった人物であり、紳士として名誉を重んじ、行動規範を厳格に守る。そのふるまいが不道徳あるいは不穏当だと思えば、貴族だろうが金権政治家だろうが容赦なく譴責する。そして「人類の恩人」として、絶えず破滅に脅かされている世界に、何度でも秩序を取り戻そうとするのだ。[48]その目的のためには、自分自身は法を超越した存在とみなす。個人の住まいに押し入っても良心がとがめない（そして、明らかに一流の犯罪者を相手に選んでそうしている）。自分が見つけ出した殺人犯を、殺人の動機が道徳的に正しいと思える場合は放免してしまう。必要とあらばいつでも、高い地位にある人々の影響力や支援をあてにできる。証人としても被告人としても、裁判に立ったことは一度もない。「正義の代理人」「最終上告裁判所」を自任、自称する。このようにホームズは、一八八三年にドイツで出版され（コナン・ドイルはドイツ語の本を幅広くたくさん読んでいた）、一八九六年に英訳された、ニーチェの『ツァラトゥストラかく語りき』に登場する超人《ユーバーメンシュ》が早々と再来したような、スーパーマン的キャラクターなのである。[49]

だが、矛盾するもはなはだしい、ほとんど整合性のないもうひとつの面を見せるホームズは、頼りになるスーパーマンどころか、その正反対の人物だ。わがまま、薬物依存のボヘミアン、世紀末の唯美主義者にしてデカダン派、疎外された孤高の知識人。ニーチェのというよりはオスカー・ワイルドの著作から、そのまま飛び出してきたかのようなキャラクターだ。[50]彼は長いあいだ退屈と倦怠に苦しめられる。性的指向は不明。ワトスン以外に友人は、もしいたとしてもごくわずかであり、「女嫌い」の性向をもっている。ヘロインやコカインを摂取する（「七パーセント溶液」にとどまるとはいえ）。パイプ、葉巻、煙草をたしなみ、ベイカー街二二一Bの部屋はしばしばにおいのきつい煙に包まれて視界が悪くなるほどだ。昼夜かまわず、ヴァイオリンをろくに調弦しないまま弾く。神経過敏で無気力、たびたび鬱状態に陥る。そういう気分の彼は行動派でも実務家でもなく、「内省的で陰鬱な夢想家」[51]だ。そし

左頁：チープサイド街頭のシャーベット水［訳注／果汁に砂糖、氷を混ぜた清涼飲料］売り、1893年、ポール・マーティン

て、冷徹で抜け目のない推理マシンを自認するにもかかわらず、ホームズにははっきりと芸術的、演劇的な傾向があって、俳優としても大物になれたことだろう（また、犯罪者としても）。事件の劇的な解決を演出したがり、賞賛者からの喝采を楽しむ。衣装を着け、メーキャップを施して別人に――あるいは女性に――変装するのは、職業上の必要からばかりでなく個人的な楽しみでもあろう。〈瀕死の探偵〉ではワトスンに、「額にはワセリンで脂汗、目にベラドンナ・エキスをさしてぎらつかせ、頬紅を塗って熱っぽく見せておいて、唇に蜜蠟で薄皮を浮かせば、どこから見ても病人のできあがりだ」と、まるでデカダン派が声明を述べるような調子で言っている。では、ホームズは世紀末ロンドンのどんなところに、空虚でありながら非常に刺激的でもあるという矛盾する二面を見たのだろう？　また、ワトスン博士がたびたび述べているように、「それまでもの憂げな夢想家だったホームズが、いきなり行動派に変身」するのは、どんな状況のときだったのだろうか？[52]

III

そういう疑問に対する答えは、一見したところ明白だ。一八八〇年代から九〇年代にかけて、犯罪のはびこる〝暗黒のジャングル〟ロンドンは、あさましさと危険性、不善と悪事が、ほかに類を見ないほど大量に渦巻く場所だと一般に見なされていた。つまり、ホームズがそれまでグラスゴーやカーディフ、バーミンガム、ブリストルなど〝停滞した〟地方や、その他のヨーロッパの町や首都にも見出せなかったほど、犯罪捜査の機会と犯罪学上の将来性がたっぷりあったということになる。そこで、世界で初めての諮問探偵として、世界第一の都市で仕事を始めようとするのは、いかにももっともなことだ。ワトスンは〈入院患者〉（版によっては〈ボール箱〉）の冒頭でこう述べている。「未解決事件の噂や影がちょっとでもちらつこうものなら、すぐさま飛びつこうと、

情報網をはりめぐらせ、ロンドン五百万市民のど真ん中に陣取っていたいのである」。また別のところでホームズはこの善良なる医師に言う。「人間がこれだけ密集して、お互いの行動が影響しあってくると、どんな出来事の組み合わせも可能になる」[53]

だが実際には、そんなあまりにもホームズ的な期待は空振りに終わることばかりだ。犯罪発生率が低下し、取り締まりが強化される時代。煽情主義の新聞が正反対のことを書き立ててはいたものの、ロンドンは格段に安全な街となりつつあった。暴力犯罪が減って、悪事の大半はみみっちい軽微なものになり、売春と同様、犯罪もたいてい労働者階級に限られた。[54] そういうわけで、どんなに心から望んでも仕事が何もないと、ホームズがしょっちゅう嘆くことになる。彼は繰り返し不平をこぼす。「近ごろは、犯罪も犯罪者もたいしたものがなくなったよ」。「人間は——というと言い過ぎかもしれないが、ともかく犯罪者たちは、もう野心や独創性をすっかりなくしてしまったのかねえ」。「犯罪の世界じゃ、大胆な野望は絶滅してしまったんだろうか」。持ちこまれた犯罪が「ありふれたものだ」（これがキーワード）と彼は嘆く。興味深い、捜査しがいのある事件ではなく、平凡なものであり、「スコットランド・ヤードの刑事たちでも用が足りそうな、見えすいた動機の間の抜けた犯罪ばかりだ」というのだ。[55]

つまり、たいていはやりがいのある仕事が何もない状態にあるホームズは、ロンドンで無気力に意気消沈したりワイルド風に倦怠に包まれたりして過ごすのが、初期設定《デフォルト》モードなのだ。どちらかというとたまに「面白味のあるちょっとした事件」に直面するときだけ、注意力が呼び起こされ、けだるいボヘミアンが突如として奮い立って活動的な（超）人になる。ただし、殺人や重大な身体傷害がからむ事件の割合は比較的少なく、法に引っかからない事件もある。大っぴらで暴力的な労働者階級の犯罪よりも、家庭内の事件や陰謀、プロの犯罪やホワイトカラー犯罪といったものが多いのだ。その結果、ホームズの仕事はたいてい、複雑で重大な秘密に首をつっこんで、ペテンや隠蔽、詐欺や横領をあばくことになる。でなければ、やんごとなき人々の恥や汚名になりかねない「醜聞《スキャンダル》」（これまたキーワード）を

ESTABLISHED 1820
80 CLEMENTS. 80
78
PACKER
SALUTARIS
2

リージェント街のリージェンツ・クワドラント、1886年、London Stereoscopic and Photographic Company Limited

「もみ消す」ため、行方のわからなくなった政府の機密文書を取り戻すなどといったことだ。[56]〈花婿の正体〉と〈唇のねじれた男〉に出てくる二人の男は、法律をいっさい破っていないものの、いわば詐欺犯だった。〈ノーウッドの建築業者〉では、ホームズは作品名の由来となった建築業者の「債権者の目をくらま」そうというたくらみをくじいている。〈ブラック・ピーター〉でプロットのかなめとなるのは、不名誉な事態となった銀行家の株券が盗まれたことだった。〈ボヘミアの醜聞《スキャンダル》〉では、ボヘミア王から元恋人のアイリーン・アドラーへ宛てたラブレターを、ホームズが取り戻そうとする（失敗に終わるが）。〈プライアリ・スクール〉は、公爵の非嫡出子である子息の存在と隠蔽をめぐって事件が展開する。そして〈恐喝王ミルヴァートン〉では、ホームズが「ゆすりの王様」と対決する。さらにホームズは、英国政府にも力を貸している。〈海軍条約文書〉では英国とイタリアのあいだで交わされた密約文書を首尾よく取り戻したし、〈第二のしみ〉では、もし公表されようものなら「一週間とたたないうちに」英国が戦争に巻きこまれてしまいそうな、節度も分別もない「ある外国の君主からの手紙」の行方を追う。そして〈ブルース・パーティントン型設計書〉では、「どんな政府の機密事項よりも厳重に秘密扱いされてきた」新型潜水艦の設計書が「見あたらず、盗まれたか紛失」したのだった。[57]

ホームズがロンドンで取り組む事件には、個人が秘密にしておこうとする悪事をあばいたり、政府の機密文書を取り戻したりするものが多い。ということは、彼の心を動かすのは依頼人の地位ではなく事件の面白さだと繰り返されているにもかかわらず、実際には、彼に助けを求めてくる中に社会の下層階級の人々はほとんどいないことになる。〈プライアリ・スクール〉を例に挙げればわかりやすいが、ロンドン以外でホームズが捜査する場合も、依頼人の地位はだいたいにおいて同じようなものだ。ほかには〈バスカヴィル家の犬〉に代表されるような、不正行為、詐欺、脅迫、秘密をめぐる事件も多い。〈ボスコム谷の謎〉、〈名馬シルヴァー・ブレイズ〉、〈ショスコム荘〉がある。

ホームズがロンドンの外へ出かけて捜査する場合でも、冒険の舞台となる英国各地はたいていロンドンの延長線上にある。市外の物語は、サセックス、サリー、バークシャー、ケントといったロンドンを取り巻く諸州を舞台とすることが圧倒的に多いのだ。ウェールズ地方は一度もとりあげられていない。一番近いところで、ホームズが行ったことのあるのはせいぜいヘレフォードシャーだ。また、コナン・ドイル自身が子供時代を過ごしたにもかかわらず、ホームズは事件でスコットランドを訪れたことがないし、物語にはスコットランド人がめったに登場しない。アイルランドはといえば、祖先たちの国だというのに、コナン・ドイルはその国のカトリック教を捨て、(生涯のほとんどの時期)アイルランドの国家独立主義を嘆いてもいた。だから、ホームズがアイリッシュ海を一度も渡らなかったのも不思議はないし、物語中のアイルランド人には悪役が多い。〈恐怖の谷〉に出てくる、団体「スコウラーズ」は、アイルランドで結成されペンシルヴェニアで悪名をとどろかせた「モリー・マグワイアーズ」という暴力主義秘密結社をモデルにしている。コナン・ドイルの寄宿学校時代のアイルランド人生徒(数学が得意だった)からその名をとった、〈最後の事件〉のモリアーティ教授しかり。ホームズ自身も〈最後の挨拶〉で、反英国、親ドイツ感情の強いアイルランド系アメリカ人役を演じている。[58]

さらに、ホームズ物語は、国内で見るとロンドンあるいはロンドンの影響下にある南西部一辺倒で、イングランドのその他の地域や英国のほかの地方をほとんど数に入れていない。このように関連性のある狭い地域に集中していることからうかがえるのは、君主政体と政府、貴族階級と金権政治家、資本家と不労所得生活者、外交官と軍人が結びついた世界に焦点を当てる物語が多いことだ。そういう世界はロンドン自体と、富裕層が邸宅をかまえるロンドン周辺諸州に広がっていた。コナン・ドイルが〈バスカヴィル家の犬〉を書き上げ、一度は捨てた主人公をもっと生き長らえさせる決心もした一九〇二年、同年出版された経済学者J・A・ホブソンの著書 *Imperialism: A Study* にも生き生きと描かれている世界だ。[59]

するとと今度は、ホームズがロンドンに住んで仕事をする必要性が、なんとなく信じられないことだが、なじみのあるところに住みつづけるというよりも、納得のいくかたちで正当化される。この名探偵が大都会ロンドンから離れないのは、ホブソンが説得力のある反帝国主義論争を展開する中で鋭く指摘した、大規模でさらに増大していく国家と帝国の「紳士的資本家」結合体の中心点だからだ。そう考えれば、ホームズはさほど、依頼人の社会的地位にかかわらずどんなものであれ「面白味のある事件」に関心をもつというわけでもない。むしろ、彼はイングランド南西部在住の人々のために働く、ロンドン駐在の問題解決専門家《トラブルシューター》だ。彼が力を貸す相手は、十九世紀末大英帝国の繁栄の立役者や受益者――あるいは犠牲者――であり、たいていは特権階級の人々だが、ときには不運な人々のこともある。そして、広くヨーロッパ大陸でホームズの顧客となった国王や王子、教皇や大統領、君主や銀行家といった人々も似たような世界に属し、似たような問題で彼に助けを求めている。[60]

シャーロック・ホームズのロンドンは、英国とヨーロッパ大陸ばかりか、大西洋の向こうアメリカにまで広がるアングロサクソン世界の、経済の中心地だった。一八八〇年代から九〇年代にかけて、英米の理念や社会構造は年々近づいていく一方、しだいに競合するようになる。一面を見れば、国際的な親善と文化交流が深まっていく時代、アングロサクソン系の二つの国家は、二国間に共通するものを高く評価しはじめる。反面、合衆国が世界の産業と経済のリーダーたる連合王国に挑み、みずからも植民地支配や海運に野心をいだきはじめた時代でもある。「我々は彼らと協力してやっていくべきであり、さもなくば彼らに打ち負かされてしまうだろう」と、初めての訪米後、コナン・ドイルは洞察力のある感想をまとめている。アメリカとの親睦をうれしく思いながらも、米国の対英敵愾心を察知していたのだ。それ以前にも、彼は（ホームズもの以外の作品である）『白衣の騎士団』に、「英語を話す民族が再び団結するという、未来の希望のために」という献辞を記している。

このような英米間の相反する《アンビヴァレンス》感情は、ホームズとワトスンの物語にもよくとらえられていた。名探偵の名前は、長年コナン・ドイルの敬慕の的だったアメリカ人作家で医師のオリヴァー・ウェンデル・

イングランド銀行（左）と王立取引所（中央）、
Francis Frith & Co.、1990年頃

ホームズからとったものだ。〈独身の貴族〉では、ホームズが生みの親の意見をこう代弁している。「アメリカのかたにお会いするのは、いつもたいへん楽しみなのです。遠い昔に、ある国王と大臣が愚かな過ちを犯しましたが、われわれの子孫はそんなことにめげることなく、いつの日か必ず、英国旗《ユニオン・ジャック》と星条旗とを四半分ずつ組み合わせた旗のもとに手を結んで、世界的な一大国家をつくりあげるだろう──わたしもそう信ずる者のひとりだからです」[61]。しかし、ほかの物語から伝わってくるアメリカ観は、あからさまに好感度の低いものだ。〈緋色の研究〉ではモルモン教徒が酷評され、〈オレンジの種五つ〉ではクー・クラックス・クランが公然と非難される。前述の「スコウラーズ」も、〈恐怖の谷〉で同様の扱いを受ける。〈踊る人形〉、〈三人のガリデブ〉の二作ではどちらも、悪役が「血も涙もないやつだと悪名高い」アメリカ人だし、〈ソア橋の難問〉の中心人物は、並はずれて魅力のない人物でもある、アメリカの「金鉱王」ニール・ギブスンだ[62]。

　ロンドンは、アングロアメリカの中心地である以前に大英帝国の首都であるが、その大英帝国についても、コナン・ドイルはある程度両義的な書き方をしている。アフガニスタンで従軍中に負傷して回復途上のワトスン自身がいい例だが、ロンドンには、英国人たちが海外勤務から帰還してくる場所という顔も

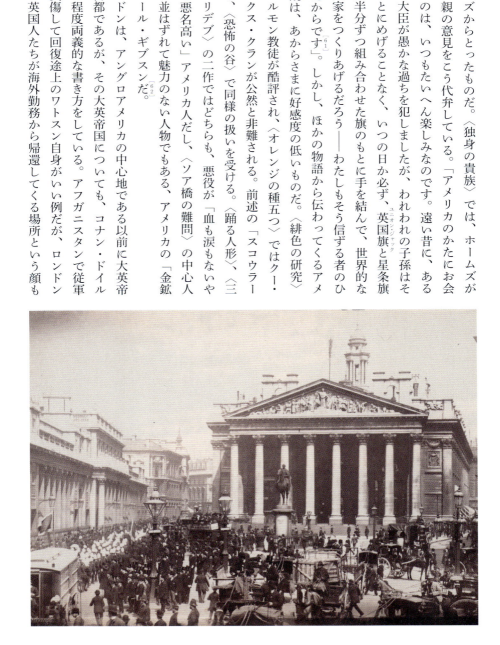

あった。大英帝国の領土でりっぱに働いて財をなし、母国で平穏で豊かな暮らしをしたいと帰国する人々もいた。〈バスカヴィル家の犬〉のサー・チャールズ・バスカヴィルは、「南アフリカでの投機で巨額の富を築いた」あと、イングランド南西部地方にある自分の館と地所に手を入れようと英国に戻ってきた。〈ボスコム谷の謎〉のジョン・ターナーは「オーストラリアでひと財産をつくり、数年前にこのイギリスに戻ってきた」。〈花婿の正体〉のミス・メアリ・サザーランドには、彼女のおじのネッドが遺してくれた「利回り四分五厘のニュージーランド公債」から得られる収入がある。[63]

またもうひとつ、大英帝国の領土は、英国内で道をはずれてしまった人々が辺境にあがないを求めて、思い切って向かう先でもあった。〈悪魔の足〉の「ライオンを追う偉大なる探検家」レオン・スタンデール博士は、復讐のために仇敵を（もっともな理由があったとしても）恐ろしい方法で毒殺し、ホームズに説得されて中央アフリカへ「骨を埋める」ことにする。〈プライアリ・スクール〉では、誘拐という手段をとったホールダネス公爵の非嫡出子が殺人の罪を見逃され、追放されて「オーストラリアで運を試す」ことになる。〈三人の学生〉で不正を働いた大学生は、植民地で新たに人生をやり直すことになるが、その彼にホームズはこう言う。「ローデシアでは輝かしい将来がきみを待っていることだろう。一度だけ、きみは過ちを犯した。将来、きみがどんな立派な人間になるか、見守らせてもらうよ」。そしてまた、償いやあがないではなく、自由と幸運の地としての大英帝国領がある。〈ぶな屋敷〉でファウラーが「外交員としてインド洋に浮かぶモーリシャス島に赴任して」アリス嬢とともに悪意のある家族の手を逃れるように。[64]

しかしホームズ物語の中で、大英帝国領はしつこく疑問視されてもいる。コナン・ドイルは大英帝国領をしばしば、絶望した人間たちが恐ろしいことをしでかし、それがのちに本国へ戻ってからの困惑や、（こちらのほうがよくあるが）復讐の原因となる、不吉な場所として描いているのだ。ロバート・ルイス・スティーヴンスンやウィルキー・コリンズの影響が色濃い〈四つの署名〉には、インドで「アグラの財宝」を盗んだもののその地で囚われの身となっていた英国人が出てくる。財宝は現地軍の将校にだまし取られてしまうが、脱獄した彼はロンドンでの財宝奪還と報復を目指す。その彼に付き添ってきたのは、邪悪で獰猛な先住民の小男だった。一方〈レディ・フランシス・カーファクスの失踪〉で悪事を働くのは、孤独でだまされやすい上流階級の女性たちを食い物にする〝聖者〟ピーターズだ。ホームズはその男を、「オーストラリアが育てた、最も危険な男のひとり」と表現し、おまけにこう付け加える。「歴史が浅いわりにオーストラリアという国は、完成度の非常に高い悪党を生みだしている」[65]。同じように復讐心をかかえて地球の反対側や南アフリカから帰国してきた者たちが、〈グロリア・スコット号〉、〈美しき自転車乗り〉、〈這う男〉、〈ボスコム谷の謎〉などにも出てくるが、そのすべてを凌駕するのが〈まだらの紐〉の、暴力的な気質で先祖代々「放蕩者で浪費癖のある」、グリムズビー・ロイロット博士ではないだろうか。没落しつつある紳士《ジェントリー》階級の一族の子孫である彼は、医師としての教育を受けてインドへ行き、そこで「地元民の使用人頭を殴り殺してしまい……死刑だけはまぬ

大英帝国領の臣民たちを周囲に描いたヴィクトリア女王即位五十年記念ハンカチ、1887年頃

がれ」たが、長いあいだ投獄されていた。また、「インドの動物に夢中」になり、「気むずかしい人間となって失意のうちに」英国に戻ってくると、連れ帰ったチーターやヒヒを田舎の邸宅の敷地に放した。あげく「インドでもいちばん猛毒の」「沼毒蛇」をけしかけて、義理の娘をひとり殺し、もうひとりもあわや殺しそうになる。[66] こうして見ると、コナン・ドイルの描く大英帝国領はホブソンの説に肉薄する。そこは、英国を出てきたはいいが戻れば「辺境でのできごとが自分にはね返ってくる」、「傷ものの人物たち」が住んでいるところなのだ。[67]

IV

コナン・ドイルが探偵と医師に背負わせたのは、このように不安定で豊饒な十九世紀末の世界だった。地元の大都会や国内の田舎、かと思えばヨーロッパや北米、世界中の大英帝国領。それでもつねにロンドンを中心にしていたようだ。そういう複雑な広い文脈で考えてみると、作者、作品、主役たち、ロンドンの描き方に、矛盾や逆説が多いのもうなずける。

ところが、コナン・ドイルがホームズとワトスンの——そしてロンドンの——物語を執筆していた期間が、二人の活躍していた期間よりかなり長きにわたるため、状況はさらに複雑になる。繰り返しになるが、大多数の事件は一八八一年から九一年まで、そして一八九四年から一九〇三年までの時期に設定されている。だが、『緋色の研究』、『四つの署名』および『シャーロック・ホームズの冒険』と、名探偵の〝死〟で終わる『シャーロック・ホームズの回想』という長篇および短篇集の執筆時期が一八八七年から九三年、『バスカヴィル家の犬』、『シャーロック・ホームズの生還』、『恐怖の谷』が出版されたのは一九〇二年から一四年まで。そして最後の二つの短編集『シャーロック・ホームズ最後の挨拶』

「ホームズは懐中時計を取り出して言った」〈ギリシャ語通訳〉のワトスン博士とシャーロック・ホームズを描いた挿し絵、《ストランド》1893年9月号、シドニー・パジェット

と『シャーロック・ホームズの事件簿』の出版が、一九一七年と、コナン・ドイルが没するほんの三年前の一九二七年だった。作者がすっかり有名になった作中人物に最終的な別れを告げるころには、ホームズが引退してから四半世紀近く、『緋色の研究』でデビューしてからは半世紀になろうとしていたのだ。[68]『事件簿』に、コナン・ドイルはこう書いている。「ホームズが探偵業という冒険に乗り出したのは、後期ヴィクトリア時代の最盛期であったが、その後エドワード時代という短すぎる時代を経て、激動の時期である近年にいたるまで、ずっと自分なりのささやかな居場所を確保してきたといえよう」。つまり、一八八〇年代と九〇年代を描くのに、ほどなくするとコナン・ドイルは同時代を見て書くわけにいかなくなり、作中の時代は書き手からしだいに遠く隔たって古めかしくなっていったのだ。『事件簿』が世に出た一九二〇年代に至っては、〝野心的で流行の先端を行く若者たち〟の街ロンドンは、一八八〇年代の〝世界的都市《ワールド・シティ》〟からすっかり様変わりしていた。[69]

　コナン・ドイルが一八八七年から九三年のあいだに書いた最初の長篇小説二作と二つの短篇集は、執筆時期と作中に設定された時期があまりずれていないため、その

後の作品では再現できなかったような即時性と活気がある。彼は四十年近くにわたって、本質的に同じ、決まりきった書き方を五十六回も繰り返したわけだから、当初の先駆的短篇のような大胆な独創性や力強い同時代性をすり減らさずにいるのは、無理と言っていいだろう。[70]

ホームズの個性や手法の持ち味には、先行するチャールズ・ディケンズ、エドガー・アラン・ポー、ウィルキー・コリンズらの作品に登場する探偵たちの影響が感じられるが、コナン・ドイルはエディンバラ時代の恩師ジョゼフ・ベル博士の人となりや技量も参考にした。短篇作品の構成構築という点では、コナン・ドイルが早くから論理的で整った学術論文を書く経験を積んでいたのが功を奏したし、ポーよりもっとモーパッサンを手本にしているとも言える（ホームズにフランス人の祖先がひとりいるのも、あながち不思議ではない）。だが、コナン・ドイルは探偵小説をジャンルとしてはっきり確立した最初の作家であり、たちまちなじみになってしまうものの、当初大いに独創的だったフォーマットの、生みの親だ。ホームズがシェイクスピアを引用した言葉（「アントニーとクレオパトラ」第二幕第二場）をアレンジするなら、「歳月もそれをむしばみえず、習慣もその無限の単調さを古びさせず」といったところだろうか。[71] 作品それ自体は、一八七〇年の基礎教育法（フォースター教育法）を受けて新たに生まれた、大量の一般大衆読者層向きの読み物としてぴったりでもあった。ヴィクトリア朝後期には新聞や雑誌が盛んに発行されるようになり、それを購読する人もどんどん増えていた。そんな雑誌のひとつが、ホームズとワトスンの短篇小説が最初に掲載された《ストランド》である。[72] 大西洋の対岸でも同じように出版活動が展開して（それと同時に、合衆国内の著作権法が厳しくなった）、英国作家も《リピンコッツ・マンスリー・マガジン》などアメリカの雑誌を媒体として拡大していく販路を開けるようになり、コナン・ドイルはその最初の世代に属したのだった。[73]

また別の意味でも、ホームズ物語初期の長篇および短篇には、それ以降はずっと取り戻すのが難しくなった革新性と同時代性がある。ロンドンはひとつの——それどころか、飛び抜けた——最先端都市だった。大きな鉄道駅、国会議事堂、ロイヤル・アルバート・ホールができてから、一世代とたっていない。この初期にホームズが駆使した鉄道、電報、辻馬車（乗合馬車や地下鉄、電話、タイプライターはまだあまり使っていない）といった技術がもたらした構造基盤も、生まれたばかりだった。辻馬車《ハンサム》が完成形に達したのは一八七〇年代なかばになってからだし、通りを走る辻馬車の数は一八三〇年代から八〇年代までのあいだに十倍に増えた。[74] ホームズが仕事上で協力するのも（対立することも多いが）、やはり最先端の治安維持体制だ。制服警官が一般大衆に広く認知され、評価されるようになったばかりだった。グレグスン警部やレストレード警部のような、善意のかたまりだがこつこつ働く人物を擁するスコットランド・ヤード犯罪捜査課（ＣＩＤ）は、一八七八年に本格的体制で再建されたばかり。それから二十年とたたず、〈緋色の研究〉が世に出た。ノーマン・ショー設計のニュー・スコットランド・ヤードができたのは、一八八九年から九〇年にかけてで、ちょうど最初のホームズ長篇二作が発表された年だ。警察の協力は（じゃまになることも多いが）、新味があって不可欠の要素だった。推理作家レジナルド・ヒルが「警察なくして探偵小説はありえない」と言っているように。[75]

　初期の短篇のうち〈花婿の正体〉、〈まだらの紐〉、〈ぶな屋敷〉の三作は、悪意のある（義理の）父親の、（義理の）娘が結婚後も正当な相続権を維持するのをじゃまだてするという、一八八二年に成立した「既婚女性の財産保護法」を踏みにじるくわだてを描くものだった。これら初期の作品には、君主政体と大英帝国領の秩序が確立したこともあって、そのころ保守化の激しかった政治文化も反映されている。ベイカー街二二一Ｂの部屋の壁には、ホームズが「愛国心から」撃った弾丸で、統治者ヴィクトリア女王を表す略号〝ＶＲ〟が刻まれ、一八八五年にハルトゥームで戦死したゴードン将軍の肖像も飾られている。[76]

　ただし、こうした初期作品はリベラルで、それどころか急進的でもある。犯罪捜査ばかりでなく、社会正義を訴えることも同じくらい重要視しているのだ。したがって、〈海軍条約文書〉ではホームズが、一八六八年から七四年のグラッドストーン首相最初の政権で手がけた主な改革のひとつ、フォースター教育法によって誕生した公立小学校を賞賛する。ホームズはワトスンに、公立小学校は「まさに灯台だよ！　未来を照らす明かりだ！」「より賢明で、よりすばらしい未来の英国」を生みだす力になる、と自信たっぷりに言うのだ。このように、社会階層の低いほうに属する人々にも機会が開けることを熱烈に支持するほか、異人種間結婚を肯定し（〈黄色い顔〉）、上流階級の人々の不品行を一貫して非難している。[77]無責任な恋愛をめぐる〈ボヘミアの醜聞〉と、秘密裏につくった多額の借金を扱った〈緑柱石の宝冠〉はいずれも、王族の不行跡や過失に関する物語であり、プリンス・オブ・ウェールズとその長男プリンス・エディの好ましくないふるまいを暗に非難しているようでもある（トランビー・クロフト事件が起きたのは一八九〇年、その二年後にクリーヴランド街スキャンダルがもちあがった）。〈赤毛組合〉の悪漢、「殺人、窃盗、贋金造りに文書偽造という罪を犯している」ジョン・クレイは、王族公爵一家の末裔だった。

　コナン・ドイルはよく貴族や地主のことを、抑えた追従的な調子で、たいへんな名士で国内屈指の由緒ある血筋などと書いているが、これら初期の作品中で彼らはろくな扱いを受けていない。サー・ジョージ・バーンウェルはメロドラマから抜け出してきたような不道徳な準男爵だし、貧窮に陥ったバルモラル公爵の息子、俗物的なロバート・セント・サイモン卿は、あさましくもアメリカの女性相続人との金目当ての結婚によって一家の財力を取り戻そうとする。[78]同じように初期作品でコナン・ドイルが視野に入れていたのは、公務員の無能ぶりだ。当初はグレグスン警部もレストレード警部も尊大で無能な人物に描かれ、ホームズのすばらしい才能と、自分の名前を表に出さないという太っ腹な態度に救われて、かろうじて体面を保つことも何度かあった。

　一八九三年から十年ほど、コナン・ドイルはホームズ物語を書かなかったが、一九〇二年、十年以上さかのぼって彼の〝死〟以前の、語られずに残っていた冒険と思われる〈バスカヴィル家の犬〉でホー

ハクニーのキャサリン街（現クランウッド街）
にある公立小学校、1887年

ムズをカムバックさせた。その後、〈空き家の冒険〉でホームズは本格的に復活し、モリアーティとの対決を生き延びていたことが明かされる。この物語がまず一九〇三年末に発表され、第二期の執筆が新たに開始されて一九一四年まで続くことになる。〈恐怖の谷〉と、『最後の挨拶』所収の最終話を除く全作品は、第一次世界大戦が始まる直前に完成していた。ところが、〈空き家の冒険〉は一八九四年という設定。つまり、物語中の日付と創作の日付の隔たりがだんだん大きくなっていき、この先も広がる一方だということだ。なぜなら、コナン・ドイルはホームズを、彼をカムバックさせたまさにその年、つまり作中でホームズがナイト爵位を辞退し、一方コナン・ドイルが実生活で爵位を受けた一年後の[79]一九〇三年に、引退させると決めていたのだから。

ホームズは依然としてヴィクトリア朝後期の人物のまま、ヴィクトリア朝後期のロンドンに住んでいるのに対して、コナン・ドイルのほうはしだいにエドワード朝の視点から書くようになり、エドワード朝の先入観につきまとわれるようになっていく。〈アビィ屋敷〉、〈悪魔の足〉には、作者が執筆当時離婚法改正の必要性に関心をもっていたことが反映されている。〈第二のしみ〉と〈ブルース・パーティントン型設計書〉はどちらも一八九〇年代の設定だというのに、一九〇〇年代の国家間の緊張の高まりが反映されている（「いまヨーロッパ全体は、いわばひとつの武装陣地と言えます」）。同様に、〈六つのナポレオン像〉、〈金縁の鼻眼鏡〉、〈ウィステリア荘〉、〈赤い輪団〉も、ヴィクトリア朝後期というよりはむしろエドワード朝の関心事である（同時期にジョゼフ・コンラッドも一九〇七年刊の『密偵』でとりあげている）、外国の虚無主義者《ニヒリスト》や無政府主義者《アナーキスト》、あるいは革命に対する不安を探求するものだ。一八九七年という設定の〈悪魔の足〉では、ホームズは神経がすっかりまいってしまい、イングランド南西部地方での静養を余儀なくさせられる。その衰弱した状態には、一九一〇年から一四年のあいだに英国の支配者階級を飲み込むほどに高まっていった危機感も、反映されているのではないだろうか。[80]

ちょうどそのころ、新たに空前の拡張と変貌の時期を経て、エドワード朝ロンドンは一八八〇年代、九〇年代のロンドンからすっかり様変わりしてしまった。〝帝都ロンドン〟を思い出させるような新しい道路や建物の大半は、ホームズがサセックス・ダウンズへ引っこんでから第一次世界大戦勃発までの十年間に建造されたものなのだ。街の中心部を通る新たな幹線道路には、ウェストミンスター宮からテムズ川東岸エンバンクメントに延びるミルバンクや、ブルームズベリーの南側のスラム街とむさくるしい住宅地を通り抜けるキングズウェイとオールドウィッチ、ヴィクトリア女王記念事業で建設されたばかりのアドミラルティ・アーチとヴィクトリア記念碑と、改装なったバッキンガム宮殿正面を結ぶザ・マルなどがある。

こうしてりっぱな祝賀パレード道を備えたロンドンは、王室行事や国家的式典の舞台としてウィーンやパリ、ベルリンやサンクトペテルブルクと肩を並べるようになった。ほかにも、ホワイトホールの陸軍省や大蔵省など、中心街の至るところに〝最盛期エドワード朝バロック〟様式の新しい建物ができた。中央刑事裁判所《オールド・ベイリー》やロンドン港管理公団本部。ハロッズ、セルフリッジ、バーバリーなどの高級デパート。リッツ、ピカデリー、ウォルドルフほかの豪華なホテル。ロンドン・コロシアムやシャフツベリー・アヴェニューに並ぶ劇場。メソジスト・セントラル・ホールや英国自動車協会。テムズ川の南に、ロンドン市議会の庁舎となるカウンティ・ホールも着工された。[81] G・M・ヤングが正しく指摘しているように、ヴィクトリア女王の死とホームズの引退からわずか数年のうちに起こったこのような変化で、ロンドンの公的な外観は根本的に別のものになった。一九一四年という設定の〈最後の挨拶〉終幕で最後に会ったホームズとワトスンが、ハリッジからロンドンへ向かうとき、十年ぶりの二人にはほとんど見覚えのない街に思えたことだろう。

ロンドン周辺部に近づいただけで、ホームズとワトスンはさまざまな変化にまごつかされたことだろう。アクトン、バーンズ、チングフォード、ゴールダーズ・グリーン、マートン、モーデンといった、環状に連なって新たに出現した郊外の一画を通り抜けることになったはずだからだ。懐かしさからベイカー街を訪れたりしようものなら、マリルボーンの先とマーブル・アーチ周辺にまで広がる一帯が、近代的フラットのマンションが建ち並ぶ広大な住宅街になっているのを目にしただろう。フラット住まいの新しい大都市生活スタイルは、ハドスン夫人が二二一Bで提供していたのとはまるで違うものだ。もしスコットランド・ヤードに行ってみたなら、指紋や写真の活用など、犯罪捜査に大きな革新があったことを知っただろう。[82] また、路面電車が登場し、地下鉄路線が新たに遠く郊外まで延びたおかげもあって、ロンドンの交通手段にも大変革が起きたと気づくことだろう。それよりも重要なのは、馬がロンドンの通りから事実上消えたことだ。一九〇三年には乗合馬車が三六二三台に自動車式のバスがたった十三台だったが、一九一三年になると乗合馬車が一四二台しか残っていないのに対してバスは三五二二台になっていた。辻馬車業界では、一九〇三年当時、二輪辻馬車《ハンサム》と貸し馬車が一万一〇〇〇台以上にタクシー自動車が一台稼働していたのに対し、一九一三年にはタクシー自動車が八〇〇〇台以上になり、残っている馬車は二〇〇〇台に足りなかった。[83] エドワード朝ロンドンは、ヴィクトリア朝後期とまるで違う街になっていたのだ。より華やかで、より大きく、技術がさらに進んだ街に。そう考えると、ガス灯と辻馬車が電気とエンジンに取って代わられた、まるで違う都会環境でホームズが仕事をするのは、無理だったのではないだろうか。だからコナン・ドイルは一九〇三年に探偵を引退させ、一八八〇年代と九〇年代から世紀の変わり目までの設定で物語を書き続けたのだという、きわどい議論もあった。またコナン・ドイルは、あまりに変わってしまったエドワード朝ロンドンがしだいに自分の好みに合わなくなってきたと感じたはずだ。一九一三年刊のSF小説『毒ガス帯』で彼は、地球が致死性のガスらしき雲を通り抜けるとき、「静まりかえった不快な都市」の住人をあわや皆殺しにしそうになるのだ。[84]

　コナン・ドイルと同世代の人々にしてみれば、第一次世界大戦は十九世紀末英国をほとんど破壊してしまったようなものだった。コナン・ドイルは戦争のせいで息子と弟を亡くし、昔からひそかに引きつけられていた心霊主義を大っぴらに奉ずるようになる。以降はその主義の普及促進に時間とエネルギー

東から眺めたオーストラリア・ハウスとオールドウィッチ、
1930年頃、ジョージ・デイヴィッドソン・リード

のほとんどを注ぎ込み、そのために世間でもの笑いの種にもなった。書くのも、科学的に説明のつかない自説を正当化するものばかりで、ホームズとワトスンの物語をほんのわずか発表し、『シャーロック・ホームズの事件簿』にまとめ――そして締めくくったのだった。[85] ただ、作者の主義信条にもかかわらず、名探偵は依然としてあるがままの世界だけを固く信じ、理性と懐疑主義だけが人間の行動をしっかり導いてくれると信じ切っていた。後期の作品の中では、人間がむやみと人為的に寿命を延ばしたがるのを非難する一方、自殺を認めようとしない。後期の物語にはまた、身体の切断をあからさまに書くという特徴もあり、〈高名な依頼人〉に出てくるグルーナー男爵の「愛欲の日記」から〈三人のガリデブ〉でホームズがワトスンへの「深い気づかいや思いやり」を口にすることまで広い意味で、性的なことがそれまでよりも率直に語られる。[86] また、最後のほうの作品はそれまでよりも物語が短めで、「人間の苦痛や欠陥が一瞬のひらめきとなってうかがえる」ものが多い。そして、ホームズがもはやかつてのような超人ではなく、どれほど優秀であろうとも、たったひとりの英雄の活躍で世界の秩序を維持し国家の安定を守ることはもう不可能になったのだという認識によって、さらに小さくま

とまった印象を与える。そのため、最後の作品群には全体に諦観と哀愁がしみわたっているようだ。〈隠居した画材屋〉の冒頭、ホームズはワトスンにこう尋ねている。「人生なんてどれも惨めで無力なんじゃないか？」[87]。このせりふから感じられるのは、一八八〇年代、九〇年代のものういワイルド風の倦怠感とはまったく別種の、勇ましいというよりは荒涼たる戦後の世界に直面した放心状態だ。「この世界はどんなはきだめになってしまうことだろう」と懸念するホームズは、もとはワトスンが〈緋色の研究〉でロンドンを表現したのと同じ言葉を使っていながら、ここでは救いとなるような別の面を示していない。[88]

このような戸惑いとあきらめは、シャーロック・ホームズの世界だった一八八〇年代と九〇年代の街があらかた見る影もなく変貌してしまったことを思えば、なおさら強く感じられる。ロンドン中心部は大規模に再開発され、一九一一年から一三年までのあいだに大ロンドンの人口はさらに百万人増加した。ピカデリーやパーク・レーンにあった古い上流階級の大邸宅は多くが姿を消し、あとにはフラットや事務所や店舗ができた。ジョン・ナッシュ設計のリージェント街も取り壊され、サー・レジナルド・ブルームフィールドの設計で再建された。カナダ、オーストラリア、ニュージーランド、南アフリカといった大英帝国領およびインドのロンドン本部が、新たに設立された。工期が長引いていたカウンティ・ホールもやっと落成した。一九二五年にブッシュ・ハウス（一九一九年に貿易センターとして企画し一九三五年に豪華な商品展示場として完成）が、その三年後にＢＢＣ放送会館が着工された――いずれ犯罪捜査のやり方も犯罪報道も変えていく、ラジオ、やがてはテレビという新進の放送媒体のための建物だ。[89]

辻馬車がロンドンの通りからすっかり姿を消し、タクシー自動車がその後釜に据わる一方、地下鉄路線はさらに延伸して、イーリング、ウェンブリー、ヘンドン、フィンチリー、パーリー、コールズドン、ダゲナムといった郊外に、広い〝地下鉄地区《メトロランド》〟が生まれた。新しくできたグレイト・ウェスト・ロードのおかげで郊外がヘストンやハウンズローにまで広がったばかりか、ブレントフォードに〝ゴールデン・マイル〟もできて、一九二五年以降似たようなアールデコ様式の工場が続々と建造された。[90] ハロルド・クランが『シャーロック・ホームズの事件簿』と同年に発表した著作で、こうした変化を概観して出した結論は、ロンドンは依然として「世界に前例を見ない最大の都市であり偉大な大英帝国の首都である」だったが、その彼も、数字で見るかぎり、近い将来ニューヨークに追い越されるだろうことは認めざるをえなかった。しかし、本当のところ、ニューヨークはとっくにロンドンを凌いでいた。つまり、一九二〇年代のロンドンはもはや、最盛をきわめたヴィクトリア朝後期のような押しも押されもしない世界的都市ではなかったし、未来を——いい意味でも悪い意味でも——先取りする場所ではなくなっていたのだ。[91]

早くも一九一四年には、再び訪米したコナン・ドイルが、自分が二十年前に初めて足を踏み入れたマンハッタンの変わりように目をみはった。ウルワース・ビル(ブロードウェイの官庁街に一九一三年建てられた大聖

マーブル・アーチのパヴィリオン・シネマで英国封切り上映された『メトロポリス』のプログラム表紙、1927年

堂風のゴシック様式高層建築）の最上階まで登った彼は、こう言っている。「まるで誰かがこの街の上からじょうろで水をまき、そのあとにこんな巨大ビルが一夜にしてにょきにょき生えてきたみたいではないですか。二十年前ここに来たとき、摩天楼と言えばワールド・ビルディングでした。それが今はどこにあるのか――ただの台座も同然になっています。ニューヨークはすばらしい都市であり、アメリカもまた、大きな未来のあるすばらしい国です」[92]。一九二七年、エリッヒ・ポマーとフリッツ・ラングが壮大なSF映画『メトロポリス』で、この感想と同じようなことをもっと強烈に描いた。映画の舞台は百年後の未来らしき高層建築だらけの街だが、実は当時のマンハッタンをモデルにしている。

　好景気の二〇年代にマンハッタンはどんどん上へ延び、街独特の〝ジャズ・エイジ〟を謳歌する、新たな世界的都市となっていた。コナン・ドイルの死の前年にニューヨーク株式市場が大暴落したあとも、ニューヨークは高みを目指し続け、世界最高の摩天楼、クライスラー・ビルやエンパイア・ステート・ビルを完成させ、アールデコ様式の博愛主義の殿堂ロックフェラー・センターの建設にかかった。一九三八年にはジェリー・シーゲルとジョー・シャスターが、ニーチェの超人のような主人公スーパーマンがラ

右手にエンパイア・ステート・ビルがそびえる、ニューヨークのスカイライン、1930年頃

ングとポマーの映画から借りてきたようなメトロポリスという街で活躍する漫画を、生み出す。翌年、ボブ・ケインとビル・フィンガーがバットマンでそれに応酬した。舞台は架空の街ゴッサム・シティで、昼間より夜のことが多いものの、やはりちょっとアレンジしただけのニューヨークだ。[93] スーパーマンとバットマンは、二十世紀の典型的な十字軍戦士、義侠の士となった。彼らはディアストーカーや辻馬車よりもタイツ・スタイルや最新式の小道具を好み、マリルボーンにいたらどうだかわからないが、マンハッタンではたいそう頼りになった。最初コナン・ドイルの創作に向けられていた賞賛を、バットマンが横取りしていったのだ。ニューヨークがロンドンを抜いて最大の世界的都市となった以上、バットマンがシャーロック・ホームズを凌ぐ〝世界一の名探偵〟ということになるかもしれない。

V

はたして、そうなのだろうか？　よく考えたうえでその問いに答えるなら、そんなことはない。バットマンはシャーロック・ホームズを追い越さなかったし、今に至るも追い越してはいない。スーパーマンもだ。コミックスや大ヒットした映画がゴッサム・シティとメトロポリスを生き生きと描き出し、この華々しいハイテク十字軍戦士たちはある程度世界的な人気者になったが、いつまでも色あせないホームズの並はずれた魅力や、さまざまなメディアにまたがって活躍の場を広げつづける長命ぶりには、比べるべくもないだろう。

この百年間で、長短篇のホームズ物語は世界中でほぼすべての主要言語に翻訳されたし、英語版は一度も途切れたことがない。舞台への進出はコナン・ドイルの生前から始まっていた。まず一八九九年にアメリカの俳優ウィリアム・ジレットが演劇でホームズ像を再現し、長年にわたって大西洋の両岸でホームズ役を演じた。一九〇〇年にはもう、最初のサイレント映画、“Sherlock Holmes Baffled”が登場。一九二一年から一九二三年まで、ストール・ピクチャーズが短篇映画四十五本に長篇映画二本を製作した。ホームズものの最初のトーキー映画がつくられたのは、一九二九年。一九三九年から四六年にかけては、十四本のアメリカン・トーキーでバジル・ラスボーンとナイジェル・ブルースがホームズとワトスンを演じた。[94]

その後、ホームズは電波にも乗りはじめる。一九八九年から九八年までBBCラジオ4では全作品が翻案、放送されたし、たびたびテレビ番組にもなった。一九六四年から六八年にはダグラス・ウィルマーに続いてピーター・クッシングが、一九八四年から九四年にはジェレミー・ブレットがホームズを演じた。出版界、放送界、映画界に続々と〝新作〟ホームズ物語が生まれ、ロンドン、エディンバラ、モスクワでホームズ像の除幕式が行われた。[95]一九三四年、ニューヨークでベイカー・ストリート・イレギュラーズが、続いてロンドンでシャーロック・ホームズ・ソサエティが設立される。それを皮切りに、オーストラリア、インド、日本といった世界各地に団体が増えていき、今度はそのメンバーたちが取り憑かれたようなやむにやまれぬ思いから、〝シャーロッキアン〟による〝グレイト・ゲーム〟という、不思議な擬似学問の世界をつくりだしていった。[96]その結果、コナン・ドイルの生み出した探偵は、推理作家P・D・ジェイムズの言葉を借りるなら、今なお「比類なき名探偵」であり続け、英語で描かれた最も有名な架空の人物にして、二百を超す映画で七十人以上の俳優がその役を演じた、最も出番の多い映画キャラクターとなったのだ。[97]

つまり、原作に描かれた時代と場所をはるかあとにしても、シャーロック・ホームズというキャラクター自体が、最初に登場した十九世紀末ロンドンという特定の制約をはるかに超えて、独自の命を（それも数多い命を）得ているということだ。もちろん、コナン・ドイルがまだ存命で新作を書いていた一九二〇年代からそういうなりゆきになっていて、ホームズとワトスン、そして彼らの住むヴィクトリア朝後期の街はそのころすでに、古きよき思い出にせつないあこがれを寄せるような見方をされていた。

一九二〇年代の終わりにはE・S・エリオットが、「シャーロック・ホームズ物語の十九世紀末はつねに夢と冒険にあふれ、つねになつかしい」、そしてその街の「好ましい外観」が郷愁や夢をかきたてる雰囲気の重要な部分だ、と書いている。エリオットおよび彼と同世代の、ふくらみつつある両世界大戦間世代にとって、コナン・ドイルの作品は、じめじめした歩道に相変わらず霧のたれこめるロンドンの薄汚さが体現する「荒廃した社会」から逃避するには、もってこいのファンタジーだったというわけだ。それどころか、エリオットは、さらに踏み込んで、十九世紀の直接記憶をもたない、ホームズとワトスンの未来の愛好者たちのあいだで、その郷愁や夢はいっそうふくらみ、強くなっていくだろうと予言してもいる。[98]後世の人々は、これでもかとばかりにその予言の正しさを立証してみせた。いまだに世界中で無数の読者、視聴者、観客が、どこもかしこも不吉な霧がたれこめ、ディアストーカーとインヴァネス・コート姿で曲がったキャラバッシュ・パイプをくわえたホームズのいる、一八九五年のロンドンを思い描いては魅了されて

ジェレミー・ブレットは、1984年から1994年までグラナダ・テレビのシリーズ番組でシャーロック・ホームズを演じた

いるのだ。繰り返しておくが、一八八〇年代と九〇年代、ロンドンの霧はコナン・ドイルの物語に書かれているよりももっと広範囲に及んでいたし、命にかかわるほどの環境汚染が懐かしく思えるようになるのは、一九五三年に大気清浄法が成立して以降のことだ。また、ホームズの帽子、パイプ、コートは、コナン・ドイルの原作からというよりは、シドニー・パジェットの挿し絵やバジル・ラスボーン主演の映画がもとで定着したものである（原作により忠実であろうとしたジェレミー・ブレット主演のテレビ・シリーズにはあまりはっきり出ていない[99]）。

それにしても、ぼんやりとガス灯に浮かぶロマンチックな郷愁《ノスタルジア》は、十九世紀末ロンドンの数ある「好ましくない外観」、つまり汚物と悪臭、喧噪と混雑、むさくるしさと貧困を、都合よく無視するものだ[100]。それでは、コナン・ドイル描くこの世界的都市の、あるいは、ともかくロンドン自体と同じくらいエディンバラも着想のもとになっている大都会の、欠点や不備や風変わりなところはわからない。矛盾をかかえたホームズの個性は、一八八〇年代と九〇年代という、不安と希望、貧困と進歩、頽廃と大胆不敵が競い合うように混在した二十年間と大いに共振するわけだが、彼とその作者の、時代と結びついた特異性や独特さを正し

く理解できないことになるのだ。また、当初は革新的で最先端を行くものだった作品が、作者の晩年にはもう、しだいに紋切り型で時代錯誤になっていき、以降はもともとの時代や場所と隔たっていく一方だったのを、見落とすことにもなる。そう考えると、コナン・ドイルの死から数十年間もホームズが活躍していること自体が、ギルバート・アンド・サリヴァンのオペレッタやP・G・ウッドハウスのジーヴズ&ウースターもののように、元の文芸ジャンルが最初に生み出された環境をうまく生き延びて長命を保つ典型的な例として、注目するに値する。

だがそれにしても、ホームズが生きた時代、住んだ街での彼自身の人生のほうが、もっと魅力的だ。ホームズという架空のキャラクターは、十九世紀末ロンドンの――都会の絶望というみじめな現実と、都市の救いというロマンチックな可能性が共存する場所としての――二つの大きく異なるアイデンティティを体現していながら、その二つのあいだにあるギャップの架け橋でもあるからだ。本書に書かれた小論はいずれも、名探偵にふさわしい〝解明〟と〝発見〟という大きな課題の中で、大都市と名探偵を生き生きとよみがえらせてくれるだろう。霧とガス灯のノスタルジアという「好ましい外観」も、ホームズがめったにかぶらないディアストーカーや吸ったことのないキャラバッシュ・パイプも、ここにはいらない。本書は、歴史的研究と豊富な証拠、入念な再構成によって、初めて世に出て以来目を向けられたことも気づかれたこともなかったような、世紀末ロンドンとヴィクトリア朝後期のシャーロック・ホームズに迫る。短篇第三作である〈花婿の正体〉の文字通りの意味は〈同一性の問題《ケース・オブ・アイデンティティ》〉であるが、アイデンティティが誤解されることはもうない。ここからは、〝グレイト・ゲーム〟でない〝シリアスなゲーム〟を、お楽しみいただきたい。

バジル・ラスボーンは、シャーロック・ホームズ役で1939年から1946年まで長編映画14本に主演した

シャーロック・ホームズの〝ボヘミアン的な生活習慣〟

ジョン・ストークス

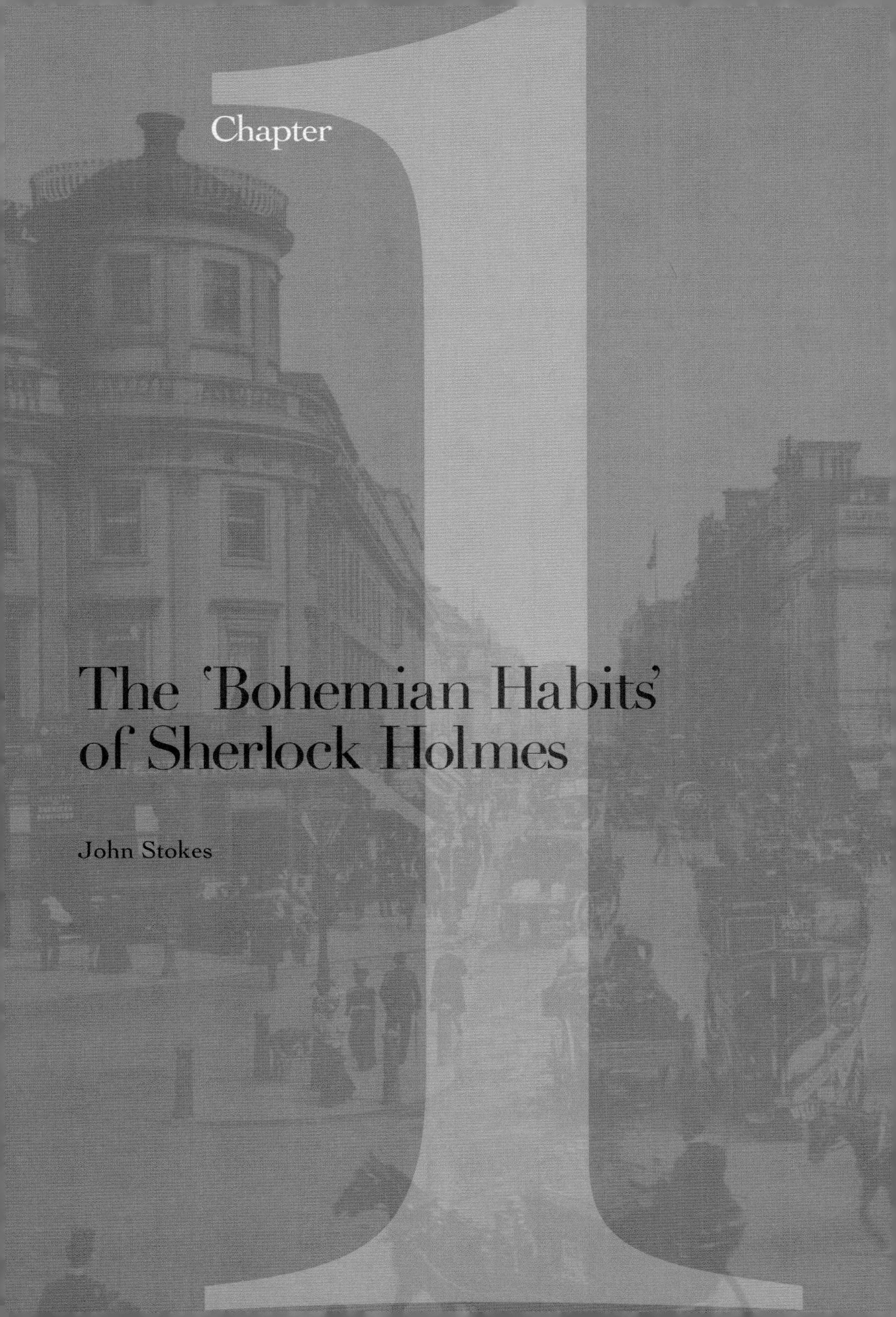

Chapter 1

The 'Bohemian Habits' of Sherlock Holmes

John Stokes

シャーロッキアンにとって〝ボヘミアン〟という言葉からすぐ連想されるのは、あの物語、つまり《ストランド》誌掲載は一八九一年七月だが一八八八年にはタイトルが決まっていた、〈ボヘミアの醜聞〉だろう。いつの時代も贔屓にされてきた、アイリーン・アドラーという名の〝女山師《アドベンチャラス》〟にして美貌のオペラ歌手が、世襲のボヘミア王を恐喝して、スカンジナヴィアの王族と婚姻関係を結ぶ計画をこわそうとする、という話だ。変装してベイカー街を訪れた王はホームズに、アドラーは自分との秘密の恋愛関係をあばくような、二人で撮った写真を持っていると言う。だが結果として、恐喝の危険があったとは証明されない。証拠となる写真を取り戻そうとホームズが活躍したからではなく――実際にその試みは成功しなかったのだが――ユーモア感覚のあるオペラ歌手が探偵の打った芝居にプロとして感心したからだ。

　とすると、タイトルの〝ボヘミア〟とは、東欧の、十九世紀にはオーストリア・ハンガリー帝国の一部であり、一九一八年以降はチェコスロバキアと呼ばれるようになった一角を指しているのか。それとも、本当の醜聞《スキャンダル》は、からくも避けられた一国の対外的な恥のことでなく、禁欲的な天才ホームズが魅力的な女優に裏をかかれ、それがただひとり、疑いようもなく心惹かれた女性であるということなのか。それも負けず劣らずスキャンダラスだという考えもある。面白いことにコナン・ドイル本人も、物語の冒頭で、遠回しにではあるが、そんな考え方もあるかもしれないと思わせる意味深な書き方をしている。孤独を愛し、しばしば女性を嫌悪するホームズが、いつも「ボヘミアン的気質からあらゆる種類の社交を嫌う」というのだ（〈ボヘミアの醜聞〉）。この、国名とはまた別の使い方をされる〝ボヘミアン〟からは、因襲にとらわれない性格が思い浮かぶ。遠い由来（ひとつは地理的な、もうひとつは社会学的なもの）によって、またホームズを英語の原文で読めばどちらもすぐ思いつきそうだという魅力によって、この二通りの意味が結びつくのだ。

　歴史的に言えば、ボヘミアンの数だけボヘミアがあったように思えることもある。なぜなら、ボヘミ

左頁：アルハンブラ―レスター・スクウェア、1890年頃、
アーネスト・ダドリー・ヒース

Dudley Heath

ア風といえば決まって、場所を連想させる以前に自由奔放な生活様式や主義、気質であり、時間帯を指すこともあった。一八九二年刊の短篇集 *In and About Bohemia* の序文が言うように、ボヘミアという伝説的な自由の国は「どこにでも、いたるところにある、どこにもない国であり、そこに住む者たちの心の中に、その地を愛する人々の生き方の中に存在する」[1] のだ。それでも、〝ボヘミア〟という地理的な標識が、風変わりな選択を思う存分謳歌できる、気ままな慣習が根付いた特定の場所に結びつくようになることも、ままあった。最初に有名になったのはパリのセーヌ川左岸やモンマルトルであり、その後はミュンヘンのシュヴァービング地域、ニューヨークのグリニッジ・ヴィレッジ、サンフランシスコのヘイト＝アシュベリー地区など、ほかの都市にも〝ボヘミア〟が現れる。十九世紀末から二十世紀初頭にかけて、〝ボヘミア〟といえば、漠然とではあるが、ロンドンのとある地域を思い出させた。

ストランドから放射状に、南はエンバンクメントへ、北はコヴェント・ガーデンを経てソーホーへ、東にフリート街の南の区域へ、西に社会的地位のかなり高い人々が住むヘイマーケットやセント・ジェイムズ、ピカ

デリー、〝クラブランド〟へと広がる地域。〝ボヘミア〟には、ライシアム、ゲイエティ、アデルフィ、オリンピック、ストランドなど多くの劇場がとりこまれ、たくさんの新聞社や雑誌社が事務所を構えていた。それらが混ざり合って、今なら〝文化産業〟とでも称するような仕事に携わる職業人たちが、勤務外では〝ボヘミアン〟な気晴らしにふける場となっていたのだ。[2]

だが、ホームズとワトスンがよく知っているように、ストランドが街の大動脈であることに変わりはない。〈四つの署名〉でベイカー街からライシアム劇場へ向かうとき、二人はとんでもなく交通量の多い幹線道路を通っていかざるをえない。

ストランド街に立ち並ぶ街灯の光は、ぼやけてかすかな点にしか見えず、泥だらけの舗道に弱々しい円形の光を投げていた。……［ホームズは］懐中ランタンの光を頼りに、膝の上で広げた手帳に数字などを時おりメモしていた。〈四つの署名〉

ホームズはずっと、いかにも周囲の様子がよくわかっているふうだが、同行するワトスンのほうは外の見慣れ

右頁：ストランド、1890年頃、The London Stereoscopic and Photographic Company Limited

左：ウェリントン街のライシアム劇場、1909年、ベドフォード・レメール

ぬ世界をじっと見つめている。二人ともストランドはそれまでに何度となく通っているはずだとはいえ、ワトスンは明らかにくつろいでいない。夕刻とあればなおさら、それも無理はないのかもしれない。多作だったが今では忘れられたジャーナリスト、劇作家、詩人、そして自称〝ボヘミアン〟のシャフトー・ジャスティン・アデア・フィッツジェラルドは、一八九〇年にこう記している。

世界のどこにも、ストランドほど日々多くの才人、天才、凡人が行き交い、出会い、知り合う大通りはない。これほど多くの輝かしい希望や抱負がふくらんではしぼんでいく大通りは、どこにもありはしない。どうしようもない絶望がはびこり、隠れようとする快活な大通り、気まぐれな大通り、由緒あるストランド。[3]

もちろんどんな街でもそうだが、とにかくロンドンでは、いつまでも変わらないものなどないし、大規模な取り壊しやそれに続く建造物の〝改良工事〟がひっきりなしに進行していた。特に、さかのぼること一八三〇年代から悪評高いホリウェル街一帯の取り壊し計画が出されていたストランドの東端では、まさにそのとおりの状況だった。その計画がやがて完了し、オールドウィッチのビル群から延びるキングズウェイが一九〇五年に開通する。[4]挿絵画家ハリー・ファーニス（一八五四〜一九二五）が、*My Bohemian Days*（わがボヘミアン時代）と題した回想録で、一八七〇年代のその場所のことを振り返っている。

私が初めて知ったころのロンドンのボヘミアは、昔からある有名な通り、細い通路、〝酒場《イン》〟、古風な居酒屋、出版物の店などがごたごた寄せ集まり、雑然として絵になる、歴史的にも興味深い場所だった。この面白い界隈を、悪徳と美徳、知性と無知、貧困と富裕が一緒にうろついていた。

このアルセイシャ（十七世紀ロンドンの、罪人や債務者の隠れ場所になっていたホワイトフライアーズ地区の俗称）に棲息するのは、風変わりでありながら頭のいい

ホリウェル街の本屋横丁、西と東を眺める、
1895年頃、アーネスト・ダドリー・ヒース

ストランドとチャリング・クロス、1895年頃、The London Stereoscopic and Photographic Company Limited

WEST STRAND TELEG
THE STRAND & CHARING CROSS. 4553.

〝個性派〟で、人を感動させるほどではないにしても、彼らはともかく芸術家肌だった。歩道に半野蛮人の吸うような長いパイプ煙草のにおいがしみつき、そこへ料理店から裕福な銀行家の事務所ややり手商人の会社に配達される、チョップやステーキ、付け合わせのタマネギのにおいが入り混じっていた。[5]

ホリウェル街周辺は、古本（ポルノ関係の本も多かった）売買の中心的地区だっただけではない。文化史研究家のリンダ・ニードによれば、「セント・クレメント・デーンズとセント・メアリ・ル・ストランド教会のあいだは、特に渋滞がひどい場所だった。そのあたりでストランドの道幅がせまくなるので、すぐそばを北へ延びる古い細道を迂回せざるをえなくなるのだ」[6]。その結果、ファーニスが懐かしがったような、不健全ではあるが（もの好きには）魅力的な、迷路《ラビリンス》となった。

十九世紀末ロンドンに流布していたボヘミア風理念は――ある程度まで現実のものになってもいたが――従来の神話をいくぶん受け継ぐものだった。英国におけるボヘミアの伝統をさかのぼれれば、小説に描かれたものではあるが、オイスターとアルコールとビリヤードに耽溺する若者が主人公の、サッカレー『フィリップの冒険』（一八六二年）の舞台、十八世紀ロンドンのクラブ街に行き着くという。[7]

その他、もう少し遠くの神話もある。ジョージ・デュモーリエの『トリルビー』（一八九五年）の発想のもととなり、やがてプッチーニの一八九六年のオペラ『ラ・ボエーム』へつながる、アンリ・ミュルジェの人気小説『ボヘミアンの生活の情景』（一八四八年）によって、パリ発のライフスタイル伝説が広く普及していった。一八八八年に翻訳出版された英語版で、ミュルジェ本人の序文はいささか矛盾していて、ボヘミアンは「あらゆる国、あらゆる時代に存在してきたし、すばらしい血統を誇れる」が、他方、「ボヘミアはパリにしか存在しないし、パリでしかありえない」という。[8]このはっきりしない書き方をコナン・ドイルはジョークにして、ワトスンに「アンリ・ミュルジェの『ボヘミアンの生活

左頁：俳優で劇作家のH・J・バイロンに見られているエドマンド・イェーツ、アーサー・スケッチリー、ヘンリー・ラブーシェア、ハリー・ファーニス

の情景』を拾い読み」させた〈緋色の研究〉)。フランスの先例に対する英国人の態度には、つねにいろいろと含むところがある。アイルランド人の作家で政治家のジャスティン・マッカーシーが、「ロンドンのボヘミアンは文学上、パリのお仲間たちより偉そうに、また騒々しくふるまう」と力説するかと思えば、[9]仲間の批評家ジョージ・セインツベリーは、俗化した英国風〝ボヘミアン〟をこきおろしにかかる。

文学や芸術に何らかのつながりがありさえすれば、誰でもボヘミアンということになるのではないか、そんなふうに思えることがある。……それよりももっと、無意味で俗悪な放蕩、突飛な言行、誇示行動などがボヘミアニズムだと決めつけられているのではないかと思えることが多くある。なるほど、ある種の作家たちには、ボヘミアンの男たちの特徴とは、クラレットを飲みながら両切り葉巻をふかすことであり、ボヘミアンの女たちの特徴とは、淑女なら平凡な装いに安んじるところを青いサテンのドレスをまとうことだと思えるらしい。[10]

どんな文化、どんな時代にも、認められた社会集団の一員である〝ボヘミアン〟はいたし、たまたま性向も機会もありさえすればほとんど誰にでもとりいれられる、一般的性癖としての〝ボヘミアニズム〟はあった。娯楽としてのボヘミアニズムはほとんどの職業、階級のあいだで盛り上がり、その徴候はしばしば逆説的に由緒正しい血統の中に現れた。例を挙げれば、プリンス・オブ・ウェールズ（のちのエドワード七世）や、もっと直接ホームズに関係するヘンリー・アーヴィング（エディンバラ時代からコナン・ドイルご贔屓の俳優）、あるいはコナン・ドイル本人も――ボヘミアンの一面をもつことで知られる、知名度も社会的地位も高い人物ばかりだ。一八九九年当時、カールトン・ホテルでディナーといえば、「セント・ジェームズ（セント・ジェームズ宮廷は英国宮廷の公式名）からボヘミアという優雅で愉快な国まであらゆる社会の、正装したり絹やレースやダイヤモンドを身につけたりした多様な精鋭たち」がいるに決まっていた。[11] これでは、セインツベリーの言う、英国風の俗っぽい金持ちというぞっとするような見方に近いようだ。

小説中であれ実在であれ、ボヘミアンの贔屓や好みは明らかに、ボヘミアンでなかったら公的な場で気ままとはほど遠いふるまい方をしそうな人々に共通している。ボヘミアンのふりをすることもできた。アーサー・ランサムは一九〇七年初版の *Bohemia in London*（ロンドンのボヘミア）で、日中は銀行勤めだが夜になると付け髭を着用し、面白味のない事務員から変身して同人仲間を気取る男のことを書いている。[12]

一時しのぎや週末だけのボヘミアンは本物と称する人々から必ず軽蔑されてきたが、それでも都会生活には絶えることのない特徴ではある。さらに、だからこそボヘミアンは神話上の存在であると同時に、現実にも存在するのだ。あくまでも人間の個性だという神話、現実としてはある傾向のふるまい方。すると、ホームズとワトスンが時折〝ボヘミアン〟になるわけもわかる。彼らの行動を左右するのは著者であり、その著者が、読者には実生活またはタイトルのどこかに〝ボヘミアン〟が入っている多数の大衆小説など、ほかの文芸作品ですでになじみの性癖を見抜いてほしいと思いながらも、何かにと

左頁：二輪辻馬車乗り場、1890年頃、
P・シュタール

らわれることなく自分だけの独特なキャラクターをつくりあげたいという思いもあるからだ。

ボヘミアン生活の見本は、相変わらず芸術家の生活だった。芸術家という称号は、単に利益をあげるのをよしとせず、目標がただの生産性を超えたところにある、ほぼどんな仕事にもあてはめられそうだ。[13] ホームズの職業は正真正銘、その基準にぴったり合致する。「彼は金をもうけるためでなく、探偵としての腕をふるいたくて仕事をしていた」（〈まだらの紐〉）。「芸術のために芸術を愛する者にはね」と、ホームズは唯美主義の第一原則じみたことを言う。「些細な、とるに足らぬもののなかにこそ深い満足を汲《く》み取ることがよくあるものなんだよ」（〈ぶな屋敷〉）。ボヘミアンは個人主義よりも画一性のほうがつまらないと思い、我が道を行く。視覚効果を喜ぶ音楽家よろしく、ホームズは自分なりの倫理的目標を熱狂的と言っていいほどうれしそうに追い求める。

ボヘミアという言葉を冠して十九世紀に一番よく知られたのは、どう見ても当時のロンドンとはほとんど関係なさそうなひとりの女性だった。大評判をとったオペラ *The Bohemian Girl*（ボヘミアン・ガール）にロマの一団とともに登場する、オーストリアの伯爵家と誇り高

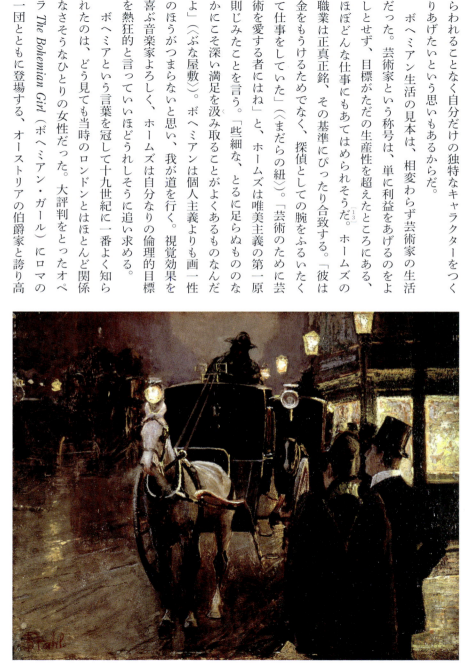

きポーランド人軍人の遺児となった娘だ。オペラは一八四三年のロンドンでの初演を皮切りに、たびたび巡回再上演された、典型的バーレスク（風刺もの）だ。[14]一般的に思い描くボヘミアンは圧倒的に男性優勢だが——男性限定のクラブや男性常連客ばかりのパブといったふうに——ボヘミアン活動にはもちろん女性も参加していた。それも、男性の性的なお相手としてだけでなく。現代の歴史学者にとって問題になるのは、ジャッキー・ブラットンがほんの少し前の時代について論じているように、「英国のボヘミアン生活は、当の作家たちが描いているとおり、男らしさやセクシュアリティ、家庭的かどうかといったこととの葛藤の場であり、だからこそ男どうしのつきあい《ホモソーシャル》として描く必要がある」ことだ。[15]

あらゆる流儀の文化的活動に対して女性がどんなに大きく寄与しようと、現在進行形で語られる話もあとで男性が回顧する自叙伝も、女性たちを締め出す傾向にある。一八八〇年代、一八九〇年代には、娯楽産業や通信産業はまだかたくなに男の仮面をかぶっていたものの、無数の回顧録が証言するように、男性からばかりか、みずからのジェンダーに属するまじめな女性たちからも自立していると誇示する〝ボヘミアン〟女性は、明らかに社会に浸透していた。P・M・マギニス（社会主義者ジャーナリスト、ロバート・ブラッチフォードの筆名）著、*A Bohemian Girl*（あるボヘミアン・ガール）（一八九八年）では、歌手の〝デイジー・スパンカー〟が進歩的な「新しい女たち」を「受難者ぶっている」といって嫌い、自分は男が好きだと明言する。[16]マギニスは、*The Bohemian Boy*（ボヘミアン・ボーイ）といういかにも意味ありげなタイトルのミュージカル劇も、でっちあげている。だが、デイジーが男性作者のつくり出した架空の人物だということを、思い出す必要があるのではなかろうか。

左頁：Sketches from Bohemia（ボヘミア小品集）の表紙、1890年、S・J・アデア・フィッツジェラルド

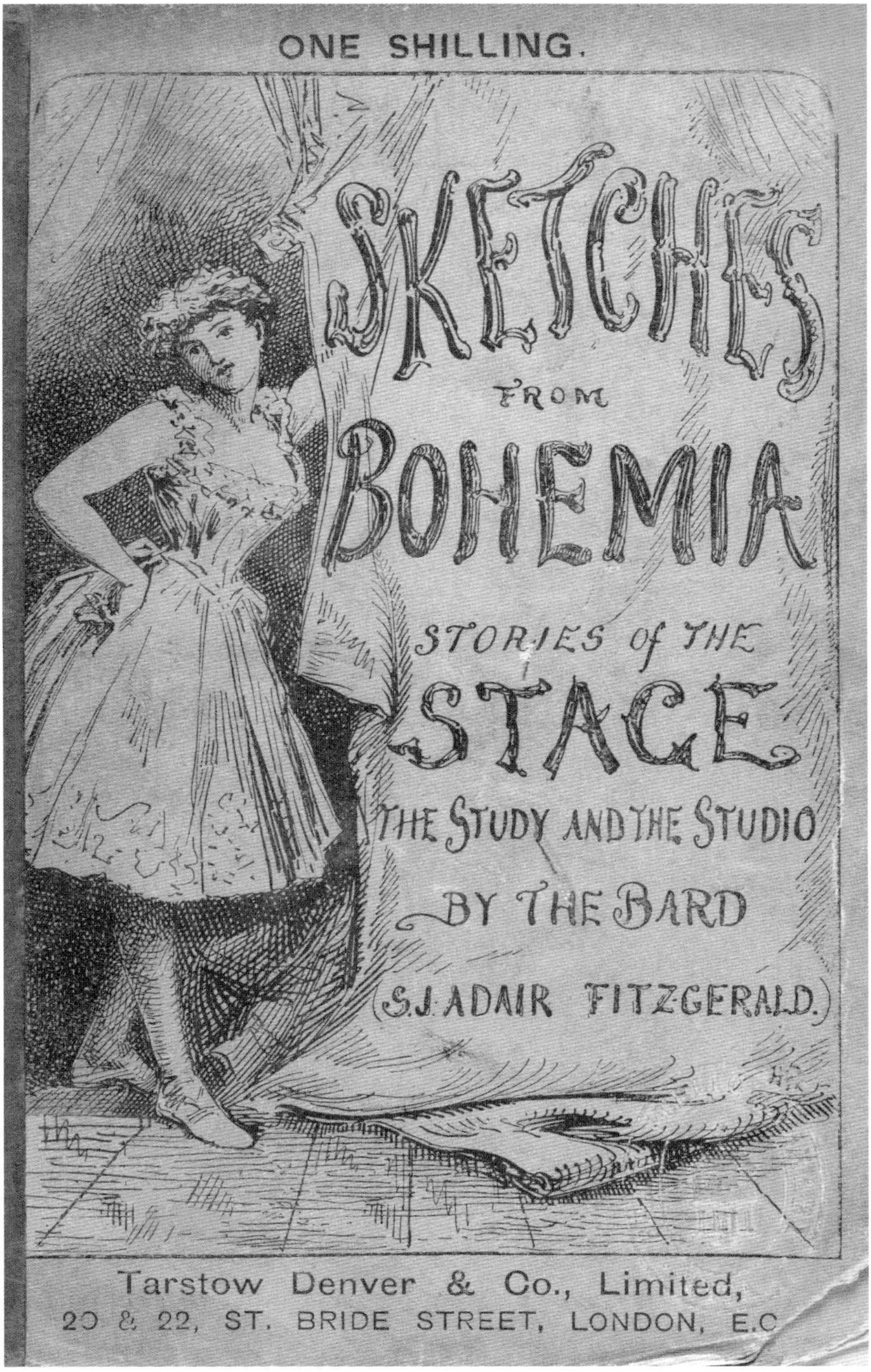
ONE SHILLING.
SKETCHES
FROM
BOHEMIA
STORIES of THE
STAGE
THE STUDY AND THE STUDIO
BY THE BARD
(S.J. ADAIR FITZGERALD.)
Tarstow Denver & Co., Limited,
20 & 22, ST. BRIDE STREET, LONDON, E.C

放浪する

ボヘミアンは旅人だ。その呼び名は、ロマが生まれた、あるいは生まれたとフランス人一般に思われている国に由来する。晩年のコナン・ドイルは、若かりし日を振り返ってこう述懐している。「私の放浪は少しボヘミアンすぎたようだし、エチケットの点からみてもやや不謹慎だった」、「独身者、わけても私のように放浪した者は、ボヘミアンな生活習慣におちいりやすい」[17]。一八八〇年の捕鯨船航海という、いかにも大胆な異例の冒険のことを言っているのだ。ジャーナリストで劇場支配人のフィッツロイ・ガードナー少佐は、*Days and Ways of an Old Bohemian*（老ボヘミアンの回想）[18]、*More Reminiscences of an Old Bohemian*（続・老ボヘミアンの回想）という自著二冊のタイトルについて、説明を要すると思ったらしい。

もう一冊の本のタイトルに〝ボヘミアン〟とあるのは、私の回想がもっぱらよく使われる意味のボヘミアに関係するととれるかもしれないが、この言葉は包括的な意味、つまり放浪の人生を送り、それゆえにさまざまな経験をしてきた男という意味で用いられている。[19]

LE COUP DU SAC DE SABLE DANS LE BROUILLARD

ボヘミアンを誇る会員厳選のサヴェッジ・クラブ創設者、グスタフ・ルートヴィヒ・シュトラウスも、*Reminiscences of an Old Bohemian*（老ボヘミアンの回想）[20]、*Stories of an Old Bohemian*（老ボヘミアンの追憶）[21]と題した回想録で、同じようなことを述べ、ドイツやフランスその他の国々で修業した若き遍歴時代《ヴァンデルヤール》を力説している。

ボヘミアン精神《スピリット》の持ち主たちの胸には、たとえ限られた範囲内であれ、放浪への衝動がいつまでもくすぶり続ける。一般に、無宿者《トランプ》や浮浪者《ヴァガボンド》と比べてボヘミアンは、時間にかまわず通りをぶらぶら歩き回るものだが、その点、ホームズとワトスンもその他大勢と大差ない。たとえば〈入院患者〉では、「それから三時間ばかり、フリート街からストランド街へかけてぶらぶらと散歩しながら、賑やかなお降り通りを行き交うさまざまな人たちの様子をながめた。まさに人生の万華鏡《まんげきょう》とでもいうべき光景だ」。ボヘミアンの描く軌跡は、夜ともなればしばしば、街の曲がりくねった路地や小道へと延びてゆく。〝デカダン派〟詩人で評論家のアーサー・シモンズがある女友だちに白状した（あるいは自慢した）ところによると、「ぼくらが夜中に放浪して、ロンドンを隅から隅まで見て回っていることが耳に入っているかどうか知らないが……知っているかい、恥ずかしくないとかきちんとしてい

右頁：ロンドンの霧の中でいまにも襲われようとする紳士、1905年頃

左：《ストランド》1903年12月号表紙

霧のラドゲート・サーカス、1905年頃、アルバート・ヘンリー・フルウッド

るとか、型どおりにりっぱだとかいうことに、ぼくはまるで興味がない。ぼくが興味を引かれるのは、珍しい、ボヘミアンな、エキセントリックなものばかり。怪しげな場所に行ったり変わり者と知り合ったりするのが、好きなんだ。差異《コントラスト》と多様性《ヴァラエティ》が好きなんだ」[22]。ヘンリー・アーヴィングはロンドンに到着するやいなや、「このミステリアスな大都市に惚れ込む」ようになり、「一風変わったむさ苦しい場所やへんぴなところ、露店、安っぽい劇場へと、尽きることのない変化を探り出していった」という。「当時、体を鍛える運動に励み、水泳に熟達し、裏通りとスラム街を愛した彼は今、〝怪しげな場所〟をうろつくようになった」[23]

ロンドンの〝怪しげな場所〟を夜間にうろうろするのが女性ボヘミアンにとって分別ある選択だったかどうかは、男性にとって以上に疑わしいようだ。それでも、外国への冒険旅行は実現可能だった。一八八四年、先駆的探検家として有名になったレディ・フローレンス・ディクシーが、一八七〇年代の旅行中に書いた詩を出版したが、彼女はその詩集に *Waifs and Strays or The Pilgrimage of a Bohemian Abroad*（放浪者たち、さまよい人たち――あるボヘミアンの海外行脚）というタイトルを冠した。[24] 二十年ばかりのちには、女性の視野を広げる方法として旅はもっとしっかり定着した。エリザベス・P・ラムゼイ＝レイエ著 *The Adventures of a Respectable Boemian*（りっぱなボヘミアンの冒険）（一九〇七年）の表題作は、イタリア人のホテル経営者と結婚することに決めた女友だち（教会区司祭の姉妹）を道連れとして休暇旅行に出た、未亡人の回想録形式になっている。友人はめでたく結婚し、広いヨーロッパというコンテクストにおいてはボヘミアニズムが、「一部の歴史学者が主張するような、文明から未開へと退化する性向が人類の中に存在する証拠」などではまったくないと、語り手は受け入れるようになる。[25] 彼女自身が、いわばヨーロッパ大陸風の名誉ボヘミアンとなったのだ。

生活時間

ためになる放浪ができるかどうかは、自由に使える時間しだいである。産業化が時間という経験に及ぼした効用についての名評論で、歴史学者E・P・トンプソンは、「西欧の産業資本主義に繰り返し現れる［ひとつの］反逆スタイルは、ボヘミアンであれビートニクであれ、きっちり時間に拘束されるのを軽蔑するというかたちをとることが多い」と書いている。トンプソンによれば、十七世紀末以降、時間は「通貨である――過ぎてゆくのではなく、使われる」のであり、そこに「仕事《ワーク》」と「生活《ライフ》」の境界がくっきり見えてくる。トンプソンは、「余暇《レジャー》」の出現が、それに付随する産業とともに、文化が自由時間として差し出すものに規則性、さらには目的性といった要素を持ち込むことも是認するのだが。[26]

伝統的労働者と比較すると、ボヘミアンには独自の体内時計があって、好きな時間に起き出したり床についたりする。物語中のホームズは、「いつもは朝の遅い友人シャーロック・ホームズがたまに朝早いと、それはたいてい徹夜してそのまま起きていただけ」だった（〈バスカヴィル家の犬〉）。ワトスンの耳に、彼が「ひと晩じゅう歩き回って」いたのが聞こえることもある（〈四つの署名〉）。ホームズが単身出かけていくときはいつも、彼の帰りがいつになるのかワトスンには決してわからない（〈緑柱石の宝冠〉）。そのワトスンにしても、自分自身「起床時間は不規則で」、「ひどい怠け者」なのだと認めている（〈緋色の研究〉）。また〈四つの署名〉では、午後も遅くまで寝ている。ホームズが働くのは、それぞれの事件の必要に応じて、働かなくてはならないときだ。それに対してボヘミアに棲息する者の大多数は、とりわけ時間に厳しい、演劇やジャーナリズムという地元産業に従事していた。芝居は幕が上がらなくてはならない。新聞は発売されなくてはならない。解決策は、夜を昼に、昼を夜にと従来の時間の使い方を変えることだった。ボヘミアニズムには実際のところそれなりに規則正しい習慣があっ

左頁：ジョン・ローレンス・トゥール、サー・ヘンリー・アーヴィング、ジョン・シムズ・リーヴズ、1880年頃、アルフレッド・ブライアン

て、一見正反対の典型的性向を反転させた鏡像となっていたのだ。

衆目の一致するボヘミアンの見本のようなジャーナリストといえば、〝真正ボヘミアンの美食家〟ジョージ・オーガスタス・サラ[27]（一八二八～一八九五年）や、エドマンド・イェーツ（一八三一～一八九四年）らがいる。いずれも派手に活躍した、ゴシップや夜遊び好きの多才な出版報道業界人だ。演劇界では、彼らよりやや慎重派ではあるが、ジョン・アーヴィングが目立つ。やがて看板俳優となっていくアーヴィングだが、日常生活のこととなると、いかにもな二重性をもっていた。最新の伝記作家が次のように書いている。

> 家庭への愛着、貞節な結婚生活、家族への愛情といった美徳を説く一方で、夜更けともなれば典型的ボヘミアンの身軽な独身男を気取り、クラブランドのディナー、葉巻、ワイン、男どうしの会話に興じて陽気に浮かれ騒いだ。[28]

住まい

心ゆくまでボヘミアン・ライフを送るには、独身がいい。規則正しい生活にも家族としての責任や世間体を保つ必要にも縛られないなら、ずっと楽なのは明らかだった。似た者どうしで住まいをシェアすれば——同性どうしだとしても——基本的必要物がもっと楽に折り合うだろう。ホームズとワトスンは、中毒性の強い薬物に対する考え方こそ違え、また、たまに捜査手続をめぐって口論することもあったが、食べ物や煙草、ドレッシング・ガウン姿のまま新聞を読みながら朝食をとることの正当性など、本質的要素に関しては考えを同じくする。独身者は気ままに、食べる必要があるときや食べたいときに食べ、ほかのもっと重要なことに夢中ならば食べずにもいられる。〈オレンジの種五つ〉でホームズは一日中食べるのを忘れていたあげく、「パンをむしってがつがつ齧《かじ》り、水をがぶっと飲んでいっしょに流し込んだ」。かと思えば、仕事が終わると食事が歓迎されるようになり、二人とも家政婦役を演じるにやぶさかでない。〈四つの署名〉でホームズは「カキに、雷鳥がひとつがい、ちょっと逸品の白ワイン」を所望するが、〈恐怖の谷〉〈第一部第六章「明るみのきざし」〉では長引く話し合いの果てにワトスンが注文してくれたハイティーにむさぼりつく。

ホームズが下宿の室内で「悪臭を放つ」化学実験をする〈四つの署名〉とか、ヴァイオリンを弾いていてうっかりきしらせるのは、博士お気に入りの旋律を奏でることでつぐなうべきだ〈緋色の研究〉などと、ワトスンはいらだたしげに書いている。だがワトスンは、みずからの欠点も認める。「生まれつきのボヘミアン気質に加え、軍医としてアフガニスタンで荒っぽい仕事をしたため、医者にはふさわしくないだらしなさといえる」〈マスグレイヴ家の儀式書〉。とうとう結婚したワトスンは、しょっちゅうホームズを訪ねて行き、「時には説得して、そのボヘミアン的な生活習慣をあらためさせ

シャーロック・ホームズに扮した
ウィリアム・ジレット、1902年頃

ようと」するようになる（〈技師の親指〉）。互いの自立を尊重し合う上に成り立つ独身者の理想が、どうやらまだ機能しているらしい。ホームズの言うように、独身者は秘密を守るのがうまいのだ。「……秘密の厳守ですぞ。それには家族と暮らしている人より、ひとり者のほうが向いているわけです」（ライサンダー・スターク大佐のせりふ、〈技師の親指〉）。

ひとりまたは二人で隠棲し、そういった男性的寛容の恩恵に浴した世紀末《ファン・ド・シエクル》の作家たちには、アーサー・シモンズ、ジョージ・ムーア、ハヴロック・エリスらがいる。みな一度はミドル・テンプルに住んだ。オスカー・ワイルドもロンドンにやってくると、画家のフランク・マイルズと、最初はストランドにほど近いソールズベリー街で、その後チェルシーのタイト街で同居した。W・B・イェーツはファウンテンズ・コートに、その後ウォーバーン・ウォークに住んだ。詩人のライオネル・ジョンソン（イェーツによると、午後七時に朝食をとったという）はシャーロット街からグレイズ・イン、リンカンズ・イン・フィールドを転々とした。[29] 十分な資力があれば男ひとりで、たとえばオールバニーなど、ピカデリーのはずれの男ばかりが住むアパートにひっそり暮ら

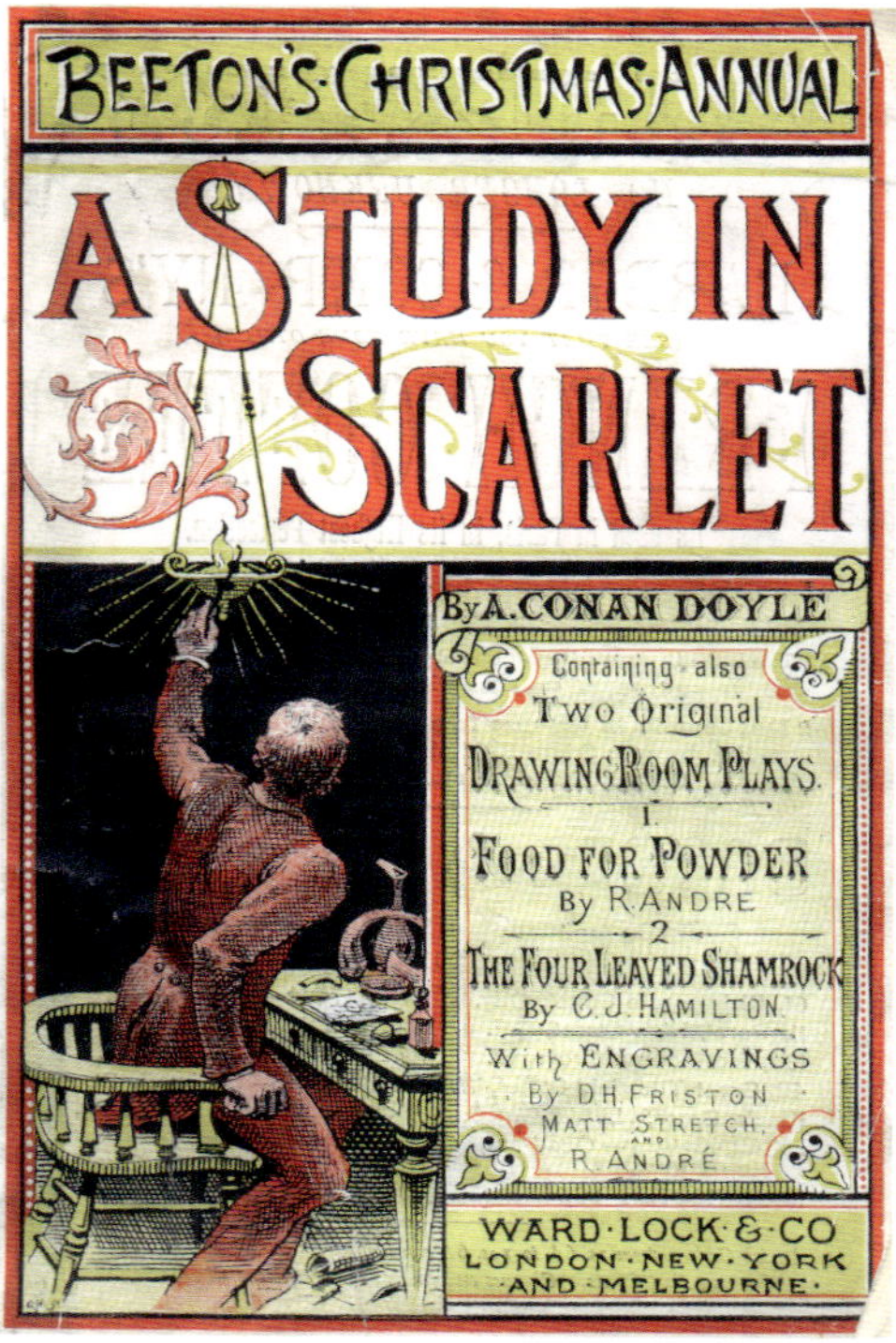

すこともできた。そういうアパートは「全体的に見て修道院風」[30]であるが、表沙汰にはせずとも同性愛者だった作家のジョージ・アイヴズのような人物には、快適だった。彼はオールバニーの自宅に、オスカー・ワイルドの『真面目が肝心』に出てくるアーネスト・ワージングのモデルになった男を住まわせていた。[31]

独身男性の住居は概して避難所であり、ベイカー街二二一Bのように、外界の騒乱のただなかにあって安全な孤島、錨を下ろした船のようなものだった。安心できて居心地のいい、心底くつろげる場所だ。「しんしんと冷える霧の夜、わたしはホームズといっしょにベイカー街の居間の燃え盛る暖炉の前にすわっていた」(〈バスカヴィル家の犬〉)。こういううちとけた、ほっとするようなイメージが繰り返し現れる。そして室内装飾はというと、新しいものよりも古く懐かしいものを好み、無頓着にものが散らかる気楽な生活空間を尊ぶ傾向が、ボヘミアンにはある。ほかのことのほうが重要なのだ。それがボヘミアンの流儀であり、普通は典型的な男らしさとして表される。しかし、小説に描かれることこそ少なかったかもしれないが、自立心をもった若い女性たちのルーム・シェアも、たとえば店員や見習い教師といった職に

"IS THERE ANY OTHER POINT WHICH I CAN MAKE CLEAR?"

右頁右:〈緋色の研究〉が掲載された『ビートンのクリスマス年鑑』表紙、1887年

上:「まだほかに説明し足りない点はありますか?」、〈海軍条約文書〉、《ストランド》1893年11月号、シドニー・パジェット

右頁左:「好きなようにしたまえ、ワトスン」、シャーロック・ホームズとワトスン博士、〈緋色の研究〉、1891年、ジョージ・ハッチンソン

就く女性人口の増加とともに、珍しくなくなってきた。[32]

こうした性別隔離とは対照的に、演劇界では昔から、ジャッキー・ブラットンが「ボヘミアン・ファミリー」と呼んだような現象があった。小説で一番有名な例は、ピネロの戯曲 *Trelawny of the Wells*（ウェルズのトレローニー）（一八九八年）の原作、ディケンズの『善神と魔神と——ニコラス・ニクルビー』（一八三八～一八三九年）に出てくるクラムルズ（旅芝居一座の座長）の家庭だ。また、アデア・フィッツジェラルドの作品にある次の一節も、典型的な一例である。

> だが彼らにはとてつもなく広い一室があって、そこがみんなの食堂兼居間兼喫煙室、そして何にでも使える部屋となっていた。部屋の真ん中に長いダイニング・テーブルが鎮座し、支払い台帳やら芝居の広告ビラやら、オペラの譜、歌集、三文小説などに埋もれかけている。マントルピースの上を覆い尽くす手紙、パイプ、マッチ箱、写真のところどころに、おかしな花瓶だか装飾品だかが、ひっくり返ったのか壊れたのかよくわからないような状態で顔をのぞかせ、いつも二時間十七分進んだ時刻を示す、支柱の壊れた古い大理石の時計が真ん中あたりに傾きかけて立っている……[33]

「ホームズはケースを開けて、一本だけ残っていた葉巻の匂いを嗅いだ」〈入院患者〉、《ストランド》1893年8月号、シドニー・パジェット

ブラットンによれば、晩年の演劇評論家クレメント・スコットは、自分が育った一八六〇年代を振り返って、「家庭的雰囲気と職業意識がボヘミアン風に混じり合って演劇という芸術を生み出していたように思う」と言っている。そのため「しばしば暗黙のうちに女性たちが対等の存在として仲間入りしている才能ある集団は、理想的な環境となる」[34]。確かに女優なら、職業人であろうとなかろうと、大多数の女性よりもボヘミアンとして生きていきやすかった——あるいは、そういう生き方をせざるをえなかったのかもしれない。リリー・ラングトリーやミセス・パトリック・キャンベルは〝ソサエティ・ボヘミアンズ〟の有名人になったし、ホームズ物語の場合は、サラ・ベルナールを連想した評論家もいた、男装のオペラ歌手アドラーがいる。

ホームズとワトスンの家庭生活は、おおむね自分の立場をわきまえているハドスン夫人が平然と支える。少しのあいだでも女性がもてなしを受けることや、女性の側から特にもてなされていることがめったにないという点で、ホームズは作者に似ている。コナン・ドイルは、「女性たちは祝宴における外見と装いは非常に進歩した

「享楽とは一起きてちょっぴりアヘンを吸い、昼食どきまで眠り、あとでまたちょっぴりアヘンを吸って夕食どきまで眠る、これぞ楽しき人生」。オスカー・ワイルド（右）、1894年7月14日、Pick-Me-Up, L Raven-Hill

ものの、たいていにおいて会話の質は落ちてしまっている」という理由で、社交の場に男性だけで集まるのを好んだようだ。[35] 見識の高い女性の声が聞こえても〝飾らなくていい〟場所といえば、すぐれた芸術家の広々としたアトリエなどだろう。画家ホイッスラーのアトリエは精鋭たちの集会所だったし、ホイッスラーともワイルドとも親交のあったルイーズ・ジョプリングは彼女自身も画家で、みずから〝社交の集い《アット・ホーム》〟をたびたび催していた。アトリエは仕事場と住居を兼ねるばかりでなく、ゆったりしたもてなしの空間にもなったのだ。アトリエにはひそかに官能的な雰囲気も漂う。男の画家とひょっとしたらヌードかもしれないモデル――彼女は料理人や看護婦の役まで兼ねているかもしれない――その二人のあいだに、性的関係があったとしてもおかしくない。ヘンリー・カーウェンの恋愛小説、*Within Bohemia*（ボヘミアにて）や *Love in London*（ロンドンの恋）（一八七六年）では、主人公の画家がオックスフォード街はずれのニューマン街にある取り散らかった部屋に住んでいる。女性のいる徴候は――手がかりは――見逃しようもない。

飲食

飾り気のないこと、すさんでいることはなはだしく、相変わらずものすごい散らかりようだ。ベッド、脚というより支柱の壊れたテーブル、机、椅子二脚、うち一脚は部分的にしか使えない、もっとひどい状態の家具、イーゼル、人体模型、ギターと楽譜、描きかけのカンヴァスやスケッチの山、鉢植えのバラ三本、女性の肩掛け、ヘアピンが何本か、巻き髪《シニョン》の残り。[36]

左頁：ホテル・セシルのレディスミス・ディナー、1906年

英国の男性ボヘミアンは、孤独好きと交際好きの二通りに分かれると言っていい。人と一緒にくつろぐのが好きなボヘミアンには、まずまず品のいいお気に入りのたまり場があるものだった。最高級有名人紳士御用達のクラブといえば、ビーフステーキ（アーヴィングのお気に入り）、サヴィル、アランデル、アルベマール、トラヴェラーズ。ギャリック・クラブとサヴェッジ・クラブは実際に、グラッドストーン首相やプリンス・オブ・ウェールズ（両クラブの会員だった）が特別なときに使っていた。ワトスンにも行きつけのクラブがあるが、ホームズの兄マイクロフトはというと、反《アンチ》クラブとでもいうような、人と交流せずにいるという妙な方針で設立された（アシニアム・クラブに準拠しているとも言われる）ディオゲネス・クラブの会員である。

　意外でもないが、ホームズはどこのクラブにも属さず、パブに入り浸ることもないらしい。ボヘミアンの雰囲気漂う店といえば、レスター・スクウェアのはずれのクラウンやフリート街のチェシャー・チーズなどがあった。前者はエンパイアやアルハンブラといった大規模ミュージック・ホールのそばにあり、後者は新聞社街に近く、ストランドの劇場街からもそう遠くない好立地。チェシャー・チーズはロマン派の趣がある古風なパブだった。「砂をまいたフロアに、配色や装飾品の古めかしい家庭的な

店」[37]を、アデア・フィッツジェラルドがボヘミアンのバラッドでたたえている。

ボヘミアはわが民族——
　わが天性もまた、かの民族性なり！
そこで思い出のために、
ともにグラスを傾けよう！
飛び去る年月ものともせず！
また元気を取り戻そう、
友情がはぐくまれていく、
〝チェシャー・チーズ〟とともに。[38]

一八九〇年代にはイェーツらライマーズ・クラブの詩人たちが、また、ごくたまにはワイルドも、この店に会して自作を朗読した。その〝チーズ〟が才能のいかんによらず詩人たちの店だったとすれば、ストランドのつきあたりの劇場内にあったゲイエティ・バーは俳優たち行きつけの店で、特に午後ともなれば、「たまたま契約が切れていて、それでも高い酒を飲みたい俳優たち」が目立った。[39]常客のひとりによれば、ゲイエティは「どこよりも贔屓にされる、酒が飲めておしゃべりと煙

草の楽しめる居心地のいい店で、頭のいい人たちが大勢寄り集まった」[40]という。時間帯によっては、品のいい待ち合わせ場所がいかにも怪しげな場所に変わることがあった。ピカデリー（「あちこちから水が絶え間なく流れ込む渦」[41]）やその近辺にある一流レストランが、俳優たちが仕事から解放される夜更けになると雰囲気をがらりと変える。バーでワトスンが初めてホームズのことを聞き知ったクライテリオン（〈緋色の研究〉）をはじめ、トロカデロ、カフェ・ロイヤル、ガッティズ、フラスカーティズ、セント・ジェームズ・レストラン。俳優たちは、パントン街のストーンズ・チョップ・ハウスもひいきにした。ご承知のとおり、ホームズとワトスンはシンプスンズ・イン・ザ・ストランドへ行き（〈瀕死の探偵〉）、リージェント街のヴェリーズへ使いをやる。ホームズは珍しく、夜にマイヤーベーアのオペラを観に出かけてマルチーニの店で食事しようと言うが、これはおそらく架空の店だろう（〈バスカヴィル家の犬〉[42]）。こうしてみると、ある程度懐具合がいいことがうかがえるが、夜遊び仲間にはそれほど暮らし向きがよくない者も多かったはずだ。だがそれでも、ジョージ・エア＝トッドの *Bohemian Papers*（一八九八年）に出てくる作家志望

右頁：「アイドラーズ・クラブの食事会」、1895年、ペンリン・スタンリー

左：ヘンリー・アーヴィング、ホガース・クラブでバーナードが自分を茶化しているのに出くわす、1919年、ハリー・ファーニス

の男など、絶望的なまでに金がないにもかかわらず、どうにかしてうまくやっていこうとする。「ホワイトホールの末端付近にある店で、たっぷりサイズのココアとロールサンドが六ペンスという手頃な値段で手に入れられ、しばらくはかろうじてまだ体面を保っていられる。われわれはそのほんのわずかな軽食でもって夕食とした[43]」

演じる

ボヘミアンは日常生活の中で、まるで俳優が演技するかのようにアイデンティティをあやつりたがった。見せかけのアイデンティティによって、自由に動き回り、実験できるようになる。それはまた、犯罪者が自分を追い詰める相手と共有する才能でもある。その一番いい見本が、バルザックの小説の登場人物、ヴォートランだろう。〈バスカヴィル家の犬〉では、犯罪者が実際に探偵を装い、ホームズにひけをとらない「すばやい、しなやかな剣さばき」の持主であると証明する。

ホームズの変装の数々は、「曲がった腰、がくがくする膝、喘息《ぜんそく》おちのように苦しげな呼吸」の「船乗りの服装をした老人」（〈四つの署名〉）から、「ヤギ髭を生やした道楽者ふうの若い職人」（〈恐喝王ミルヴァートン〉）まで幅広い。しかし、老人の扮装が目立つし、ホームズがはっきりなぞらえられている俳優が高徳の紳士役で有名なジョ

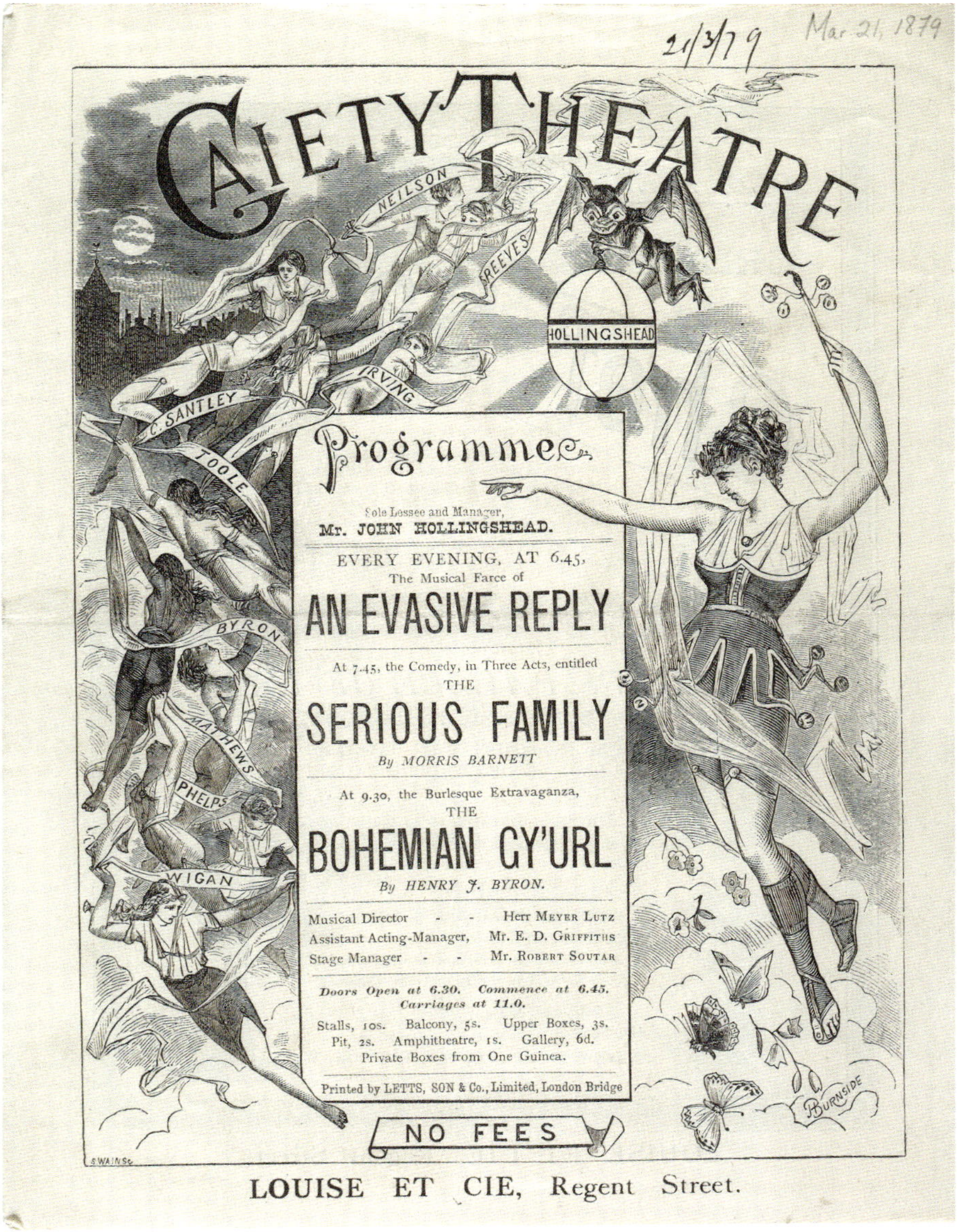

右頁：ロンドンのミュージック・ホール—ウェスト・エンド（おそらくエンパイア）、1895年頃、ダドリー・ハーディ

上：H・J・バイロン〝The Boemian Gy'url〟が載ったゲイエティ劇場プログラムの表紙、1879年

〝Iseyl〟の舞台に立つサラ・ベルナール、1902年、ナダール撮影の写真（部分）

ン・ヘアだというところが重要だ（〈ボヘミアの醜聞〉）。変装について、ホームズは専門家はだしだ。メーキャップのし方も落とし方も心得ていて、〈唇のねじれた男〉では物乞いのふりをしていた男の正体を元俳優だと見抜き、ワセリンと紅《べに》で具合が悪くて死にそうに見せる方法も知っている（〈瀕死の探偵〉）。ホームズを自分と同じ役者と認めたアイリーン・アドラーだが、経験を積んだ彼女のほうがホームズを驚かせることになる（〈ボヘミアの醜聞〉）。

演じることは〝ボヘミアン〟の真髄だ。上演中の演者は、ふだんパーソナリティを左右している社会的制約から逃れることができる。役割演技で決まって問題になるのが、別の人物になるのはどんな気分かということだ。十九世紀末には特に広く関心を集め、ウィリアム・アーチャーの一八八八年の著書 *Masks or Faces*（仮面なのか顔なのか）の中でのように、俳優たちが質問攻めに遭った。ホームズは変装の名人だが、自分が扮した人物の感情をかかえ込むことはない。扮装することで手放すべき自分自身の

リハーサル中のサー・ヘンリー・アーヴィングの肖像、1903年頃、サー・バーナード・パートリッジ

感情というものがあるのかどうかさえわからないが。「うまく役を演じるいちばんの方法は、役になりきることでね」とホームズは言う――そこにからむ感情にはいっさい触れていないところが、要注意だ（〈瀕死の探偵〉）。また彼は、〈ライゲイトの大地主〉でのように、知性は機敏なまま完全な神経衰弱状態をまねすることさえできる。

二十世紀初頭になると、「俳優の演じるような昔ながらのボヘミアン像」は「ほとんど過去の遺物」になったと言われる。「人気俳優はもう、コヴェント・ガーデンあたりの肉料理店の食事では満足せず、盛装して流行の最先端をゆくウェスト・エンドのレストランへ行くのだ」[44]。長年ハーバート・ビアボーム・トリーのマネジャーだったフィッツロイ・ガードナー少佐も、一九二一年刊の回想録で、俳優たちの社交習慣が変化したと書いている。

> たったひとりの例外を除き、俳優仲間が自分たちだけのせまい世界に住んで、もうそれ以外のものにあこがれたりしなくなったのを覚えている。それから、いわゆる〝社交界俳優〟その他、社交界に限らずともボヘミアとは縁もゆかりもない出自の俳優たちが現れた――陸軍、大学、パブリック・スクールなどだ。そして、それほど数は多くないものの、同じジャンルの女優が彼らに続いた。[45]

苦労の末やっと獲得した立派な地位をひけらかす俳優もいたものの、ヘンリー・アーヴィングの場合のように、なじみの習慣はなかなか抜けないものだ。いずれにせよ、社会の柱石たる人々もたいてい、もと放蕩者と喜んで交際した。

十九世紀初めの騒々しい劇場の直系の子孫で、世紀の変わり目あたりにどっと増えたのはミュージック・ホールだが、だからこそだろう、ホームズ物語にはめったに出てこない。コナン・ドイルは、大スターがほぼ総出演した一九一二年の御前上演舞台の報告に、ジョージ五世は「ボヘミアニズムの真の愛好者」だと満足げに書いている。並はずれた大衆的娯楽の起源を理解しているばかりか、ボヘミアンの流儀は階級の境界を実際には取り払わずに越えるものだという、主張の例ともなる所見だ。[46] また、おそらくそれが、少なくともこの場合においては、作家とその最も有名な創作とのあいだに明らかな相違《ギャップ》があるというしるしでもあろう。

ぶらぶら《ラウンジング》、ふらふら《ローフィング》、ぐずぐず《ロイタリング》——そしてのらくら《アイドリング》

その日の午後いっぱい、彼は特等席にすわって、完璧な幸福感につつまれながら、音楽にあわせて長く細い指を静かに動かしていた。その優しい微笑みを浮かべた顔や、ものうげな夢見心地の目は、あの警察犬のようなホームズ、冷徹にして鋭敏な探偵ホームズのものとは、とても思えなかった。彼の特異な個性の中では、二種類のまったく異なる性質が交互に存在を主張して現れる。（〈赤毛組合〉）。

音楽に耳を傾けるときのホームズは、別世界に運ばれる。ボディ・ランゲージによって心理状態を表すのがコナン・ドイル特有の人物造形で、ホームズはたびたび「極度の無気力」（このページの挿し絵のような）から「猛烈にエネルギッシュな状態」へと移ってゆく（〈赤毛組合〉）。自宅での彼はいつも「ぶらぶら」している。典型的なのは次のような様子だろう。「ドレッシング・ガウンを着て朝

「ホームズは……ひとり、うとうととしていた」、〈花婿の正体〉、《ストランド》1891年9月号、シドニー・パジェット

食前のパイプをくわえ、『タイムズ』の私事広告欄《アゴニイ・コラム》に目を通しながら、居間の中を歩き回っていたのだ」（〈技師の親指〉）。

翻って、ぶらぶら過ごすとはいえ、アデア・フィッツジェラルドのボヘミアンのバラッドに出てくる、ダンサーを追っかける女たらしのようにふるまうホームズは、想像できない。

レスター・スクウェアをぶらついて、
いとしのサリーに拍手を送れば
うなずきながら小粋にウィンク、
舞踊界に咲く花よ。[47]

ワトスンも書いているようにロンドンは「大英帝国であらゆる無為徒食のやからが押し流されてゆく先、あの巨大な汚水溜め［のような大都市］」なのかもしれないが、ホームズがぶらぶらしているときの相手は、自分自身（とパイプ）だけだ。ただし、ただ安楽椅子でくつろぐ者とはほど遠い。

ボヘミアンはしょっちゅう〝ぶらぶら〟したり〝けだるい〟徴候を示したりするかもしれないが、〝ぐずぐず〟することはまれだし、いつも〝のらくら〟しているわけでもない。ぐずぐずすることはそれ自体が怪しい――「通りをうろついているやつがいるんじゃないかとおもったんだが……」とホームズも言っている（〈バスカ

「わたしは……ぼんやり物思いにふけった」、〈ボール箱〉、《ストランド》1893年1月号、シドニー・パジェット

ヴィル家の犬〉〉。だがそういうホームズとワトスンも、「このへんをうろちょろしねえでもらいてえな」と言われている〈〈名馬シルヴァー・ブレイズ〉〉。一方、「よくいるのらくら者」のふりをするため、ホームズは念入りに変装する――「てかてか光ったみすぼらしい上着の襟を立て、赤いスカーフを首に巻きつけ、すりきれた古靴をはいた姿は、まさに完璧だった」〈〈緑柱石の宝冠〉〉。ホームズは「ぼくのなかには、ひどい怠け者と、とても活動的なやつが、同居しているわけだ」と自嘲的に言っている〈〈四つの署名〉〉。

これらの相違は、創造性と目的があるかどうかということに関係する。真のボヘミアンなら、決して時間を浪費しない。活動という点からは空費されているかもしれない時間も、思索に投資されているはずだ。その点でホームズは、時間に対するボヘミアンの姿勢が有利であることを示す好例となっている。それに比べて労働者階級ののらくら者は、ただ時間をもてあましているだけ。その言葉はどうしても、いかがわしい放浪者やうさんくさい失業者を連想させてしまう。のらくら者がいるのは都会的な光景である。詩人のジョン・デイヴィッドソンは、フリート街詩選の一篇で「のらくら者の磨いた壁」のことを書いている。[48]「ローリストン・ガーデンズの怪事件」のように、どんな犯罪現場の周辺にも「野次馬」の一団がいると思っていい〈〈緋色の研究〉第一部第三章〉。

〝怠ける《アイドル》〟というのは、〝ぶらぶらする〟と〝のらくらする〟とい

「ペグラムの怪事件」の主人公、シャーロウ・ホームズ、1892年、《アイドラー》、ルーク・シャープ（ロバート・バー）著

う両方のふるまいを、わざとまたぐことだった。一八九〇年代に人文主義者ジェローム・K・ジェロームが《アイドラー》という文芸誌を編集、コナン・ドイルの『スターク・マンローの手紙』も掲載された。その《アイドラー》に、ヘンリー・アーヴィングやコナン・ドイルらの有名人が、この雑誌にふさわしいくつろいだ態度でインタビューを受けている。雑誌のねらいは、読書は刺激的な余暇の気晴らしだと表明することで、特に目新しい見解というわけでもないが、雑誌名がいかにも当世風で、読者を優雅な空想に誘った。一八九二年、コナン・ドイルはストランドのはずれのアランデル街に実在するアイドラーズ（怠け者）・クラブに入会する。P・G・ウッドハウスの小説に出てくるドローンズ（のらくら者）・クラブを先取りしているのではないかと思わせるようなクラブ名だ[49]。ホームズはいくぶんオスカー・ワイルド風に、こう言っている。「することがないと疲れ果てるんだが、仕事で疲れたという覚えはないね」（《四つの署名》第八章「ベイカー街不正規隊」）。退屈とは、気取った知識人であるボヘミアンが規則正しい勤労生活から自由でいるために払う代償であり、逆説的に優越のしるしでもある。

これもまた、かなり現代的な観念だ。退屈の歴史についての著書でピーター・トゥーイはこう書いている。「退屈が時として人を、ほかの人々から、世界から離れさせ、また奇妙なことには自分自身からも離れさせることもある。退屈は自己認識を強める[50]」。退屈だ

ウィリアム・ジレット演じるシャーロック・ホームズと、ワトスン博士の隣で〝皮下注射〟をするジレット＝ホームズ

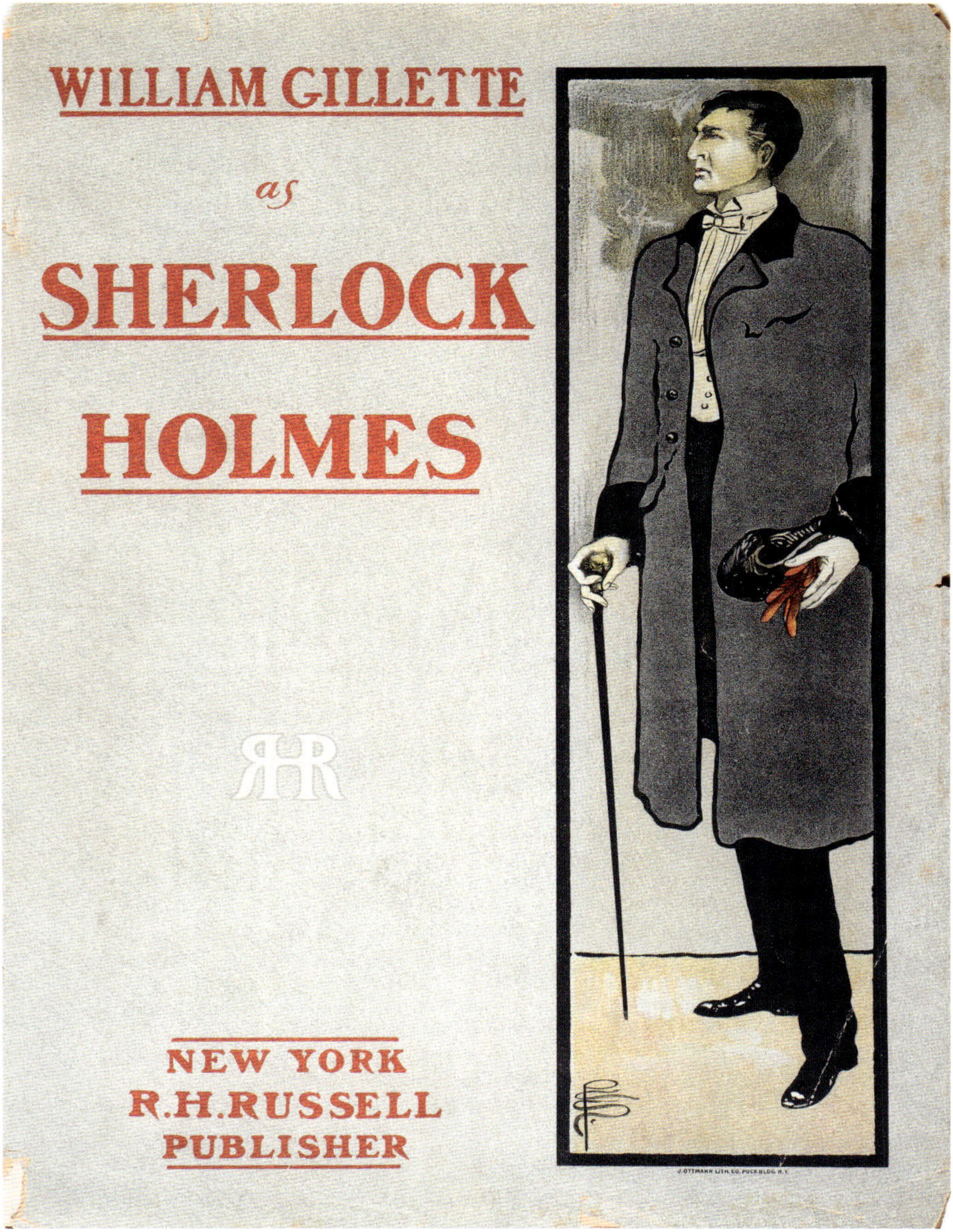

シャーロック・ホームズに扮したウィリアム・ジレット、J Ottmann Lithography Company, R H Russell Publisher、1900年

と感じることは、ボヘミアン的な物質的欠乏をかかえたその他大勢とは違うのだという快感に、似通っているのではないだろうか。単なる退屈とボードレール風の倦怠《アンニュイ》とを区別して、退屈は「直接的なものに対する反応」、倦怠は「宇宙の審判」と主張する評論家もいる。[51] だが、英国デカダン派詩人たちのようにホームズも、退屈と倦怠の両方を同時に味わっているらしきときがある。「犯罪は平凡、生活も平凡、そして才能だって平凡なものしかお呼びじゃないときた」（〈四つの署名〉）。

ホームズは確かに〝ありふれたこと／つまらないこと〟にはうんざりする。〝つまらない〟というのが、いらだったときの口癖だ。逆説的に、たいていの人には実のところどんなに珍しい、〝奇怪な〟――これも口癖だ（〈赤毛組合〉、〈青いガーネット〉）――問題なのかがわからないからというだけでも。ほかの誰もが充分いいと思うことが――誰もが〝共通して〟持っているものが――ホームズにはとうてい充分でない。ホームズがしょっちゅう刺激を必要とするのは、ある種の上等な退屈を求める性癖から直接生じる結果である。知力を使う問題、つまり〝事件〟というかたちの刺激もあるが、もたらされる事件が不足すると、彼は人工的手段に訴え、至高のフランス人ボヘミアン、ボードレールのように、コカインの瓶に手を伸ばす（〈四つの署名〉第十二章「ジョナサン・スモールの不思議な物語」[52]）。

旅を続ける

いかにボヘミアでも、成功は重要だし、失敗は痛手だ。

ボヘミアという世界を、私は呼ぼう
天才と芸術家の集うカレッジと
あまたの果敢な者たちがペンをとり

文学界という無慈悲なむくわれぬ市場で浮沈する
みじめな気苦労だらけでも、そこは世界最大の見本市《フェア》
われらはそこで人生との闘い方を学ぶ
至福の夢あふれるスイート・ランド
名声という輝かしい希望はぐくむ養成所《ナースリー》〔53〕

アーサー・ランサムは、妻と赤ん坊とともにむさくるしい部屋に住む小説家志望の男を訪ねたときのことを書いている。

そのたいした男が部屋の隅の箱から出してきた二つのグラスで、私たちは酒を飲んだ。彼はおもむろに文学を語りだし、乱れたベッドや掃除の行き届かない部屋、それに妻や赤ん坊などが存在しないかのように上機嫌だった。不潔そうな手をしてドレッシング・ガウン姿でいるにもかかわらず、重要人物に返り咲く道を進んでいた。タンブラーを堂々と掲げてルビー色のワインを見つめながら、エドガー・アラン・ポーとその手法を語る。……ポーから探偵小説やミステリーの話に、ガボリオーやシャーロック・ホームズ、ホームズの分析的態度の話になり、批評と芸術の関係という話になった。〔54〕

ランサムによれば、この小説家はやがてある程度の成功をおさめ、極度にボヘミアンな生活をするのはやめたという。彼の場合は犠牲や献身がどうやらむくわれたらしいが、ときどきは、かつてよく出入りしていたところをまた訪れたりしたのではないかと推測される。そしてこう言っている。「放浪癖というのは、あらゆる中毒状態のなかでも最も脱しにくい中毒のひとつなのだ〔55〕」。しかし、実在であれ架

空であれ、ボヘミアンはたいてい、最終的にはホームズのように引退して腰を落ち着けたり、やはりホームズのように一時的にすっかり姿を消したりすることによって、生活のしかたを変えるのだ。

女性の主人公が圧倒的に多い当時の恋愛小説では、ボヘミアといえば誘惑や罠、単なる通過儀礼なのかもしれないが、例外なく決まって一時的な出来事だ。J・フィッツジェラルド・モロイの*It Is No Wonder. A Story of Bohemian Life*のヒロイン、貧しさから身を起こすのんきなカプリは、芸術家のモデル（デュ・モーリア作『トリルビー』の先駆け）だが、早く今の生活を抜け出さなくてはならないと考えている。画家の男友だちマークに、彼女は言う。

「よく思うんだけど、私、今みたいにボヘミアンじゃなかったらいいのに。若いうちならそりゃあけっこうよ、楽しいわ。だけど、このロンドンじゃ、十代を卒業するころにはちゃんとしたお金持ちになっていなくちゃ、女は特にね」[56]

ファニー・エイキン＝コートライトの*A Bohemian's Love Story*の無邪気なヒロイン、ベレニスは、自分のおじのように慕う男とつきあっている。作家としてなかなか芽が出ずあきらめかけている彼が、ベレニスに言う。「二年

「夕食のあと」、1884年、左から、ヘンリー・アーヴィング、J・L・トゥール［訳注／1832〜1906。英国の喜劇俳優、劇場経営者］、スクワイアー・バンクロフト［訳注／1841〜1926。英国の俳優、劇場経営者］、フィル・メイによる線画を写真撮影

前ロンドンに出てきたときは、大望に胸をふくらませていたんだがね、もうそれもすっかり過去のことだ」。彼がむしろ今したいことは、「居心地のいい書斎で安楽椅子にくつろぎ、上等なハヴァナ葉巻をくわえて優雅に太い煙を送り出しながら、夢でも見るか、自分でアイデアをひねり出そうと悩むんじゃなくて、しんみりしようが楽しかろうがほかの男の考え出したものを読む」[57]ことなのだ。作者エイキン＝コートライトは、〝公共／家内領域の分離〟という原則を守る敬虔なクリスチャンで、女子校教師。そんな彼女が描くヒロインは、男の落ち込みを観察して人生訓を得ようとする。

もっとあとになってこのサブジャンルに加わった、フロレンス・ウォーデンの *The Bohemian Girls*（一八九九年）では、ヒロインたちが「生まれつきボヘミアンだったわけではない――誰ひとりとして」と早々に知らされる。「ロンドン都心から遠い郊外のりっぱな家に、パリのすてきなフラット。ダイナとミルドレッドのワイルド姉妹は幼いころからそういう環境で育ち、晴れやかな娘時代を迎えた」[58]と。ワイルド家が財政破綻の憂き目に遭って、劇場の仕事についた娘たちは下宿住まいを余儀なくされ、男たちにつきまとわれるが、やがては彼女たちも結婚というさやに収

「夜のロンドン」チャリング・クロス駅、1910年頃

まる。

ボヘミアは新しいモダニスト表現形式の中に生き残ったものの、ヴィクトリア朝後期ボヘミアの話は大半が事後に書かれたもので、決まって郷愁《ノスタルジア》に浸されている。第一次世界大戦のあと、世界が大きく変動することがはっきりし、ロンドンはすっかり様変わりしていた。ハリー・ファーニスが一九一九年につづった回想録には、先立つ年月のうちに失われてしまったものに対する、そこはかとない弔意がにじむ。

そんな悪臭ふんぷんたる貧民窟もすっかり取り壊されて、跡地には威風堂々とした大建造物が建ち並び、マルコーニ・カンパニー、植民地関係機関、銀行などのオフィスとともに、新聞社その他の豪華なオフィスもそこにおさまっている。そういう環境にボヘミアニズムはとてもありえない。まぎれもない時代錯誤というものだろう。はっきり言ってボヘミアニズムの終焉は、流行の変遷や運命の浮沈というよりも、天才的建築家たちがもたらしたものだ。[59]

また一九一七年、ジャーナリストで劇作家のジョージ・R・シムズもやはり、まわりの情景が記憶にあるものとすっかり変わったと書いている。著書 *Sixty Years' Recollections of Bohemian London* の中で、彼はたったひとり通りをさまようのだ。

ふと気づくと夜のストランド、レスター・スクウェア、シャフツベリー・アヴェニューにいる。古い境界線から劇場街が広がってきたあたりだ。テンプルズ・オブ・テスピス劇場の正面にぽつんとひとつだけ、警察署の入り口らしきぼんやりと青い明かりが見える。五十年前の劇場街にまぶしい電気の明かりはなく、ガス灯が華やかにゆらめいていた。[60]

十九世紀のガス灯を思い起こすのは、手垢のついたロンドンの決まり文句として片づけたくなるかもしれない。記憶自体は変形しがちだというのに、このころには優先的に保たれるメタファとなっていた。確かに、ホームズ物語世界に独特の雰囲気をかもし出すのには、ガス灯の特殊効果が大いに貢献している。ガス灯が演劇技法のような、スポットライトや紗の幕のような働きをして輪郭を隠し、謎めかせ、ただの人間たちを都会の神話に変えるのだ。ボヘミアもそんなふうに、考察としても回想するときも、いつもある種の文化的幻影とみなされるという意見もある。[61] それにしても、ここに挙げたような証言には、ただ詩的な真正性という以上のものがある。ついに灯火が消えたとき、まるまるひと世代のボヘミアンたちの経験が、その明かりとともに去っていったのだ。

ポートランド・プレイス、1906年、アルヴィン・ラングドン・コバーン

写真や絵はがきに見る
シャーロック・ホームズのロンドン中心街

ここに紹介するのは、ベイカー街二二一Bのシャーロック・ホームズの居間からそう遠くないロンドン中心街を、入り組んだ細部までとらえた写真や絵はがきである。ロンドンには対照的な二つのイメージがある。コバーンの写真では、霧のたれこめるぬかるんだ道の中ほどに、ぽつんと一台の辻馬車《ハンサム》がいるが、リージェント・サーカスの光景では歩道に人があふれんばかりで、大通りには辻馬車や乗合馬車、荷馬車がひしめきあっている。道路を横断するのは、さぞかし危険だっただろう。川も引き船、汽船、平底荷船、平底はしけが群がり、負けず劣らずの混雑ぶりを見せている。ホームズ物語には、街の目新しい要素である大規模ホテルがよく出てくる。そして幹線鉄道駅もやはり目立つ。

オックスフォード街のリージェント・サーカス、1890年頃

トラファルガー広場（部分）、1880年頃、フランシス・フリス

チャンスリー・レーン付近のハイ・ホウボーン、1902年

「……料金をあらかじめ用意しておいて、馬車が止まるとすぐに飛び降り、アーケードをかけ抜け、九時十五分きっかりに反対側に出るようにするんだ。そこの歩道の脇に小さな四輪箱馬車《ブルーム》が待っていて、赤い襟のどっしりした黒外套を着た御者が乗っているはずだ。その馬車に乗れば、大陸へ行く急行列車に間に合うようヴィクトリア駅に着く手はずになっている」〈最後の事件〉

ヴィクトリア駅、1905年頃、クリスティーナ・ブルーム

幹線駅絵はがき、1908年頃、H Fleury, Mische & Co.
上：ヴィクトリア駅、ドーヴァー海峡連絡線列車
中：チャリング・クロス駅、パリ連絡線列車
下：ウォータールー駅、サウサンプトン連絡線列車

ロンドン橋、1890年頃

ロンドンのアッパー・プール、1890年頃

「しかし、ちょうどそのとき、まずいことに、三隻のはしけをひいたタグボートが、二隻の蒸気艇のあいだにふらふらと割り込んでくるではないか。あわてて取り舵をいっぱいに引いて衝突だけは免れたものの、やっとのことでよけて針路をもどしたときには、オーロラ号にたっぷり二百ヤードは引き離されていた。しかし、船の姿ははっきりと見えている。薄暗くかすんだたそがれの光が、やがて晴れ渡った星月夜に変わろうとしていた。

ボイラーは破裂寸前で、船を前進させる猛烈な力で小さな船体がギーギー音をたてて振動している。プールをすぎ、西インド・ドックスを左に見ながら長いデットフォード水域を南下し、アイル・オブ・ドッグズを回ったところで、また北に転じた。……」〈四つの署名〉

ホテル絵はがき
上：ホテル・ラッセル、1912年頃
中：ホテル・セシル、1908年頃
下：サーペンタイン池から見たハイド・パーク・ホテル、1908年頃

ランガム・ホテル、1890年頃、ジョージ・ワシントン・ウィルソン

「……ロンドンから、無事に着いた、すぐ来いという電報をよこしました。連絡先はランガム・ホテルで、やさしく愛情の感じられる電文だったと記憶しております。ロンドンへ着いて、すぐ馬車でホテルへ向かったところ、モースタン大尉はたしかに泊まっているけれども、前の晩に外出したきりもどらないとのことでした。まる一日待って、何の連絡もありません。……」〈四つの署名〉

シャーロック・ホームズ、シドニー・パジェット、そして《ストランド》

アレックス・ワーナー

Chapter 2

Sherlock Holmes, Sidney Paget and the Strand Magazine

Alex Werner

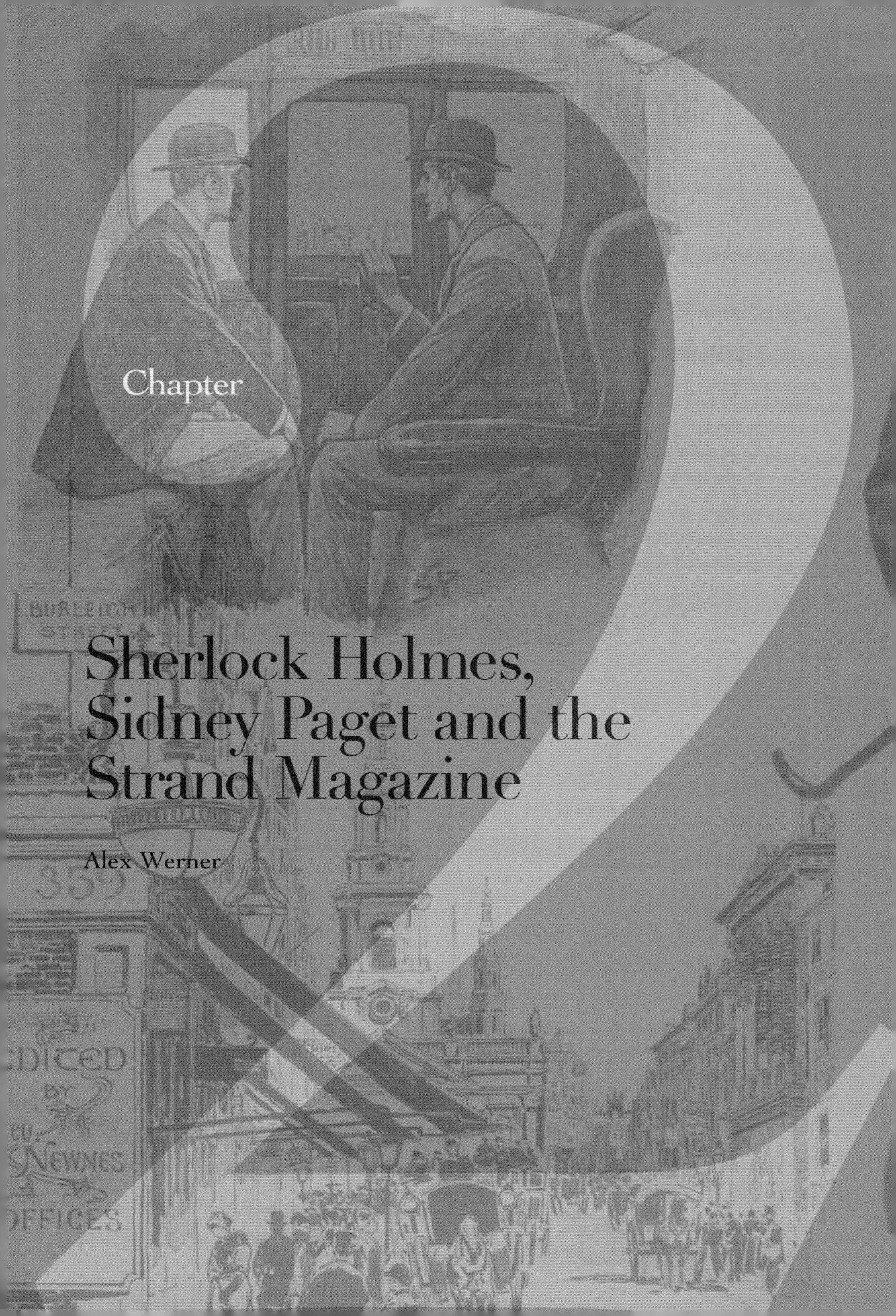

シャーロック・ホームズにとって、彼女はつねに「あの女性《ひと》」である。ほかの呼びかたをすることは、めったにない。ホームズの目から見ると彼女は、ほかの女性全体もくすんでしまうほどの圧倒的存在なのだ。といっても、その女性、アイリーン・アドラーに対して、恋愛感情に似た気持ちを抱いているわけではない。冷静で緻密、しかもみごとにつりあいのとれたホームズの心にとって、あらゆる感情は、なかでもとりわけ恋愛感情などは、いまわしいものなのである。思うに、彼はかつてこの世に存在したなかでも最も完璧な観察と推理の機械だが、こと恋愛になると、まるで場違いな存在となってしまう。人の情愛についても、あざけりや皮肉のことばを交えずに話すことなどけっしてない。〈ボヘミアの醜聞〉

英米の大衆がシャーロック・ホームズというキャラクターの独特な魅力にはっきり気づいたのは、一八九一年後半になってからだった。《ストランド》誌七月号に〈ボヘミアの醜聞〉が掲載されたのに続いて、ホームズ物語の新作が毎月登場したからだ。ホームズが活躍する長篇小説二作——一八八七年の『ビートンのクリスマス年刊誌』に収録された〈緋色の研究〉、一八九〇年《リピンコット》誌二月号に掲載された〈四つの署名〉——は、発表当時一部で好意的に評価されたものの、大当たりをとるまでには至らなかった。[1]

それでも、コナン・ドイルがすでにホームズの世界の基本的要素をすべてつくり上げていたことから、その後の作品にとってこの二作は非常に重要だった。特に、この探偵の非凡な知力と観察力はもちろん、彼独特の習性習癖まで、すでに描かれていた。コナン・ドイルは、ワトスン博士を人柄がよくてごく平凡な語り手とし、読者は彼の目を通してホームズの行動やみごとな推理を見るという、著述構造を生み出した。探偵の相談室がベイカー街二二一Bにあるという地理上の場所設定は、十九世紀末の帝都を背景に充分練り上げたものだ。ただ、ホームズのキャラクターは第一作と第二作のあいだにも確か

「ベイカー街ヨーク・プレースから北を望む」1900年頃

に進化していた。[2]

〈緋色の研究〉の最初の部分でコナン・ドイルは、冷淡で、ときとして「計算機械」と大差ない探偵像をつくり上げている。そしてワトスン博士は、ホームズに文学や哲学の知識がないと気づく。何よりも強調されているのは、彼が科学、特に化学の高度な専門知識の持ち主であることだ。初めて登場するときのホームズは、セント・バーソロミュー病院の研究室で、血痕を鑑定する分析法の確立に余念がない。

第二作では間違いなく、ホームズのキャラクターがさまざまな方向へ変化したりふくらんだりして、特にそのボヘミアンな性質に現れる何かが、前作よりも人間味を帯びて見える。物語冒頭の、彼がコカインの七パーセント溶液を自分で注射するなまなましい描写から、その薬物の濃度を自分で専門的かつ正確に調合したことがうかがえる。その反面、そうした刺激で退屈な生活から逃避しようとするなど、読者の気をもませる無謀さもある。ワトスンもホームズの「自己中心的ないいぐさ」に腹を立て、「穏やかではあるが説教口調になる」彼の態度に、「ちょっとしたうぬぼれが垣間見える」ことに気づいた。そのすぐあとのこと、それが友人をそんなにひどく動揺させることになろうとは知らず、ホームズはワトスンの懐中時計を仔細に調べただけで彼の亡くなった兄の「不幸な経歴」を暴露してしまう。だが彼はすぐに、慎重に言葉を選んで心から謝り、形見にまつわる思い出というものが「どんなに身近でつらい話題かということを忘れていた」と言う。すると今度はワトスンも、ホー

アーサー・コナン・ドイル、1890年頃

ムズが自分の兄のことを詮索したわけではなく、時計を調べただけで推理したのだと気づき、自分が感情を激発させてしまったことを悔やむ。

〈緋色の研究〉ではワトスンに文学と哲学の知識が「ゼロ」と採点され、みずからトマス・カーライルの名前さえ知らないと言っているホームズだが、〈四つの署名〉では意外にもドイツの小説家ジャン＝パウル・リヒターに言及したり、カーライルの著書を読んだことはあるが歯牙にもかけていないとほのめかしたりもする。行動家としての面は第二作で大幅に進歩を見せ、ノーウッドでポンディシェリ荘の屋根に登ったり、「巨大なホタルさながらに」屋根の棟を這い進んだりする。のちには、ワトスン博士と雑種犬トビーとともに、殺人現場で見つかったクレオソートの臭跡を追ってロンドン南部を徒歩で行き来するし、最後にテムズ川水上の手に汗握る追跡劇では、もっと速度を上げろと警察の蒸汽艇の艇長をせきたてながら、「小さなアンダマン原住民」トンガの放つ毒矢からすばやく身をかわすのだ。

《ストランド》

そのころ新しい月刊誌があいついで現われていた。なかで目ぼしいのは、当時から引きつづきグリーンハウ・スミスの編集になる《ストランド》誌である。いろんな雑誌に関連もなくいろんな話の出ているのを見て私は考えた。一人の人物が各号で活躍するような話はどうであろうか。それで読者を引きつけられれば、その雑誌へ読者を引きつけることになる。これに反して普通の続きものは、どうかして読者が一号読みおとすとあとは興味がうすれるから、雑誌のためになるどころか、かえって邪魔者になる。（サー・アーサー・コナン・ドイル『わが思い出と冒険——コナン・ドイル自伝』一九二四年、新潮文庫、延原謙訳）

コナン・ドイルが著作権代理人A・P・ワットを通じて《ストランド》に発表したホームズ物語は、きわめて目新しい、変わった趣向のものだった。連作による「冒険」を書こうと提案したのだ。「そこで理想的なのは明らかに一人の人物がずっと活躍し、しかも一つの話はその号だけで完結するのだ。そうすれば読者はいつでもその雑誌を完全に楽しむことができる」[3]。連載という方法をとれば、主な登場人物や彼らが生きて動いている舞台に読者が親近感をはぐくんでいける。コナン・ドイルは自分が「この考えかたを創始した」と主張していた。ストーリー・テラーとしての彼の技能はこの方式にまさにぴったりだったようで、解明しがいのある独特の難問をめぐって、みごとに構成された短篇を次々と生み出していった。連載が進むにつれ、ホームズの披露する並はずれた推理の妙技に、読者たちは熱中していった。ホームズは偶然の出来事に頼らず、自分自身の独特な観察能力を頼りに推理を進める。彼が事件を解決すると、たいていは最後に思いがけないひとひねりがあって、どの物語も満足な結末を迎えることが、大衆を喜ばせた。また、一話完結の物語なので、どんな順番で読んでもかまわないという利点もあった。

一八九一年初めに創刊された《ストランド》が、もし数カ月間立ち上げに苦しんでいたとしたら、その雑誌からの強力な財政支援は望めず、コナン・ドイルもそれ以上ホームズ物語を書かなかったかもしれない[4]。《ストランド》は、それまでの英国にないような体裁と趣向の新雑誌だった。同誌の出版者ジョージ・ニューンズは、一八八一年に創刊した大衆週刊誌《ティットビッツ》で財を成した人物だ。ニューンズには、一般大衆の関心を呼び興味を引きつけるものを察知する特技があった。《ティットビッツ》が購買対象として狙ったのは都会の下層中産階級で、ジョークやユーモラスなコメントを添えた、短い情報や知識の抜粋を雑多に寄せ集めた誌面が喜ばれた。自分で書いた記事を投稿しようと読者の参加を呼びかけ、途切れなく続く読者獲得と販売促進の流れに、読者の関心をつなぎとめた。ひときわ有名になった販売戦略に、〝《ティットビッツ》保険事業〟がある。この雑誌を携行中に鉄道事故で死亡した読者がいたら、その相続人に百ポンドの支払いをするというものだ。[5]

十年後、ニューンズは新たな出版物を加え、中産階級の都会人読者をターゲットにした月刊誌を発行することで、もっと上流の市場を目指すことにした。彼が影響を受けたのは、版画や写真の挿画を添えて大衆読み物や実録記事を掲載している、米国の雑誌だ。《ストランド》第二号に載った「テムズ河水上警察との一夜」は、その後続々登場することになる当時のロンドンを扱ったエッセイの第一弾で、ルポルタージュと一般的歴史とを織り交ぜて、軽めのジャーナリスティックな文体で書かれている。記事の焦点は、ホームズ物語の世界にも関係する、ロンドンという大都会の一面だ。《ハーパーズ・ニュー・マンスリー》一八八七年三月号に、ニューヨーク警察による犯罪との闘いを考察した記事が掲載されたが、それとほぼ同じアプローチの情報特集記事と言えよう。《ストランド》の挿し絵に描かれた警察汽艇《アラート》は、〈四つの署名〉のテムズ川追跡劇に使われた船を思わせる。だが、《ハーパーズ・ニュー・マンスリー》の挿し絵のほうは、グランド・セントラル駅で泥棒が逮捕されるとか、小型の手漕ぎ舟に乗った水上警察が犯罪者たちをつかまえようと拳銃を振り回すなど、はるかにドラマティックな場面を描いている。

初期の《ストランド》にはさらに、ロンドンのイースト・エンドに焦点を当てた記事が二つ載った。「イースト・エンドの写真家に同行した

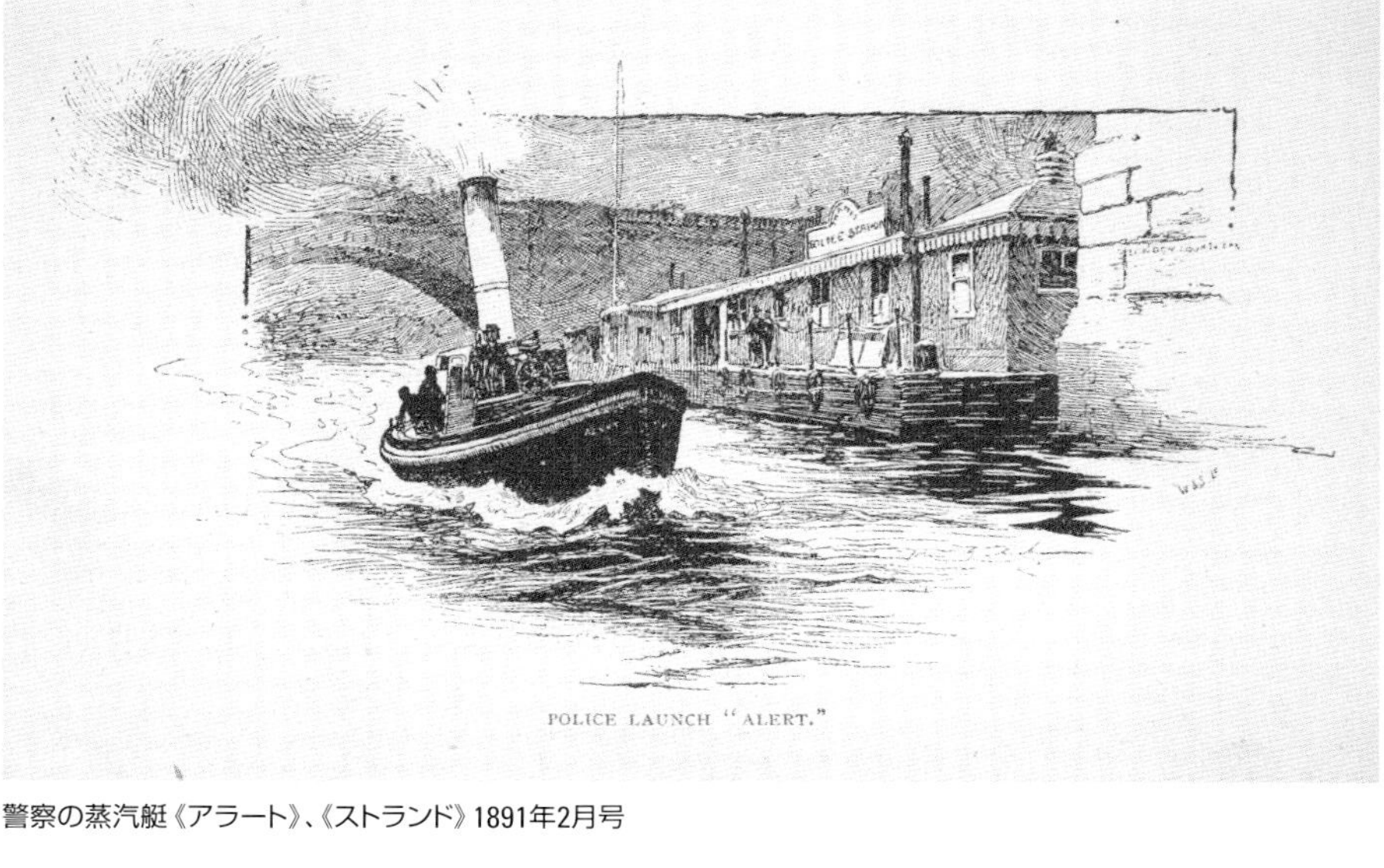

POLICE LAUNCH "ALERT."

警察の蒸汽艇《アラート》、《ストランド》1891年2月号

一日」と「アヘン窟の一夜」だ。前者は無記名のエッセイだが、もうひとつのほうは「死んだ男の日記」の著者が書いたものとされている。一八九〇年、自身の臨死体験と幻覚の話で世間を大いに騒がせたコウルソン・カーナハンだ。《ストランド》に掲載されたのも似たような話で、アヘンが人間の心身に及ぼす影響について述べている。

このあと、チャールズ・ディケンズの小説や、イースト・エンドの実際のアヘン吸飲現場を描いたジェイムズ・グリーンウッドらによる実録エッセイなど、アヘン窟を舞台とする書き方が定着していく。《ストランド》のJ・L・ウィンブッシュによる挿し絵は、ラトクリフ街道のはずれにある薄暗くいかがわしい裏通りの、「下劣な階段」のついた入り口を再現している。続いては、中国人二人がベッドに寝そべる、アヘン窟内部の光景。ひとりは薬効にもうろうとしながらかろうじてパイプをつかんでおり、もうひとりはまだパイプをふかしている。左手の、ろうそくを吹き消しているのは、おそらく経営者のミスター・チャンだろう。アヘン窟はホームズ物語の〈唇のねじれた男〉にも出てくる。この雑誌が初年度に掲載した著作物の中では、このエッセイとコナン・ドイルの物語の二つが最高にセンセーショナルだったのではなかろうか。ジョルジュ・サンド「埃の妖精」やダニエ

ル・デアの「青い猫」など、子供向けの物語に反映されているような、ご立派で清らかな家庭向き刊行物とは一線を画している。

《ストランド》は創刊時から、有名な外国人作家の作品をかなりたくさん翻訳して紹介していった。一番もてはやされたのはアルフォンス・ドーデ、プロスペル・メリメ、アルフレッド・ド・ミュッセ、オノレ・ド・バルザック、ギ・ド・モーパッサンらフランス人作家たちだが、ロシア、ハンガリー、ドイツ、スペインといった国の作品もあった。北米やオーストラリアを舞台にした小説も加わって、国際色豊かだ。舞台や背景がはっきり英国とわかる小説作品の数は、少ししかない。そのうちのひとつ、一八九一年三月号に掲載された「科学の声」が、コナン・ドイルがこの雑誌に初めて寄稿したものだ。

架空の街〝バーチェスプール〟（リヴァプールと思われる）を舞台にしたこの作品では、最新テクノロジーによる装置、フォノグラフ（蓄音機）が、プロットにおいてきわめて重要な役割を演じる。一九〇三年頃という設定の〈マザリンの宝石〉で、ネグレット・シルヴィアス伯爵とサム・マートンという犯罪者たちを欺いて、ホームズが隣の寝室でヴァイオリンを弾いていると思わせるために使われるグラモフォン

右頁：水上警察、《ハーパーズ・ニュー・マンスリー》1887年3月号

「アヘン窟にて」《ストランド》1891年6月号、J・L・ウィンブッシュ

に、似ていなくもない。《ストランド》は発明や発見をよくとりあげて、近代世界の科学に関心をつのらせる読者の心をつかもうとした。科学捜査によって証拠を収集したり、電報ですばやく連絡や情報収集をしたりするホームズ物語は、その趣向にまさにぴったりだったのだ。

《ストランド》の文芸面で全体的な内容やバランスを管理していたのは、ハーバート・グリーンハウ・スミス。海外の短篇小説翻訳という独創的なことを思いついたのも、彼だった。ひとつの文芸雑誌が翻訳作品をこれだけ数多く幅広くとりあげるのは、当時珍しく、読者が離れていく危険性もはらんでいたのではないだろうか。だが、「有名人の人生折々」などといった軽めの記事で、その危険を補った。おそらく、編集責任者でオーナーのニューンズが、そういった記事に、たいていは写真から起こした版画の挿し絵を添えて誌面を埋めるのをよしとしたのだろう。王室の人々や主だった貴族を始め、政治家、芸術家、俳優、探検家といった有名人たちが登場した。また、「英国美女図鑑」という、だいたいは若くて魅力的な社交界の女性、女優、オペラ歌手をとりあげる企画もあった。〈ボヘミアの醜聞〉が発表されたのと同じ月には、「イラスト付きインタビュー」という新企画がスタートし、話し上手な若手ジャーナリスト、ハリー・ハウが有名人たちにインタビューして家庭環境を聞き出していった。

すでに一八七〇年代、これに先駆けてエドマンド・イェーツによる有名人たちのインタビューがあったが、《ストランド》の誌面に並んだこと、写真スタジオのエリオット&フライに特別委託した写真を使ったことで、さぞ目新しく感じられたことだろうし、有名人たちの日常生活を初めて明かした記事は読者を引き込んだ。コナン・ドイル本人も、一八九二年にインタビューを受けている。発表準備の整ったホームズ物語がなかった号で、大衆の好奇心を満足させ、並はずれた探偵の生みの親について知りたいという要求に応えるための、埋め合わせ記事である。ハウのインタビュー、「コナン・ドイル博士との一日」がメインのインタビュー・シリーズとは別枠になっているのは、「わが国のトップ俳優」ヘンリー・アーヴィングや、「ロイヤル・アカデミーの院長」サー・フレデリック・レイトンら、名声が定

左頁:《ストランド》表紙原画、1890年、ジョージ・チャールズ・ヘイテ

THE STRAND MAGAZINE
BURLEIGH STREET
359
EDITED BY Geo. Newnes OFFICES
JANY 1891
An · Illustrated · Monthly

着している人物たちと比べると、コナン・ドイルは単なる「時の人」扱いだったからだろう。記事は、コナン・ドイルが世界的に「時代の先端を行く探偵小説」をもたらしたという、ふさわしい書き出しで始まっている。[6]

一八八〇年代までに、探偵小説は人気の分野となっていた。コナン・ドイルは明らかに、エドガー・アラン・ポーの創作したアマチュア探偵C・オーギュスト・デュパンやエミール・ガボリオーのムッシュー・ルコックから影響を受けている。どちらも複数の物語の主人公で、犯罪や謎を解明する並はずれた能力の持ち主だ。英国では犯罪を捜査し、犯罪者を追い詰めて法の網にかける実在の探偵たちの活躍が新聞で報道されることにより、大衆のそうしたジャンルへの関心に拍車がかかった。探偵たちが私服で「隠密に」行動することが、ことのほか刺激的だったのだ。大衆紙の紳士たちは、現実の犯罪、特に殺人事件を熱心に報じた。作家も出版社も、犯罪捜査に焦点を当てた小説に需要があると、すぐに察知した。一八八八年に切り裂きジャックの殺人事件が起きると、警察、特に殺人犯をつかまえられそうにない刑事たちに注目が浴びせられた。

コナン・ドイルは、大衆探偵小説を書く機会をつかんだ多くの作家たちのひとりにすぎない。ファーガス・ヒュームの『二輪馬車の謎』は、一八八〇年代後半のベストセラーになった。

「イースト・エンド自警団」《イラストレイテッド・ロンドン・ニューズ》1888年10月13日

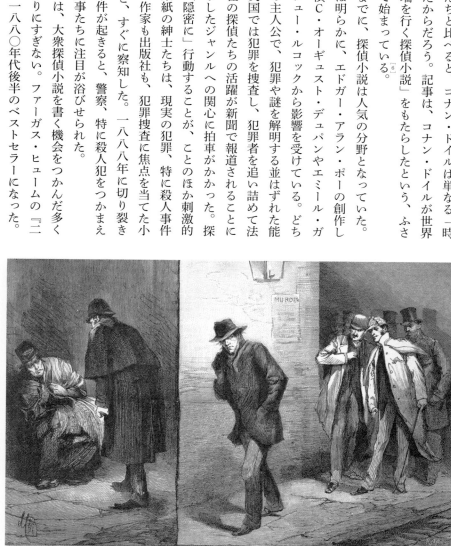

小説はメルボルンを舞台に、辻馬車の背後で起きた「正体不明の暗殺者」による「異常な殺人事件」で幕を開け、警察のミスター・ゴービィが捜査を先導する。だが、この時代の探偵小説には、専門職の警察官よりも私立探偵やアマチュア探偵が犯罪の解明に大きな成果を上げるものが多い。大都市の下層の生活を報じたり小説に描いたことで特に名を知られた作家のG・R・シムズ（一八四七～一九二二年）も、多くの探偵小説を書いて一八八〇年代に新聞紙上に発表した。[7] そのうちのひとつ、『ブルームズベリー殺人事件』と題した作品では、事務弁護士が、自分の妻の殺人事件に巻き込まれた友人の無実を証明しようとする。もうひとつ『私立探偵』の主人公は、犯罪者を追跡する警官たちに使える費用が限られていることに失望して警察を辞職した「もとスコットランド・ヤード犯罪捜査課警部」ジョン・エラートン。彼は「ストランドのはずれの横町にある小さな家屋の三階の何部屋か」に「私立探偵事務所」を開業する。シムズの作品は『今日の物語』という短篇集にまとめて刊行された。一八九一年から一八九三年のあいだに発表されたホームズ物語は、たいてい数年前を振り返っている

「夜のロンドン」1893年、ジョゼフ・ペンネル

が、内容は本質的に最新のものだ。ホームズとワトスン博士がベイカー街二二一Bの居間で次の依頼人が訪れるのを待つという、当世風都市の設定になっている。彼らは二階の部屋の窓から、典型的な大都市の幹線道路という、十九世紀末の都会人の多くになじみ深い場面を見下ろしている。読者がホームズを実在の探偵と思って彼宛てに手紙を書いたのは、物語に真に迫る写実性があったからこそだろう。

誌面にできるだけたくさん挿画を載せるというのが、ニューンズの方針だった。《ストランド》の美術担当編集者W・H・ブートが、当代きってのグラフィック・アーティストをえり抜いて仕事を依頼するという大任を果たした。アーティスト名は毎号巻頭の目次ページに告知された。そういうやり方がそれまで知られていなかったわけではないが――一八六〇年代に《ロンドン・ソサエティ》などイラストレーターを重用した雑誌もあった――そもそも「すぐれたアーティスト」を登用する「挿し絵入り雑誌」であるという《ストランド》の特徴を示している。[8] 独特の青い色で印刷された表紙のデザインにも、注目すべきものがある。画家のジョージ・チャールズ・ヘイテ（一八五五～一九二四）は、この出版社があるバーリー街の角から東を見て、ロンドン中心街で一番交通量の多い幹線道路であるストランドの光景を描いている。前景、店舗日よけの下の歩道に人が群がり、警官の姿も交じる。バーリー街の角には、《ティットビッツ》の売り子の少年が立っている。刊行された表紙では、中ほどの距離にもうひとり、道を走って渡る新聞売りの少年の姿が見える。こちらへ向かってくる（ロンドンで走るべき側とは反対側にいるが）辻馬車《ハンサム》と、それを引く馬がやや左に傾いて、動きと活気が感じられる。おそらく、画面右手から渡ってきて、乗客を降ろすか乗せるかしようとしているところだろう。ストランド三五九番地の角に大きな球形のガス灯が、そのむこうには小さめの洋ナシ形ランタンがぶらさがっている。空を背景にセント・メアリ・ル・ストランドとセント・クレメント・デーンズの二つの教会塔がそびえ、さらに遠くに一八八二年に完成した中央裁判所の時計塔が見える。雑誌名を示す文字は、上部中ほどに配されている。最終的に印刷された表紙では電線らしきものに文字がぶらさがり、夜には明かりが点灯するのではないかと思える。きっと、ニューンズが出版社の屋上に巨大な《ティットビッツ》の電飾看板を掲げていたからだろう。まさしく、ストランドの歴史をとりあげた創刊号のエッセイには、ヘイテによる版画で《ティットビッツ》の看板が目立つ通りの挿し絵が添えられている。

コナン・ドイルは、ホームズ物語の中にストランドをたびたび登場させている。特に目立つのが、ホームズとワトスン博士がロンドン中心街を夕暮れ時に散歩する、〈入院患者〉の有名な一節だ。

> それから三時間ばかり、フリート街からストランド街へかけてぶらぶらと散歩しながら、人の満ち干や流れをながめた。まさに、人生の万華鏡《まんげきょう》とでもいうべき光景だ。ホームズはそのあいだずっと、細かなことに対する観察力と鋭い推理力を感じさせる独特のおしゃべりで、わたしを楽しませてくれた。ベイカー街にもどったのは午後十時を少し回ったころだった。

ここでは、近代都市の特質が並べられて、シャーロック・ホームズの世界の背景となっている。「人生の万華《まんげ》

「ぶらぶらと散歩しながら」《ストランド》1893年8月号、シドニー・パジェット

鏡《きょう》」、「人の満ち干」といった表現によって、対位的な効果が上がる。都市の活動が、自然界の潮汐のように満ちては引きつつも、あるパターンないし構造があって日々繰り返されるものととらえられる一方で、こまごました多彩な光景ははるかに複雑で、絶え間なくうつろい変化して、パターンも細分化する。このくだりで言わんとするのは、ホームズは「細かなことに対する観察力」を駆使することによって都市生活を理解することができるが、ワトスンのほうはその光景をざっと見ているだけということだ。シドニー・パジェットはこの場面をとりあげて、コナン・ドイルの文章には具体的に書かれていないが、ホームズとワトスンが腕を組んで歩く挿し絵を描いている。面白いことに、エドガー・アラン・ポーの『モルグ街の殺人事件』でも、デュパンとその友人が、ホームズとワトスンのように腕を組んで出かけ、「賑やかな都会の荒々しい光と影のあいだに、静かな観察が与えてくれる、無限の精神的高揚を求めるのであった」[9]。パジェットの描くワトスンは、防寒にぬかりのない服装でまっすぐ前方に視線を据え、かたやホームズは周囲を気にするふうもなく、友人のほうへ顔を向けて話しかけている。

シドニー・パジェットのシャーロック・ホームズ

そもそも風貌からして、どんなに鈍感な人間でも気をひかれずにはいられないような強烈な個性があるのだ。身長はたっぷり六フィート以上あるが、半端でないやせ方をしているため、実際よりはるかに長身に見える。目は、さきほど述べた無気力な時期を別にすれば、まさに射るような鋭さだ。そして、肉の薄い鷲鼻《わしばな》が顔全体に果敢で俊敏な印象を与え、角ばってぐっと突き出たあごが決断力のありそうな印象を強調している。〈緋色の研究〉

ホームズ物語が大評判を得るには、挿し絵も重要な要素だった。シドニー・パジェット（一八六〇～一九〇八）の功績は非常に大きいと言えよう。彼の挿し絵によって初めて、名探偵の容姿が視覚的に忘れられないものとなったのだから。ホームズの骨ばった顔つきは、丸みがあって特徴的な口髭をたくわえたワトスンの顔と好対照をなしている。したがって、ベイカー街二二一B（一番ありがちな場面）にいようと、ロンドンやさらに遠方へ「冒険」に出かけていようと、どちらのキャラクターもすぐに見分けがつく。パジェットはホームズの冒険が登場する以前、一八九一年前半の半年間にも、《ストランド》からいくつもの物語やエッセイの挿し絵を依頼されていた。軍事関係の作品が多く、「授からなかった人々が語るヴィクトリア十字章物語」に二点、さらにプロスペル・メリメ作「堡塁奪取」には四点の線画を提供している。だが、ホームズものの挿し絵依頼には手違いがあったと言われる。依頼の手紙は、やはり腕のいい挿し絵画家だった弟のウォルター・パジェット宛てだったのだが、宛名が「ミスター・パジェット」としか書かれていなかったのでシドニーが開封し、思いがけない幸運をつかむこととなったのだった。シドニー・パジェットは一八六〇年に生まれ、ヘザーリーズ・アート・スクール、次いでロイヤル・アカデミー・スクールズで一八八一年から画業を学び、数々の賞を獲得した。その時期にグ

シドニー・パジェット、1890年頃、エリオット&フライ

ラフィック・アーティストとしての仕事を始め、多くの雑誌に挿し絵を描いた。そして《ストランド》の挿し絵は、彼に国際的な名声をもたらすことになったのだ。

シドニー・パジェットが初回のホームズ物語に描いた挿し絵の最初のものは、主要キャラクター二人をとりあげている。ホームズが暖炉に背を向け、椅子にかけたワトスンのほうを見ているところだ。[10] 暖炉の前で背中と両手を暖めながら、「例の考えこむような表情で」ワトスン博士を振り向いて観察するホームズの姿勢を、パジェットはみごとにとらえている（挿し絵のキャプションは「そして暖炉の前に立つと」）。パジェットが物語を画像に具現化する材料となるような、細かい具体的記述の数は、ごく限られていた。ホームズ物語の前二作を読み込んでキャラクターを研究するのに、彼がどれほどの時間を費やしたかは定かでない。おそらく、登場人物とその周辺環境を早くからすっかりかたちづくっていたコナン・ドイル同様、パジェットは物語の挿し絵を依頼される通常の場合よりはるかにたっぷりと、ホームズ物語の世界と人物像を吸収していたのだろう。

コナン・ドイルがのちに語ったところによると、名探偵のモデルとなったのはエディンバラ大学医学部で指導教官のひとりだったジョゼフ・ベル博士だという。ベル博士の分析能力も風貌も、シャーロック・ホームズのものと一致する。それまでのD・H・フリストンやチャールズ・ドイルの絵によるホームズでは、たぶん風変わりなところ以外何も、この探偵の注目すべき、記憶すべきところが描き切れていない。もうひとり、ジョージ・ハッチンソンというグラフィック・アーティストが、一八九一年に新版〈緋色の研究〉の挿し絵を描いている。ハッチンソンは、コナン・ドイルの細部の記述に対して忠実に、二人の主役を再現しようとした。しかしパジェットの挿し絵に比べると、平板で鈍重な描画に思える。

ハッチンソンは、翌年再びホームズに取り組んでいる。ただしそれは、《アイドラー》誌に掲載されたルーク・シャープ（ロバート・バーの別名）による「シャーローウ・コームズの冒険（ペグラムの怪事件）」というパロディ作品だった。このときのホームズは、パジェットの描写に基づくものとなっていた。[11]パジェットのキャラクター解釈には自然で確かなものがあり、二人の本質や気性の要所を押さえている。コナン・ドイルの意図したものとは違う描画だったかもしれないが、それはたちまち読者の心をつかみ、ホームズ像が明確になったのだった。「鷲鼻《わしばな》」を忘れたわけではないが、パジェットはすっくと立つ全身像と自信たっぷりな姿勢を描くことで人心に強く訴えた。コナン・ドイルの主張によると、ホームズの風貌は前述の弟、ウォルター・パジェットをモデルにしたものだった。[12]口髭のあるワトスン博士がホームズにも増して身ぎれいにしているのは、「女性のことならきみの専門分野だ」というホームズの言葉を反映してのことだろうか。

この最初の挿し絵からはまた、パジェットには挿し絵に適した場面を選び出す能力と、コナン・ドイルが具体的に書いていない細部まで独自に描き出す自信があったことがうかがえる。著者が言及しているのは、ほんのいくつかの物体だけだ――肘掛け椅子、暖炉、葉巻ケース、フラスク、ガソジーン（炭酸水製造器）。品目がわずかしかない中でもパジェットは精選し、暖炉と肘掛け

右：「そして暖炉の前に立つと」〈ボヘミアの醜聞〉、《ストランド》1893年7月号、シドニー・パジェット

下：ジョゼフ・ベル博士、1890年頃、A.・スワン・ワトスン

椅子以外のものをみな無視して、背景のドレッサー、マントルピース上に並ぶ二つの凝ったオイル・ランプや時計、花瓶のほか、暖炉の火床と外枠、火ばさみなど、自分なりに余分のディテールを付け加えている。この火ばさみは、〈ぶな屋敷〉でホームズが「長い桜材のパイプに」暖炉の燃え殻で火をつけるときに、もう一度登場する。パジェットは、頻出する小道具の数々、特にベイカー街二二一B関連の椅子やソファをみごとに使いこなしている。物語が進むにつれ、読者は部屋のさまざまな部分を詳しく知るようになっていくが、それらがつながることはあまりないので、部屋の全体像と広さはあいまいなままになる。パジェットの手法は、人物のポーズに焦点を絞り、すぐそばにある数点の物体だけを描くというものだ。背景は概略だけにとどめられ、まったく描かれないことも多い。

一八九〇年代の《ストランド》は、さまざまなグラフィック媒体を多用していた。大多数は伝統的な語義で言う版画で、陰影や形状は細い描線と線影《ハッチング》の集まりで表現される。雑誌に雇われた製版者が、挿し絵画家の描いた線画を印刷できる状態に仕上げた。パジェットはとりわけ、従来の手法にとらわれない、薄塗りで微妙な色調の灰色や黒を表現する技法にたけていた。現存するパジェットの原画を調べてみると、特に光の当たっている部分を際立たせたりコントラストを強調したりするために、ホワイトを上塗りする工夫をほどこして、精妙な表現を生み出しているところも認められる。それがはっきりわかるのは、〈バスカヴィル家の犬〉で全面に掲載された有名なイラストだ。犬の鼻づらから頭部にかけての輪郭まわりにホワイトを上塗りすることによって、恐怖をかきたてる魔犬がなまなましく描き出されている。この原画の裏にパジェットは製版者へのメモを添え、「背景の霧をできるだけ単調に」と注文をつけている。前景の光を放つ犬から注意をそらすようなものは、いっさいなくしたいと思っていたのではないだろうか。

この絵のように毎号巻頭に掲載されるイラストは、ドラマティックに視覚に訴える絶好の場となった。ホームズ物語で最初に巻頭イラストが掲載されたのは、〈最後の事件〉だ。モリアーティとホーム

左頁右:「発見した!　発見したぞ!」〈緋色の研究〉、1892年、ジョージ・ハッチンソン
左頁左:「彼はヴァイオリンを弾いていた」、1892年、ジョージ・ハッチンソン

ズがライヘンバッハの滝で闘う劇的瞬間のイラストである。だが「シャーロック・ホームズの死」と題するこの絵は、読者に物語の最後をはっきりさとらせてしまう。それでは劇的な結末の意外性が失せてしまうので、コナン・ドイルは首をかしげた。また、〈第二のしみ〉の全面イラストでは、ホームズとワトスン博士の姿が非常に鮮明に描かれている。ホームズが床下の隠し場所をみごとに発見し、まだ山高帽をかぶったままのワトスン博士がのぞき込む場面は、輝くばかりの床の上だ。原画を見ると、水彩絵の具の薄塗りで床に映る影を表現し、背景の陳列戸棚に置かれた花瓶やテーブル上の花を生けた壺を引き立ててもいる、パジェットの筆の冴えがわかる。

パジェットの絵は、写真製版業者によってさまざまな方法で処理された。短篇集『シャーロック・ホームズの冒険』にまとめられた最初の十二話の挿し絵百四点は、一点を除くすべてが、網凹版写真製版法の工程でパジェットの素描風の流れるような筆致を直接再現したものだった。[13] 描画の微妙な細部をそこなうことなく、緻密に再現している。拡大するとわかるが、イラストは非常に細かい網点で印刷されている。描画を写真複写する際に、レンズと写真板《プレート》のあいだに網目スクリーンを

"'I'VE FOUND IT! I'VE FOUNE IT!' HE SHOUTED.'

はさんで網点をつくり出すのだ。写真製版のスペシャリストが、印刷版をさらに処理した。パジェットの原画の質を保ちながら、印刷の工程で失われたり不鮮明になったりしかねないディテールを強調するのだ。パジェットの「ＳＰ」という目立つサインと一緒にあるイニシャルや名前から、スウェイン、ウォーターロー＆サンズ、ヘアほか、多くの製版業者が確認されている。一八九一年八月号に掲載された「その日の午後いっぱい、彼は特等席にすわって」という題の付けられた、ホームズがセント・ジェイムズ・ホールでコンサートを楽しんでいる場面を描いた現存する中でも最初期の絵では、パジェットの原画のさまざまな要素がどれひとつ失われていない。[14] 製版者は（《ストランド》に印刷された挿し絵に識別できるしるしはないが、おそらくウォーターロー＆サンズの職人だろう）、ホームズの髪のハイライトを増やし、ズボンのストライプ柄を強調していた。誌面に入るように、また当初は二段組みの本文真ん中に挿し絵を配するつもりだったらしく、描画はかなり縮小された。ほかの多くと同様にこの絵も、物語中のひとこまをうまく切り取って、コナン・ドイルの記述を目に見えるかたちに移している。ホームズの顔と姿勢を描くためにパジェットが注目した重要な語句は、「完璧な幸福感につつまれながら」、「その優しい微笑みを浮かべた顔」、そして「音楽にあわせて」振ろうと構えているかのような「長く細い指」だろう。

ひとつだけ、もっと標準的な工程によって描線と線影《ハッチング》を処理して製版された挿し絵には、ドイツ生まれでロンドンに移住したばかりだった熟練製版者、パウル・ナウマンのサインがある。馬車を降りたアイリーン・アドラーをみずからの作戦による乱闘から守ろうとする、「人のよさそうな非国教会の牧師」に変装したホームズの、印象的なイラストだ。

その後に続く『シャーロック・ホームズの回想』に収められた全作品で、ナウマンひとりに製版を任せるよう変更があった理由は、はっきりしない。イラスト複製の質にばらつきがあるという問題があったのかもしれない。不鮮明で汚れたように見える挿し絵もいくつかあって、網凹版写真製版法の工程

「蝶番付きの蓋のように開くのだった」――色塗り水彩と鉛筆、《ストランド》1904年12月号
〈第二のしみ〉挿し絵原画、シドニー・パジェット

に何か不手際があったか、印刷の段階でインクの付きがよくなかったかではないかと思われる。ナウマンの製版工程ではそういう失敗が起きにくく、鮮明で緻密な絵ができあがっている。ナウマンは製版手法に何らかの写真処理を取り入れていたようだ。最高傑作では、パジェットの優美でなめらかな筆致はそのままに、印刷された結果がもとよりも鮮明なイラストになるよう、うまく仕上げている。鉄道の客車内を舞台にした初期のイラスト三点を見比べてみるとよくわかる。一八九一年十月号〈ボスコム谷の謎〉のスウェインによる製版では、おおざっぱな仕上がりだが、ナウマンが製版を手がけた一八九二年十二月号〈名馬シルヴァー・ブレイズ〉と一八九三年十月号〈海軍条約文書〉のイラストは、精細で輪郭もはっきりしている。三点とも場面をうまくとらえていることに変わりはないが、それぞれに違いもある。これももちろん、二人の人物が車内で向かい合う構図で仕上げた、パジェット自身の功績だ。〈名馬シルヴァー・ブレイズ〉の挿し絵では、コナン・ドイルが本文で書いているように一等車のゆったりした空間を描いているが、〈海軍条約文書〉のほうではホームズとワトスンの脚がきゅう

「その車室をわたしたちで独占できたのはいいが」〈ボスコム谷の謎〉、《ストランド》1891年10月号、シドニー・パジェット

くつそうで、二人は二等車に乗っているらしいとわかる。

また、これらの絵は二人の服装という観点からも興味深い。〈ボスコム谷の謎〉の挿し絵は、初めて鹿撃ち帽《ディアストーカー》をかぶったホームズを描いたものだ。コナン・ドイルの文章では、「長い灰色の旅行用マントに身を包み、ぴったりした布の帽子をかぶっている」といういでたちになっている。それをディアストーカーと解釈して、ツイードのコートを合わせたのはパジェットなのである。事件に

SP
"THE VIEW WAS SORDID ENOUGH."

SMOKING
SP
"HOLMES GAVE ME A SKETCH OF THE EVENTS."

上:「どう見てもむさ苦しいながめだった」〈海軍条約文書〉、《ストランド》1893年10月号、シドニー・パジェット

下:「ホームズは事件の概略を説明した」〈名馬シルヴァー・ブレイズ〉、《ストランド》1892年12月号、シドニー・パジェット

乗り出すべく大都市をあとにして田舎に向かい、証拠を探って突きとめる探偵に、ふさわしい服装だ。この物語では、彼が一足のブーツをじっくり調べるところや、その後地面に腹這いになって足跡を仔細に観察するところが、挿し絵になっている。この服装は、いつもの都会的衣装を脱ぎ捨ててハンターとなった、ひと味違うシャーロック・ホームズを具体的に描写するものなのだ。

ホームズは、こういった捜査に熱中しだすと、まるで別人のようになる。ベイカー街でもの静かに思索にふけり論理に浸るホームズしか知らない者が、いまの姿を見ても、同一人物だとは夢にも思うまい。その顔は紅潮していちだんと陰りを帯び、ふた筋くきりと真っ黒い線になった眉の奥で、二つの目が鋼鉄のような輝きを放っている。顔をうつむけ、肩をかがめ、唇をきゅっとひき結んで、たくましそうな長い首に血管をくねくねと浮き立たせている。大きく広がった鼻孔に、ひたすら獲物を追い求める動物的欲望ばかりが息づいているように思えた。こういうときのホームズは、眼前のことにすっかり心を奪われているので、尋ねたり話しかけたりしてもまったく通じず、せいぜい、いらついた声で怒鳴り返されるのがおちなのだった。

「バラというのはほんとうに美しい花だ」〈海軍条約文書〉《ストランド》1893年10月号、シドニー・パジェット

ホームズとワトスンの服装だけでなく、ほかの登場人物の着ているものについて、コナン・ドイルが具体的に書いていることはある。とはいえ、その装い方を細部まで描き出したのはパジェットだ。彼の描くホームズは、いつも折り襟に平板なボウタイを、ワトスンは立ち襟に凝ったネクタイを身につけている。顔つき、体つきのほかに、そういう服装の違いもあって、この二人が並んで描かれていても読者はすぐに見分けがつく。

この描き分け方の意味は、十九世紀末の読者には難なく読み取れたのだろうが、それぞれの服装が二人の男の何を語っているのか、二十一世紀の人々にとってはそれほどわかりやすくない。ホームズのタイと襟は、ワトスンに比べてカジュアルで流行遅れの着こなしと見られただろう。だが、モーニング姿や外套着用の二人は、ウェスト・エンド界隈や大都市ロンドンの金融街、商業地区でよく見かけられる、身なりのいいりっぱな紳士階級の代表格だ。

カジュアルな服装と言えば、ホームズは室内で上着とベストを脱いで、ポケットのあるドレッシング・ガウンを着ていることが多い。そのドレッシング・ガウンが、ホームズというキャラクターの相反する二面を連想させるようになる。ドレッシング・ガウン姿からうかがえるのは、分析的頭脳が絶好調に働く、くつろ

「やはり同じ姿勢ですわって、パイプをくわえていた」〈唇のねじれた男〉、《ストランド》1891年12月号、シドニー・パジェット

いで快適なモードだ。ドレッシング・ガウンは、この探偵の喫煙着のようなものになっている。頭の中で捜査のことをあれこれ考えるとき、強い刺激になるとともに、気を散らすものをさえぎって集中力を高めてくれる煙草に頼るのだ。

「煙草さ。パイプでたっぷり三服ほどの問題だな。悪いが五十分ほど話しかけないでくれたまえ」ホームズは椅子のなかで身体を丸め、鷹を思わせるとがった鼻の先へやせた膝をもち上げて、黒いクレイ・パイプを怪鳥のくちばしのように口から突き出して目を閉じた。やがてホームズが眠りこんだように見えたので、わたしも居眠りをしはじめた。そのとき、彼は何か決心したようにぱっと立ち上がり、パイプをマントルピースの上に置いた。

その一方でドレッシング・ガウンは、ホームズのボヘミアン気質を表してもいて、不調や倦怠、無為を連想させる。科学の実験をしているときの服装でもあり、「バイオリンを弾き鳴らす」ときは、ほぼ間違い

上:「よぼよぼのイタリア人司祭」〈最後の事件〉、《ストランド》1893年12月号、シドニー・パジェット

左:「よぼよぼのイタリア人司祭」ペン、インク、水彩、《ストランド》1893年12月号〈最後の事件〉挿し絵原画、シドニー・パジェット

なくドレッシング・ガウン姿だ。パジェットはそういう特徴的なポーズのホームズを数多く描き、それがのちに舞台や映画の演出に取り入れられた。

　そのほか挿し絵に見られる特徴的な衣装といえば、ホームズの変装がある。《ストランド》掲載の第一話でパジェットは、「酔っ払った馬扱い人」と「人のよさそうな非国教会の牧師」に扮したホームズを描いている。〈唇のねじれた男〉では、かつらを着けてアヘン窟で火鉢のそばにうずくまるホームズ。どれよりも精巧に描かれているのは、〈最後の事件〉でワトスン博士が驚かされた、「老司祭」に変装したホームズのイラストではないだろうか。ワトスンはヴィクトリア駅のプラットホームで彼に手を貸しながら、自分が予約した客車の向かいの席に陣どるその「よぼよぼのイタリア人司祭」と、意思疎通ができない。ホームズの変装をすっかり真に受けているのだ。その衣装を細部まで描き、また特筆すべきホームズのポーズを絵にしたのは、パジェットだった。コナン・ドイルは、列車が出発すると、ホームズが「変装用の黒い僧服と僧帽」を脱いで「てさげ鞄」にしまったと書いている。単色水彩で描かれたパジェットの原画ではよくわかる

左：「わたしたちは奥の部屋になだれ込んだ」〈株式仲買店員〉、《ストランド》1893年3月号、シドニー・パジェット
右：「むだだよ、ジョン・クレイ」〈赤毛組合〉、《ストランド》1891年8月号、シドニー・パジェット

が、ホームズの両手はステッキの頭に巻きつけられ、彼がまだ役になりきって老聖職者を演じているのだ。それでも、極度に集中した不動の姿は、読者に名探偵の分析的頭脳が働いていることを思い出させる。客車の座席、窓掛け、仕切りも、ホームズのかたわらの座面に置かれた「hand-bag」も、みごとに描かれている。絵の背景が流し描きされているのが、ホームズの顔に労力と注意力を傾注しているのと対照的だ。

《ストランド》のホームズ物語のイラストは、はっきりと二つのタイプに分けられる。ベイカー街やワトスン博士の住まいの室内を舞台にしたものと、事件が起こった場所での冒険を描いたものだ。後者には、ベイカー街で依頼人や刑事によってホームズやワトスンと関係ができた、離れた場所で起きた出来事を描いたイラストも含む。まず注目すべきイラストは、ホームズとワトスンを一緒に描いたものだ。パジェットは、物語の中から絵にするのに最適な場面を選び出すのがうまかった。座ったり立ったり、談話したり奇妙なものや手紙を調べたりするところ、新聞を読むところ、居眠りするところ。パジェットは二人の親しさが表れる場面を創出しながら、それぞれに独自の特徴や癖を巧みに描き分けている。現実にありそうで、はっきり認識できる自然なポーズを描く技量にかけて、パジェットは同時代の多くの挿し絵画家に抜きん出ている。また、活動的なホームズが登場する絵も多い。〈赤毛組合〉でホームズはジョン・クレイを捕らえようと「さっと飛び出」し、〈まだらの紐〉では「沼毒蛇」を「激しく」打ちすえ、〈緑柱石の宝冠〉では拳銃でサー・ジョージ・バーンウェルの頭を殴る。

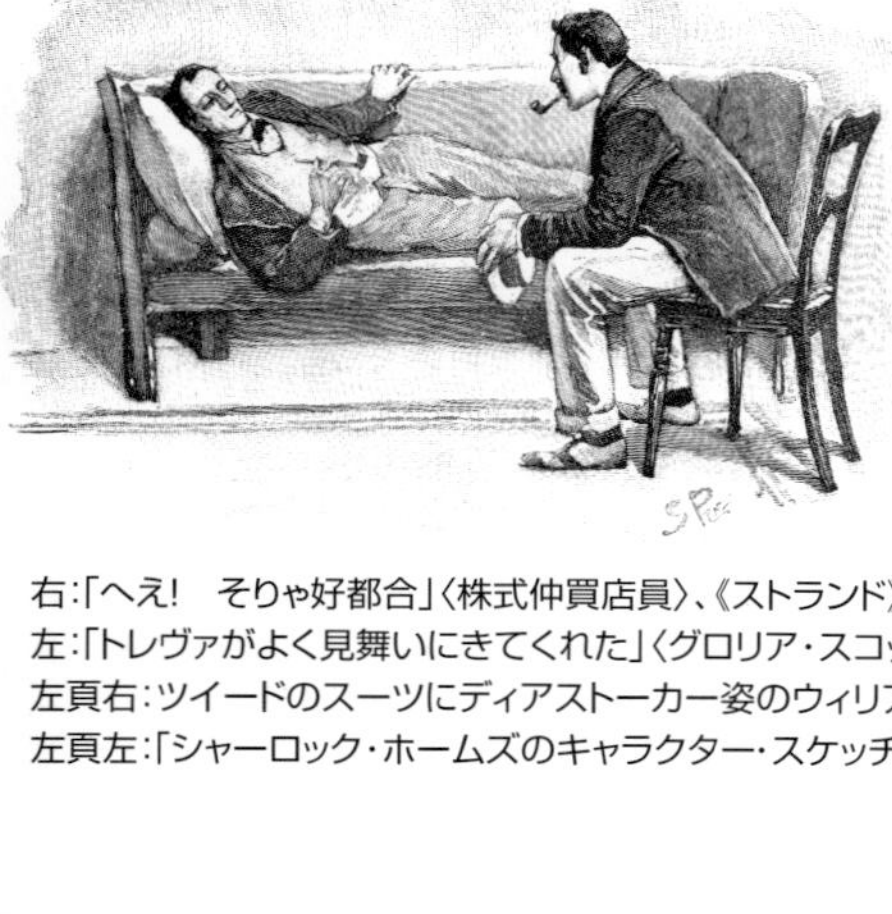

右:「へえ!　そりゃ好都合」〈株式仲買店員〉、《ストランド》1893年3月号、シドニー・パジェット
左:「トレヴァがよく見舞いにきてくれた」〈グロリア・スコット号〉、《ストランド》1893年4月号、シドニー・パジェット
左頁右:ツイードのスーツにディアストーカー姿のウィリアム・ジレット、1900年
左頁左:「シャーロック・ホームズのキャラクター・スケッチ—第二幕」ウィリアム・ジレット、1900年頃

一八九三年十二月から一九〇一年八月までの七年あまり、ホームズ物語の新作はなかった。パジェットは引き続き《ストランド》の依頼を受けて、ホームズが抜けたあとの穴を埋めてほしいとの期待を背負ったアーサー・モリスンの「私立探偵マーティン・ヒューイット」シリーズなど、ほかの作家の作品に挿し絵を描いた。だが、一八九四年と一八九五年に《ストランド》に掲載されたコナン・ドイルのジェラール准将物語の挿し絵を、パジェットは担当しなかった。やはり《ストランド》に掲載された、一八九六年の『ロドニー・ストーン』と一八九七年の『コロスコ号の悲劇』というコナン・ドイルの小説、および一八九八年と一八九九年の彼の短篇には、パジェットが挿し絵を描いた。また一八九七年にコナン・ドイルは、自分の肖像画をパジェットに依頼している。外見と性格を忠実にとらえるこの友人の腕前を、信頼していたしるしだ。[15]

一八九三年に名探偵を殺してしまったあと、コナン・ドイルには彼を復活させるつもりなどなかった。それでも五年後には、いくつかの物語を部分的につなぎ合わせてホームズものの舞台劇を準備した。作家としての立場をおとしめることになりはしないかという懸念を抱きながらも、儲けになるだろうと思ってのことだ。

彼の舞台劇は実現しなかったが、同年、俳優ウィリアム・ジ

レットがコナン・ドイルの承認を得てホームズ物語を舞台劇に脚色した。ジレットのホームズ像解釈は斬新だった。コナン・ドイルの文章にはなく、シドニー・パジェットのイラストにはそこはかとなく感じられる、魅力とあだっぽさがあったのだ。新たに忘れえぬホームズ像が生まれ、舞台の小道具のひとつであった曲がったパイプは、それ以来この名探偵の代名詞となる。衣装はというと、たいへんあかぬけした装いで、ドレッシング・ガウン姿さえ粋《いき》だった。一九〇一年、ドルーリー・レーンのライシアム劇場でジレット本人がホームズを演じた。その演技や脚本を批評家たちはあまり高く買わなかったが、大衆の大喝采を浴びた。ちょうどそのころ、コナン・ドイルは新作のホームズもの長篇〈バスカヴィル家の犬〉を執筆中だった。ホームズが最後に登場してからまったく時間がたっていないかのように、ごく自然にパジェットとの組み合わせが再開されたのだ。小説は九回にわたって《ストランド》に掲載され、パジェットのイラスト六十点が物語の興奮と謎をみごとに描き出すと同時に、おなじみのポーズも多いホームズを生き生きと描写した。熟考するホームズ、手がかりを探し、最後には「リヴォルヴァーの残りの五発を犬の脇腹に向けて撃ち込」み、大活躍するホームズ。それまでの二人のコラボレーションとしては、〈バスカヴィル家の犬〉が最高傑作となった。

ホームズ物語シリーズは一九〇三年と一九〇四年にも続き、パジェットはコナン・ドイルの文章の伴奏にふさわしい挿し絵を九十五点描いた。物語の影響力を判定するのは難しいが、数々の記事から確認できるとおり、大衆の熱中ぶりはたいへんなものだった。映画監督のマイケル・パウエルは、南ロンドンのフォレスト・ヒル駅で列車を待つ通勤客がひとり残らず「《ストランド》に首をつっこんで、最新の「シャーロック・ホームズ」冒険物語を読みふけっていた」という話を、おじと祖父から聞かされたのを覚えている。パウエルの考えでは、パジェットのイラストが「文章に負けず劣らず、不滅の人気者を生み出した」のだ。[16]

この頃、大衆文化の中のシャーロック・ホームズ像は、もっと複雑なものになってきていた。アメリ

「バスカヴィル家の犬」ペン、インク、水彩、《ストランド》1902年3月号〈バスカヴィル家の犬〉挿し絵原画、シドニー・パジェット

カの雑誌《コリアーズ》の依頼で英国版と同一内容のホームズ物語に挿し絵を描いたフレドリック・ドア・スティールは、舞台でウィリアム・ジレットが演じた探偵像をもとに描いた。雑誌の表紙をみごとに飾った一連のカラー・イラストや多数の白黒挿し絵に、特徴的な横顔や独特のポーズを描いて、またひと味違う探偵を演出したのだった。これで、主要なホームズ像が二つ、肩を並べたことになる。この二つをたぶん初めて一緒に見ることができたのが、《ストランド》一九〇三年十二月号だ。この号では〈踊る人形〉にパジェットのホームズが、自宅でできる整骨療法を宣伝する広告にスティール描く探偵の横顔が登場した。現在に至るまで、映画やテレビの翻案にはこの二つの視覚的解釈がともに利用されてきた。シドニー・パジェットは一九〇八年、四十七歳で亡くなったが、その後に《ストランド》に掲載されたイラストも、彼が考え出した探偵像に忠実なままだった。パジェットはシャーロック・ホームズの容貌を初めて定着させたイラストレーターであり、世界で最も偶像視されている人気者の誕生に決定的な役割を果たしたのである。

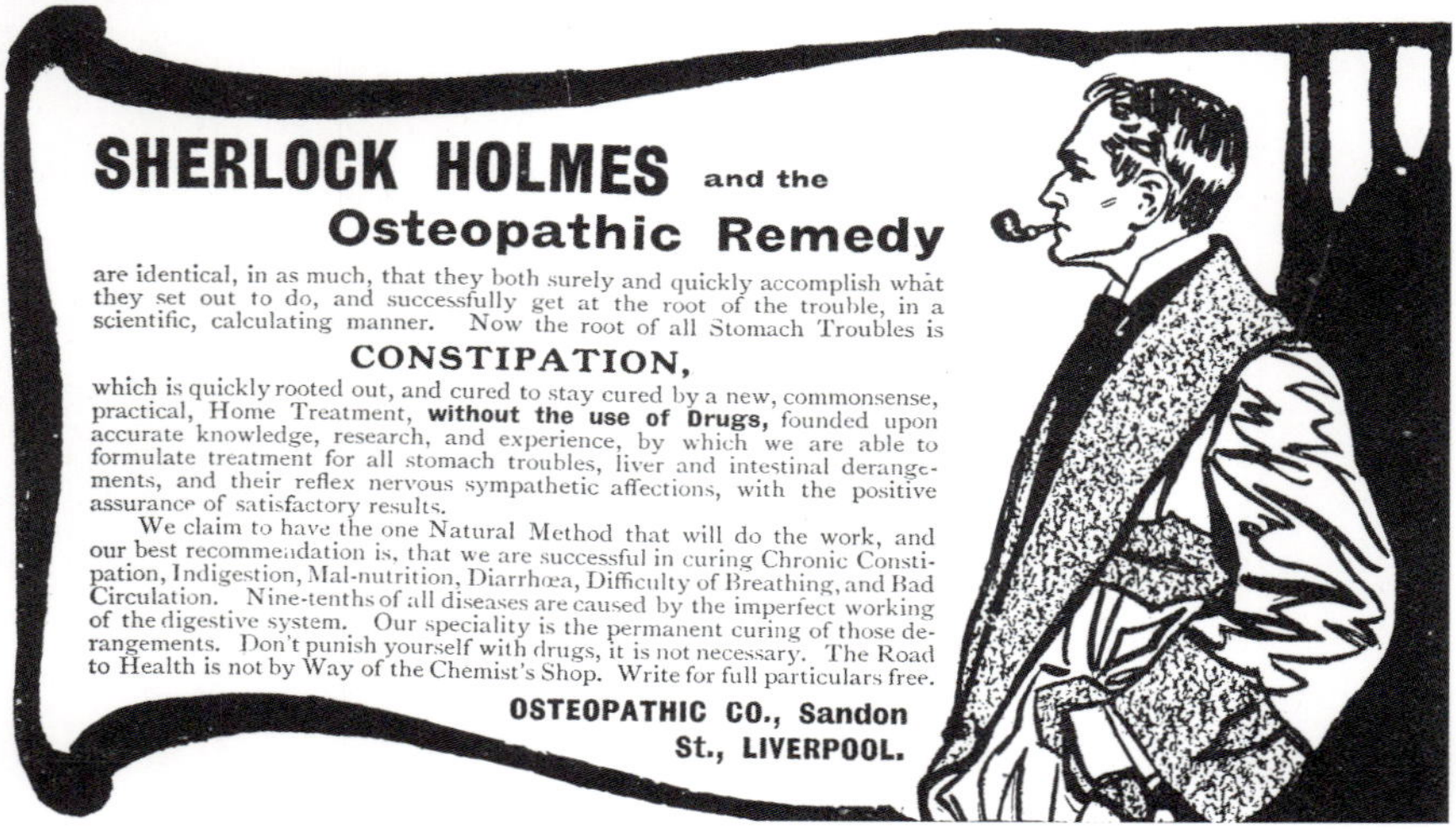

「小柄でしわだらけの男がひとり現われ出たのだ」〈ノーウッドの建築業者〉、《ストランド》1903年12月号、シドニー・パジェット

右頁上:〈ノーウッドの建築業者〉が掲載された《コリアーズ》の表紙、1903年10月、フレデリック・ドア・スティール
右頁下:整骨療法の広告、《ストランド》1903年12月号

「コナン・ドイル博士との一日」ハリー・ハウ

（《ストランド》一八九二年八月号）

これ以降の八ページは、ホームズ物語の第一期連載とでも言うべき十二篇の連載（《ストランド》一八九一年七月号から一八九二年六月号まで）が終わり、それが単行本『シャーロック・ホームズの冒険』として出るまでのあいだの号に、掲載された記事です。本書では画像扱いの図版として《ストランド》の版面がそのまま使われており、残念ながら訳文を挿入することができないため、ここに概略をご紹介しておきます。全文訳はネット上のサイトにもあるようですが、信頼性の高いものをお探しの方には、笹野史隆訳『コナン・ドイル小説全集　第35巻』（笹野史隆刊）があることを、お伝えしておきます。

●犯罪に関する難問を提示し、それに対する多くの推測を与えながら、読者が最後にホームズに対しギブアップする……そんなことをしてくれた初めての人物がコナン・ドイルだ。

●筆者はサウス・ノーウッドにある彼の自宅を訪ねた（写真）。出てきた人物は想像と違い、にこやかで家庭的な人だった。さまざまなスポーツを楽しむアウトドア派であり、アマチュアカメラマンでもある。今は三輪自転車に凝っているとのこと（冒頭の写真）。

●書斎（写真）にはコナン・ドイルの父親が撮った写真が飾られていた。祖父のジョン・ドイルをはじめ、彼の家系には芸術家が多い。ジョン・ドイルの子リチャード・ドイルは《パンチ》の表紙デザインや風刺漫画を描いていた。ジョン・ドイルのスケッチ（写真）がマントルピースの上に飾られている。

●豪華な客間（写真）の快適な椅子で、アフタヌーンティーをいただいた。ここにはコナン・ドイルの父親による写真がさらに飾られてある。その壁には、患者から贈られたエジプト藩王のディナープレート（写真）もあった。

●書斎に戻り、ここからはコナン・ドイルの半生を解説。エディンバラで生まれ、ストーニーハースト・カレッジのあとドイツに渡ったこと。エディンバラに戻って医学部に入り、初めての短篇小説を書いて投稿したこと。捕鯨船で北極海に行き、狩りやボクシングをやったこと。エディンバラ大学医学部に戻り、のちにホームズのモデルとなるジョゼフ・ベル博士と出会ったこと。ベル博士が患者の職業を当てる一例も語られる。

●そしてサウスシーでの開業時代、八年間に五、六十篇の短篇を雑誌に書き、『緋色の研究』、『マイカ・クラーク』、『四つの署名』を出した。プロの小説書きになろうと決意した経緯が、コナン・ドイル自身によって語られる。

●眼科医の勉強でパリとウィーンに行ったあと、ロンドンで開業。しかし執筆の依頼が入り始め、三カ月で医院をたたんでノーウッドに移り、《ストランド》の連載を始めた。

●ホームズもの（写真は原稿の一部）では、いつも結末を最初に考え、クライマックスを読者から隠しつつ話を組み立てる。一篇書くのに一週間かかるが、アイデアはスポーツなどをしているときに湧いてくる。執筆時間は朝食から昼食までのあいだと、午後五時から八時で、一日に三千語書く。

●今は《ストランド》の連載を中断しているわけだが、彼は自分の気に入っているキャラクターを（書きすぎで）ダメにすることを恐れているらしい。しかし次の（ホームズ）シリーズを書くのに充分なネタをもっていると教えてくれた。

●取材後、筆者がエディンバラにいるジョゼフ・ベル博士（写真）に手紙を書いたところ、ていねいな返事をもらった。内容は、訓練された観察眼をもつことを、どう学生に教えるか。顔つきを見れば国籍がわかること、職業の違いが手に出ること、陸軍と海軍では兵士の歩き方が違うこと……などなど。

NEW MODEL REMINGTON STANDARD TYPEWRITER

For Fifteen Years the Standard, and to-day the most perfect development of the writing machine, embodying the latest and highest achievements of inventive and mechanical skill. We add to the Remington every improvement that study and capital can secure.

WYCKOFF, SEAMANS & BENEDICT,

Principal Office—

London: 100, GRACECHURCH ST., E.C., Corner of Leadenhall Street.

Branch Offices—

LIVERPOOL: CENTRAL BUILDINGS, NORTH JOHN STREET.
BIRMINGHAM: 23, MARTINEAU STREET.
MANCHESTER: 8, MOULT STREET.

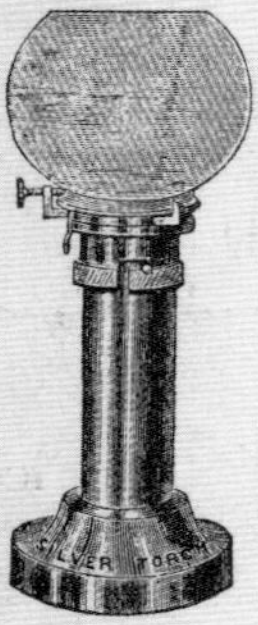

THE

Silver Torch

(Copyright Registered).

Economy!
Cleanliness!
Convenience!

The Silver Torch Candles give a good light, are cleanly to handle, and burn so long that for ordinary bedroom use they will last a week.

A simple rub with a dry cloth is all the cleaning necessary outside, and this but once a week or so, when a fresh candle is put in the tube.

Price 7/6 complete.

To be obtained of all Ironmongers, or of the Manufacturers:

WM. NUNN & CO., St. George St., London, E.

THE DEAF MAY HEAR.

ALL persons suffering from defective hearing are invited to call and test, **free of charge,** a New Invention for the relief of deafness, at the rooms of the Aurophone Co., between the hours of 10 a.m. and 6 p.m. A qualified medical man always in attendance. **Write for Pamphlet,** free by post.—The Aurophone Co., 39, Baker Street, London, W.

18th Edition. 119th Thousand. Post Free of Author, 5/-

THE **CURE** OF

CONSUMPTION

By an Entirely New Remedy, with Chapters on the CURE of Chronic Bronchitis, Asthma, and Catarrh, *with cases pronounced incurable by the most Eminent Physicians.*

By EDWIN W. ALABONE, F.R.M.S., &c., &c.,
Highbury Quadrant, London, N., *Late Consulting Physician to Lower Clapton Orphan Asylum.*

FRETWORK FOR AMATEURS

OF BOTH SEXES AND ALL AGES.

THE
MOST PROFITABLE
AND
FASCINATING
OF ALL
HOME PASTIMES.

EASILY LEARNT.

J. H. SKINNER & CO., having dissolved partnership, are offering their enormous stock, including 250,000 FRETWORK PATTERNS and 100,000 ft. of SOLID and THREE-PLY FRETWOOD, Veneers, &c.; 1,000 GROSS of FRET-SAWS, besides an immense quantity of TOOLS, OUTFITS, &c., at special prices.

5,700 Books of Fretwork Designs.

£375 IN VALUE will be GIVEN AWAY!

For particulars see Sale List.

A SPLENDID OPPORTUNITY FOR BEGINNERS

Complete Fretwork Outfit, comprising 12-inch Steel Frame, 48 Saws, Awl, File, 4 Designs (with sufficient planed Wood and 1s. Handbook on Fretwork). **An Archimedean Drill,** with 3 Bits, will be **SENT GRATIS** with each set. Post free for [illegible]s. 6d. Outfits on Card, 1s. 6d. and 2s. 9d., post free.

6 ft. 2nd quality assorted planed Fretwood, 1s. 9d.; post free, 2s. 6d.
12 ft. ditto ditto ditto 3s. 0d.; post free, 4s. 3d.

CATALOGUES of Machines, Designs, Wood, Tools, &c., with 600 Illustrations and full instructions for Fret-cutting, Polishing, and Varnishing, price 4d., post free. **A Specimen Sixpenny Fretwork Design SENT GRATIS with each Catalogue; also a List of Designs, Outfits, Tool Chests, &c., at greatly reduced Prices, to Clear.**

N.B.—All orders *must* be accompanied by remittance.

Apply—**J. H. SKINNER & CO.,** Manufacturers of Fretwork Materials, S Department, East Dereham, Norfolk.
Kindly mention this magazine when ordering.

SPRITE CYCLE

COMPANY,

48, DEVONSHIRE ST.,
THEOBALD'S ROAD,
LONDON, W.C.

W. Coote Reynolds, Manager.

Send for Catalogue.

CASH or EASY PAYMENTS.

PNEUMATIC, CUSHION, or SOLID TYRES.

Machines to suit every class.

IF YOU WANT— APPLY TO—

GOVERNMENT PUBLICATIONS

EYRE & SPOTTISWOODE,
East Harding St.,
LONDON,
E.C.

Deposit a/c's opened.
Standing Orders received.
Lists on Application.
Any Information given.

A Day with Dr. Conan Doyle.

By Harry How.

From a Photo. by] DR. CONAN DOYLE AND MRS. CONAN DOYLE. [*Elliott & Fry.*

DETECTIVISM up to date—that is what Dr. Conan Doyle has given us. We were fast becoming weary of the representative of the old school; he was, at his best, a very ordinary mortal, and, with the palpable clues placed in his path, the average individual could have easily cornered the "wanted" one without calling in the police or the private inquiry agent. Sherlock Holmes entered the criminal arena. He started on the track. A clever fellow, a cool, calculating fellow, this Holmes. He could see the clue to a murder in a ball of worsted, and certain conviction in a saucer of milk. The little things we regarded as nothings were all and everything to Holmes. He was an artful fellow, too, and though he knew "all about it" from the first, he ingeniously contrived to hold his secret until we got to the very last line in the story. There never was a man who propounded a criminal conundrum and gave us so many guesses until we "gave it up" as Sherlock Holmes.

I thought of all this as I was on my way to a prettily-built and modest-looking red-brick residence in the neighbourhood of South Norwood. Here lives Dr. Conan Doyle. I found him totally different from the man I expected to see; but that is always the case. There was nothing lynx-eyed, nothing "detective" about him—not even the regulation walk of our modern solver of mysteries. He is just a happy, genial, homely man; tall, broad-shouldered, with a hand that grips you heartily, and, in its sincerity of welcome, hurts. He is brown and bronzed, for he enters liberally into all outdoor sports—football, tennis, bowls, and cricket. His average with the bat this season is twenty. He is a capital amateur photographer, too. But in exercise he most leans towards tricycling. He is never happier than when on his tandem with his wife, and starting on a thirty-mile spin; never merrier than when he perches his little three-year-old Mary on the wheels, and runs her round the green lawn of his garden.

DR. CONAN DOYLE'S HOUSE.
From a Photo. by Elliott & Fry.

Dr. Doyle and I, accompanied by his wife, a most charming woman, went through the rooms as a preliminary. The study is a quiet corner, and has on its walls many remarkable pictures by Dr. Doyle's father. Dr. Doyle comes of a family of artists. His grandfather, John Doyle, was the celebrated "H. B.," whose pictorial political skits came out for a period of over thirty years without the secret of his identity leaking out. A few of these, which the Government purchased for £1,000, are in the British Museum. A bust of the artist is in the entrance hall. John Doyle's sons were all artists. "Dicky Doyle," as he was known to his familiars, designed the cover of *Punch*. His signature "D.," with a little bird on top, is in the corner. On the mantelpiece of the study, near to an autograph portrait of J. M. Barrie, is a remarkably interesting sketch, reproduced in these pages. It was done by John Doyle, and represented the

From a Photo, by] THE STUDY. [*Elliott & Fry.*

From a Sketch] QUEEN VICTORIA AT THE AGE OF SIX. [*by John Doyle.*

Queen at the age of six driving in Hyde Park. The story is told how the little princess caught sight of old John Doyle trying to get a sketch of her, and graciously commanded her chaise to stop, so that it might be done.

The dining-room contains some good oil paintings by Mrs. Doyle's brother. On the top of a large book-case are a number of Arctic trophies, brought by the owner of the house from a region where the climate is even chillier than our own. The drawing-room is a pretty little apartment. The chairs are cosy, the afternoon tea refreshing, and the thin bread and butter delicious. You may notice a portrait of the English team of cricketers who went out to Holland last year. Dr. Doyle is among them. Here are many more pictures by his father.

"That plaque in the corner?" said Dr. Doyle, taking down a large blue-and-white plate. "It was one of the late Khedive's dinner plates. When I was leaving Portsmouth, an old patient came to bid me

From a Photo. by] THE DRAWING-ROOM. [*Elliott & Fry.*

THE KHEDIVE'S PLATE.
From a Photo. by Elliott & Fry.

good-bye. She brought this as a little something to remember her by. Her son was a young able-bodied seaman on the *Inflexible* at the bombardment of Alexandria. A shot made a hole in the Khedive's palace, and when the lad landed he found it out, and crawled through. He found himself in the Khedive's kitchen! With an eye to loot, he seized this plate, and crawled out again. It was the most treasured thing the old lady possessed, she said, and she begged me to take it. I thought much of the action."

From a Photo. by] MRS. CONAN DOYLE AND DAUGHTER. [*Dr. Conan Doyle.*

We lighted our cigars, and settled down again in the study.

Dr. Doyle was born in Edinburgh in 1859. He went to Stonyhurst in Lancashire at nine, and there had a school magazine which he edited, and in which he wrote the poetry. He remained here seven years, when he went to Germany. There were a few English boys at this particular school, and a second magazine made its appearance. But its opinions were too outspoken; its motto was, "Fear not, and put it in print." As a matter of fact, a small leading article appeared on the injustice of reading the boys' letters before they were given into their hands. The words used were very strong, and a court-martial was held on the proprietors of the organ, and its further publication prohibited. At seventeen Dr. Doyle went to Edinburgh, and began to study medicine. At nineteen he sent his first real attempt—a story entitled, "The Mystery of the Sassassa Valley," to *Chambers's Journal*, for which he received three guineas.

"I remained a student until one-and-twenty," said Dr. Doyle, "medicine in the day, sometimes a little writing at night. Just at this time an opportunity occurred for me to go to the Arctic Seas in a whaler. I determined to go, putting off passing my exams. for a year. What a climate it is in those regions! We don't understand it here. I don't mean its coldness—I refer to its sanitary properties. I believe, in years to come, it will be the world's sanatorium. Here, thousands of miles from the smoke, where the air is the finest in the world, the invalid and weakly ones will go when all other places have failed to give them the air they want, and revive and live again under the marvellous invigorating properties of the Arctic atmosphere.

"What with whaling, shooting, and boxing—for I took a couple of pairs of gloves with me, and used to box with the steward in the stokehole at night—we had a good time. On my return, I went back to medicine in Edinburgh again. There I met the man who suggested Sherlock Holmes to me—here is a portrait of him as he was in those days, and he is strong and hearty, and still in Edinburgh now."

I looked at the portrait. It represented the features of Mr. Joseph Bell, M.D., whose name I had heard mentioned whilst with Professor Blackie a few months ago in the Scotch capital.

"I was clerk in Mr. Bell's ward," continued Dr. Doyle. "A clerk's duties are to note down all the patients to be seen, and muster them together. Often I would have seventy or eighty. When everything was ready, I would show them in to Mr. Bell, who would have the students gathered round him. His intuitive powers were simply marvellous. Case No. 1 would step up.

"'I see,' said Mr. Bell, 'you're suffering from drink. You even carry a flask in the inside breast pocket of your coat.'

"Another case would come forward.

"'Cobbler, I see.' Then he would turn to the students, and point out to them that the inside of the knee of the man's trousers was worn. That was where the man had rested the lapstone—a peculiarity only found in cobblers.

"All this impressed me very much. He was continually before me—his sharp, piercing grey eyes, eagle nose, and striking features. There he would sit in his chair with fingers together—he was very dexterous with his hands—and just look at the man or woman before him. He was most kind and painstaking with the students—a real good friend—and when I took my degree and went to Africa the remarkable individuality and discriminating tact of my old master made a deep and lasting impression on me, though I had not the faintest idea that it would one day lead me to forsake medicine for story writing."

From a Photo. by] DR. CONAN DOYLE. [*Elliott & Fry.*

It was in 1882 that Dr. Doyle started practising in Southsea, where he continued for eight years. By degrees literature took his attention from the preparation of prescriptions. In his spare time he wrote some fifty or sixty stories for many of the best magazines, during these eight years before his name became really known. A small selection of these tales has been published since, under the title of "The Captain of the Polestar," and has passed through some four editions. He was by no means forgetting the opportunities offered to such a truly inventive mind as his in novel writing. Once again the memory of his old master came back to him. He wrote "A Study in Scarlet," which was refused by many, but eventually sold outright by its author for £25. Then came "Micah Clarke"—a story dealing with the Monmouth Rebellion. This was remarkably successful. "The Sign of Four" came next, and the publication of this enhanced the reputation of its author very considerably. Sherlock Holmes was making his problems distinctly agreeable to the public, which soon began to evince an intense interest in them, and expectantly watched and waited for every new mystery which the famous detective undertook to solve. But Holmes—so to speak—was put back for a time.

"I determined," said Dr. Doyle, "to test my own powers to the utmost. You must remember that I was still following medicine. Novel writing was in a great measure a congenial pastime, a pastime that I felt would inevitably become converted into a profession. I devoted two years to the study of fourteenth-century life in England—Edward III.'s reign - when the country was at its height. The period has hardly been treated in fiction at all, and I had to go back to early authorities for everything. I set myself to reconstruct the archer, who has always seemed to me to be the most striking figure in English history. Of course, Scott has done him finely and inimitably in his outlaw aspect. But it was not as an outlaw that he was famous. He was primarily a soldier, one of the finest that the world has ever seen—rough, hard-drinking, hard-swearing, but full of pluck and animal spirits. The archers must have been extraordinary fellows. The French, who have always been gallant soldiers, gave up trying to fight them at last, and used to allow English armies to wander unchecked through the country. It was the same in Spain and in Scotland. Then the knights, I think, were much more human-kind of people than they have usually been depicted. Strength had little to do with their knightly qualities. Some of the most famous of them were very weak men, physically. Chandos was looked upon as the first knight in Europe when he was over eighty. My study of the period ended in my writing, 'The White Company,' which has, I believe, gone through a fair number of editions already.

"I made up my mind to abandon my practice at Southsea, come to London, and start as an eye specialist—a branch of the profession of which I was peculiarly fond. I studied at Paris and Vienna, and, whilst in the latter city, wrote 'The Doings of Raffle Haws.' On my return to London I took rooms in Wimpole-street, had a brass plate put on the door, and started. But orders for stories began to come in, and at the expiration of three months I forsook medicine altogether, came to Norwood, and started writing for THE STRAND MAGAZINE."

I learnt a number of interesting facts regarding "The Adventures of Sherlock Holmes." Dr. Doyle invariably conceives the end of his story first, and writes up to it. He gets the climax, and his art lies in the ingenious way in which he conceals it from his readers. A story—similar to those which have appeared in these pages—occupies about a week in writing, and the ideas have come at all manner of times—when out walking, cricketing, tricycling, or playing tennis. He works between the hours of breakfast and lunch, and again in the evening from five to eight, writing some three thousand words a day. He receives many suggestions from the public. On the morning of my visit the particulars of a poisoning case

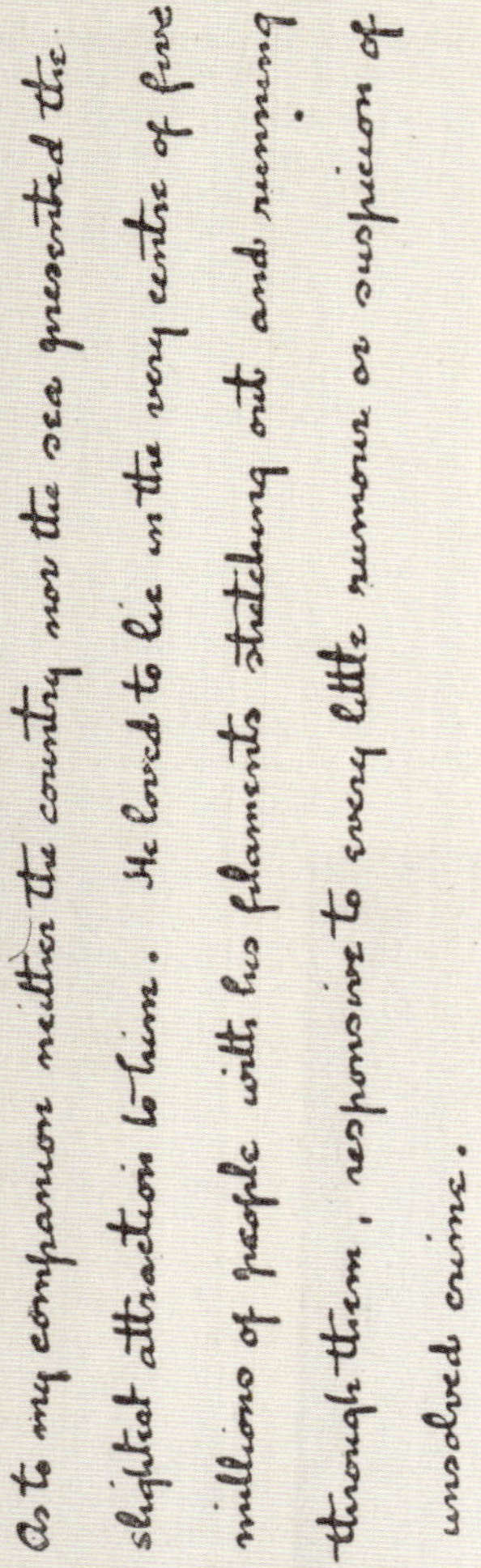
As to my companion neither the country nor the sea presented the slightest attraction to him. He loved to lie in the very centre of five millions of people with his filaments stretching out and running through them, responsive to every little rumour or suspicion of unsolved crime.

SPECIMEN OF THE MS. OF "THE ADVENTURES OF SHERLOCK HOLMES."

had been sent to him from New Zealand, and the previous day a great packet of documents relating to a disputed will had been received from Bristol. But the suggestions are seldom practicable. Other letters come from people who have been reading the latest of his stories, saying whether they guessed the mystery or not. His reason for refraining from writing any more stories for a while is a candid one. He is fearful of spoiling a character of which he is particularly fond, but he declares that already he has enough material to carry him through another series, and merrily assures me that he thought the opening story of the next series of "Sherlock Holmes," to be published in this magazine, was of such an unsolvable character, that he had positively bet his wife a shilling that she would not guess the true solution of it until she got to the end of the chapter!

After my visit to Dr. Doyle, I communicated with Mr. Joseph Bell, in Edinburgh—the gentleman whose ingenious personality suggested Sherlock Holmes to his old pupil. The letter he sent in reply is of such interest that it is appended in its entirety:—

2, Melville-crescent,
Edinburgh, June 16, 1892.

Dear Sir,—You ask me about the kind of teaching to which Dr. Conan Doyle has so kindly referred, when speaking of his ideal character, "Sherlock Holmes." Dr. Conan Doyle has, by his imaginative genius, made a great deal out of very little, and his warm remembrance of one of his old teachers has coloured the picture. In teaching the treatment of disease and accident, all careful teachers have first to show the student how to recognise accurately the case. The recognition depends in great measure on the accurate and rapid appreciation of *small* points in which the diseased differs from the healthy state. In fact, the student must be taught to observe. To interest him in this kind of work we teachers find it useful to show the student how much a trained use of the observation can discover in ordinary matters such as the previous history, nationality, and occupation of a patient.

MR. JOSEPH BELL.
From a Photo. by A. Swan Watson, Edinburgh.

The patient, too, is likely to be impressed by your ability to cure him in the future if he sees you, at a glance, know much of his past. And the whole trick is much easier than it appears at first.

For instance, physiognomy helps you to nationality, accent to district, and, to an educated ear, almost to county. Nearly every handicraft writes its sign manual on the hands. The scars of the miner differ from those of the quarryman. The carpenter's callosities are not those of the mason. The shoemaker and the tailor are quite different.

The soldier and the sailor differ in gait, though last month I had to tell a man who said he was a soldier that he had been a sailor in his boyhood. The subject is endless: the tattoo marks on hand or arm will tell their own tale as to voyages; the ornaments on the watch chain of the successful settler will tell you where he made his money. A New Zealand squatter will not wear a gold mohur, nor an engineer on an Indian railway a Maori stone. Carry the same idea of using one's senses accurately and constantly, and you will see that many a surgical case will bring his past history, national, social, and medical, into the consulting-room as he walks in. Dr. Conan Doyle's genius and intense imagination has on this slender basis made his detective stories a distinctly new departure, but he owes much less than he thinks to yours truly JOSEPH BELL.

シャーロック・ホームズのアート

パット・ハーディ

Chapter 3

The Art of Sherlock Holmes:

'The air of London is the sweeter for my presence'

Pat Hardy

シャーロック・ホームズ物語の核心にあるのは、ロンドンだ。ロンドンの街路、ホテル、駅が、どれもみな馴染み深そうに、いかにもいとおしげにとりあげられ、何度も繰り返し語られる。ロンドンをホームズと並べて語ろうとするとすぐに、その街のイメージが何の苦もなく浮かんでくる――煙霧たれこめる大都市の雑踏、風変わりな住民たち、国会議事堂などの象徴的《アイコニック》なランドマークがいくつもある、大英帝国の中心地。それがロンドンの真髄や趣きを表現するものとなっている。ストランド、ランガム・ホテル、ウォータールー駅といった実在の場所から、ベイカー街二二一B、ホテル・コスモポリタン、ディオゲネス・クラブなど架空の場所へ、物語はなめらかにつながっていく。虚実の境界がかすみ、神話としてのロンドンが生まれて、その圧倒的なイメージは、物語の舞台となった十九世紀末当時のロンドンに対する私たちの見方に作用するばかりか、現代の翻案作品にまで間接的影響を及ぼしてきた。

　このイメージがいつまでも衰えず力強いのは、ロンドンの街を題材に十九世紀末に生みだされた絵画のおかげでもある。世界一有名な〝近代〟首都は、その時代を表現したいと望む画家たちにとって重要な場所だった。芸術家たちはロンドンに建造されていく最新の建物群や、通りに密集する人や馬車のうちに、印象的な構図を見いだす。彼らは街を〝知る〟ために、すべてをひと目で見渡し、街全体を包含した中にあらゆるものが見てとれて、すぐにそれとわかるように描く。たとえば、一八九〇年頃のジョン・クラウザーの作品、『（ロンドン大火）記念塔頂上からの眺め』のように。そのもう一方では、地上の歩行者が見せる姿、街の生活にも焦点を絞る。[1]秩序あるデザインと乱雑な偶然性とのあいだにある緊張感が、都会的美意識を現代風に解釈するカギであり、それがつまり街に対する新しい見方なのだった。芸術家たちがこうした帝都の現象を活写すべく着想や技法を発展させていくのと同じように、ホームズ物語も街の二重の側面を取り入れて展開していく。コナン・ドイルは人物、場所、プロットの点できわめて特異な物語をつむぎだしているが、その物語はゴシック風の雰囲気にどっぷりと浸かり、そ

「（ロンドン大火）記念塔頂上からの眺め』（部分）1890年ごろ、水彩、ジョン・クラウザー

こでは天候や光の加減が読者を特定の感情へ導く役割を積極的に果たしているのだ。もつれあって広がる途方もない大都市、そして天候といういかんともしがたい自然力を執拗に詳しく描写してじらすのが（どちらも、少なくとも短篇作品の中では、ホームズの推理能力によって抑えられているが）、ホームズの世界でも十九世紀末に生まれた絵画でも、牽引力となっている。当時、街を〝絵にする〟といえば、作品のキーとなる場所を参照しつつも、醜悪な眺めを霧のむこうに見て美化しておきたいと画家が願うことを、意味していた。コナン・ドイルもまた、ロンドンという背景に対して場所と雰囲気を配置するうえで、似たようなアプローチをしていたと考えられる。

『（ロンドン大火）記念塔頂上からの眺め』1890年ごろ、水彩、ジョン・クラウザー

このような、都市の二重の見方、つまり路上の雑踏の中にいたいという願いをもちながら高所からの遠景として眺めることは、パリなど、文学や絵画に描かれたほかの近代都市でも見受けられる。おそらく、画家をロンドンに引き寄せ、引き止めるのは、その地の天候、つまり産業のせいで発生する霧と、趣きのある光ではないだろうか。海外からやってきた画家や写真家、クロード・モネ（一八四〇〜一九二六年）、ジェイムズ・マクニール・ホイッスラー（一八三四〜一九〇三年）、ジョゼフ・ペネル（一八五七〜一九二六年）、アルヴィン・ラングダン・コバーン（一八八二〜一九六六年）らはみな、うつろう光の印象を表現するすべを見つけたい、街を地誌的に再現するので

はなく直観的に表わしたい、と思ったのだ。彼らは情緒的で時間を超越した、秩序だった解釈のないとらえ方をし、はっきりと特定できる時代の実在の場所に対する、主観的な反応を描いてみせた。ただし、時間を超越して美しい街というロンドンのこの側面が強調されてきたことは、ジョン・オコナー（一八三〇〜一八八九年）、ジョン・アトキンスン・グリムショー（一八三六〜一八九三年）ら、いかにもその時代らしいディテールを忠実に、写実的に描いて街の美を表現した英国人画家たちの作品には、不利となったかもしれない。シャーロック・ホームズのロンドンを描き、ホームズと結びつけて語ることのできる作品を生んだと言えるのは、そういう画家たちだったのだ。

一九〇〇年のパリ万国博覧会に大英帝国が二七六点の絵画を出展した頃、すでに当時の英国美術は、ラファエル前派とモダニズムにはさまれた不出来な幕間くらいの、つまらぬものと思われていた。その万博で英国部門の解説者たちは、芸術の水準に達していないと評し、その評価は今も変わっていない。ジョン・レイヴァリー、ウィリアム・クウィラー・オーチャードソン、スタンホープ・フォーブス、ジョージ・クローゼンら自然主義の作品もあったにもかかわらず、来訪者たちは一様に、人の目をひくミレイ、バーン＝ジョーンズ、レイトン、アルマ＝タデマらを「面白味のない、時代遅れの、ともすれば幼稚な」作品と評した。「……英国が古来の栄光を失いたくないなら、美術館やアトリエや権威者たちばかりにこだわっていないで外に目を向けるべし！」[2]

その時代の画家たちは、躍動する近代都市の、特にロンドンの光景をしきりに描いていたのだが、モネなどそういう画家たちの大半は万博に出展していない。多くの画家たちが〝外に目を向けて〟街にモチーフを探しては果てしなく実験を繰り返し、そのために新しい技法を試していった。ロンドンをどう描くか、たびたび議論が戦わされた。とりわけ有名な論説として、一八八四年の《アート・ジャーナル》にトリストラム・J・エリスが書いた記事がある。エリスの見解によると、ロンドンで絵になる近代的建造物といえば国会議事堂とストランドの王立裁判所くらいだという。ところがその彼も、

左頁：『川から見たウェストミンスター橋、国会議事堂、ウェストミンスター寺院』
1872年、カンヴァスに油彩、ジョン・アンダーソン

そういうランドマークが有名な象徴的《アイコニック》建造物としてとてつもなく注意を引くことは、認めている。[3]国会議事堂が、とりわけ観光客相手の商売用に絶え間なく描かれていたのは、確かだ。その議事堂を描いた最初期の作品に、ジョン・アンダーソンが一八七二年に描いたすばらしい夕景、『川から見たウェストミンスター橋、国会議事堂、ウェストミンスター寺院』がある。そしてクロード・モネの描く『ロンドン国会議事堂、霧の中に差す陽光』（一九〇四年）で、その題材は神格化の域に達した。絵画やグラフィックアート、写真などの作品に、たいていはテムズ川の上に配されてたびたび登場するこの名高いランドマークは、産業都市が生みだす斬新な光の効果をとらえたいという芸術家たちの意欲をかきたてたのだ。視覚に訴える造形にしごく明確な美意識が定着し、それはホームズ物語自体にあるロンドンの光景と密接につながっていく。

シャーロック・ホームズのロンドンというとまっ先に浮かぶのは、またまっ先に描写されることが多いのは、街を包み込むがごとき、雰囲気

たっぷりの霧や靄《もや》だろう。これは間違いなく十九世紀末ロンドンに独特のものであり、濃霧のたちこめる頻度がピークに達したのは一八八六年から一八九〇年にかけてだった。原因となったのは石炭を燃やす火で、ガス製造所などさまざまな工場や鉄道の蒸気機関が吐き出す煙、テムズ川を運行する引き船や汽船の水蒸気が、拍車をかけた。[4] 低温燃焼の石炭から発生するタールのせいで朝方の霧は黄味を帯び、日中しだいに色が濃くなっていく。[5] 日々変化するばかりでなく、一日のうちでも様変わりするロンドンの霧に、新来者たちはたちまち感銘を受け、多くの芸術家たちが魅了された。たとえばクロード・モネは、霧が風景に添える趣きを描こうと、一八九九年から一九〇二年までに三度ロンドンを訪れた。彼が主眼としたのは、この街のうつろいやすさを見越し、自然さと〝印象〟を強調して描くことだ。印象派の例にもれずモネは、風景にどんな変化が生じようと即座に対応できるようにしていなくてはならず、それはすなわち、どんな気象状況も予測できる技量を備えていなくてはならないということだった。彼は同一モチーフでつかの間の気象現象をとらえて数々のカンヴァスに描き出し、連作というやり方をあみだした。だが、さまざまな課題が現れてくる——太陽は雲に隠れているけれども水面にかすかな光の名残がある場合や、堅固で不動の存在である鉄橋が活気あふれる交通のよどみない律動に震えるさま、建物を通り抜けていく

『ヴィクトリア・ガーデンズから見たサヴォイ・ホテル』1890年ごろ、
アルブミン・プリント写真、ジョージ・ワシントン・ウィルスン

『つかの間のショーのための場所』1900年、ビーティ・キングストンほか著、
ダドリー・ハーディほか画

かに見える煙の重量のなさなどだ。そうした二面性を両立させようとしたモネは、色彩と絵の具の塗りの構造的な結束や、同一モチーフの繰り返し、対抗しあう縦と横のラインを均衡させる構図などもあみだした。

視覚的経験をつかの間の直観で描くことに夢中になったモネは、ストランドのはずれにあるサヴォイ・ホテルに滞在中、九十七点からなるロンドンの連作風景画を生み出した。このホテルはモネにとってテムズ川を描くうえできわめて重要な位置にあり、当時はそう認識されてもいた。一九〇〇年に出版されたロンドンのランドマークに関する本『つかの間のショーのための場所』で、サヴォイ・ホテルはくすんだ靄《もや》のたちこめるテムズ川を望む、とうたわれている。この本によれば、ここには世界一有名で流行の最先端をいくレストランがあり、日中はヨーロッパ一美しい庭園と川の眺めを、日没後は優美な夜景を、店内から見ることができるという。モネは一八九九年にここの七階に宿泊し、翌一九〇〇年二月とその後一九〇一年にはその下の階にある五四一号室と五四二号室に泊まった*。どちらの階からも、チャリング・クロスとウォータールー橋の絵を描いている。また彼は、川の対岸にある聖トマス病院内で、国会議事堂方面の眺めを描く許可も得ていた。モネの日課は、朝早くからサヴォイ・ホテルでもっぱらウォータールー橋を描き、昼近くまでチャリング・クロス橋の絵にとりかかり、サヴォイ・グリルで昼食をとると午後には対岸の聖トマス病院へ歩いていって、国会議事堂上に傾きはじめる陽光を描くというものだった。一九〇〇年三月末には、モネが制作中のカンヴァスは八十枚にのぼっていた。

*訳注／五四一号室と五四二号室は、現在の部屋番号だとそれぞれ五一一および五一〇。また一八九九年に泊まったのは当時の番号で六四一および六四（現在は六一一および六一〇）だった。サヴォイ・ホテルは二〇〇六年に、五一三および五一二号室をモネの滞在したスイートとして特別料金（ひとり七二〇ポンド）で提供し始めたが、実際に彼が泊まったのは隣のスイートであったことが、二〇〇九年の研究論文で判明した。

『ロンドンの橋（ロンドンのチャリング・クロス橋）』1902年、
カンヴァスに油彩、クロード・モネ（ナショナル・トラスト蔵）

六階や七階の部屋に滞在してその高さを利用することにより、モネは地上で群衆に埋没することなく彼らを描くという問題を解決した。上から見下ろした光景を描くことによって、絶えず様相の変化する風や霧に何もかもがすっぽり包まれた、通りや橋の上の喧噪を表現できたのだった。『ロンドンの橋（ロンドンのチャリング・クロス橋）』（一九〇二年）はそうした作品のひとつであり、〈朝の光の中でチャリング・クロス橋をさまざまに描いた、連作約三七点のうちのひとつである。直線で構成される橋を中央に、背景にぼんやりかすむ国会議事堂を配して、街に充満する黄色の濃い霧を描いたものだ。色彩の面を連ねて遠近感を出す構図の中で、橋は浮かんでいるかのように見える。ロンドンで何より気に入っているのは霧だと、モネは認めていた。霧は彼の作品の数々を覆い、その霧の中からチャリング・クロス橋や国会議事堂といった人目をひく象徴的モチーフが現れてくる。モネは一九〇〇年二月二十六日、妻アリスへの手紙に自分の仕事ぶりをこう書いている。「夜が明けると、いちめん黄色のものすごい靄がたちこめる。その印象を描いたんだが、悪くない出来だと思う」[6]。美術評論家オクターヴ・ミラボーは、これらの作品について「曇天でも晴天でも、すべての色彩がしっくりと溶け合う——微妙な反射光、あるかなきかの光の

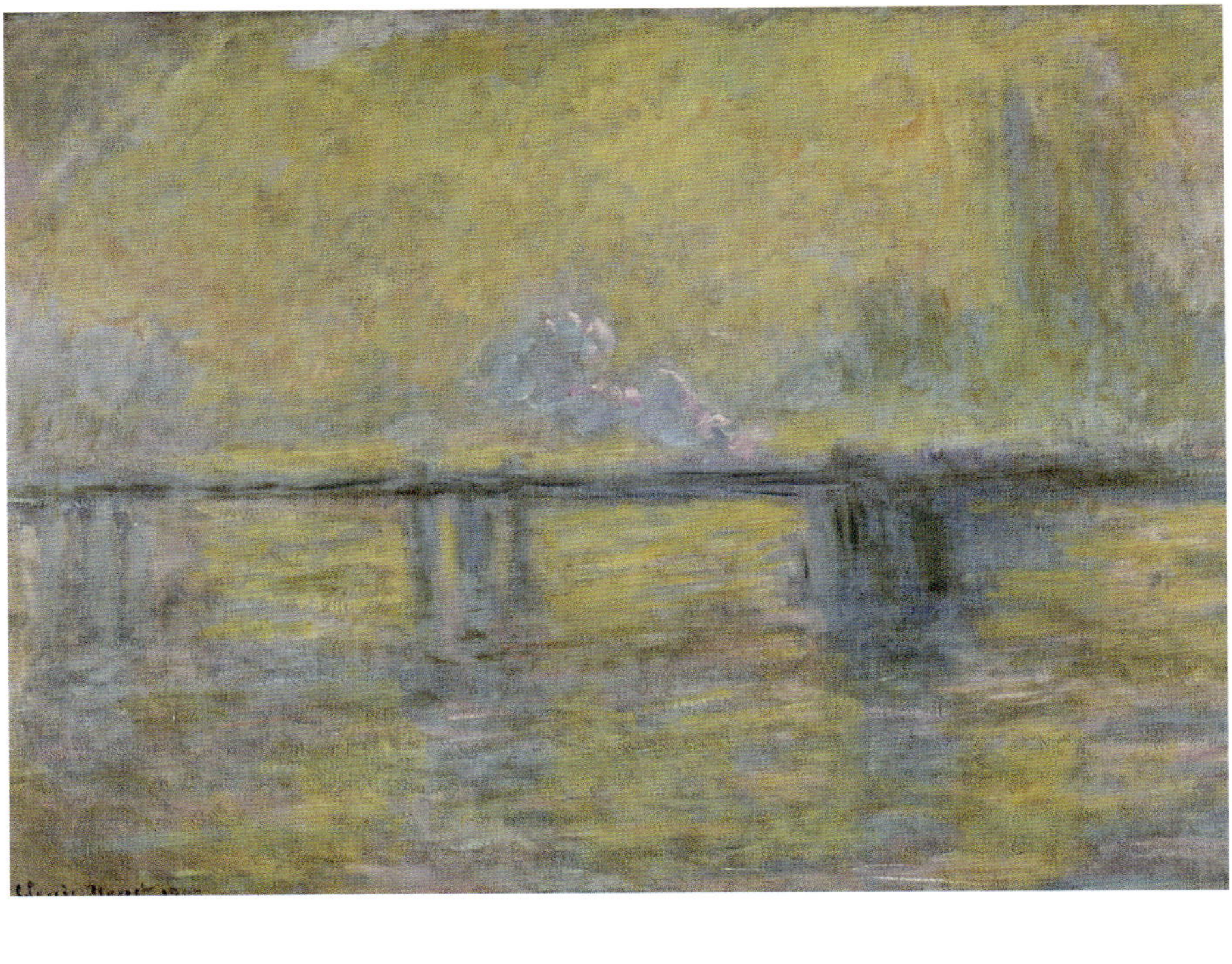

作用が対象を変容させ、また空想的な形状に様変わりさせもする」と評している。また、チャリング・クロス橋を描いた風景画を分析し、橋の脇に立つどっしりとした塔が遠くに消え失せていくかのようで、はるかに隔たった「ほのかなシルエットに、見る者はひしめきあう住居や工場の喧噪を感じとる」と解説しているのだ。[7] チャリング・クロス橋の連作初期の二点にだけ登場した異色のモニュメント、クレオパトラの針など、霧にさえ隠蔽できないぶざまなランドマークは、画面から除外された。

こうしてモネは建物をぎりぎりシルエットにまで抑えて描き、ロンドンの霧の量感を表現する結果として、それが達成できることに気づいた。彼はロンドンが大好きだったが、「ただし冬のあいだだけは……霧のないロンドンは美しい街とは思えない。荘厳な広がりを感じさせるのは、霧のおかげなのだ。霧があれば、どっしりした何の変哲もない建物群が神秘的な外套をまとって、雄大なものとなる」[8]。一九〇一年にはもっと自信たっぷりに、こう書いている。「私の熟練した目で見て、ほかのどんな環境よりもロンドンの霧の中で、対象は外観を大幅に、しかも素早く変化させる。難しいのは、それぞれの変化をカンヴァスに描きとどめることだ[9]」。

ホームズの冒険譚において、大都市の犯罪を名探偵その人の目以外からは見えなくしてしまうこの霧が、モネにとっては美しいものを社会から切り離してくれる外套であった。霧のおかげでモネは、都会の建物群や環境の現実でなく、見かけの部分を描くことに集中できた。ミラボーによると、「毎日同じ時刻に、分単位で同じ時間内に同じ光の中で……彼は自分のモチーフを繰り返し描いた」のだった。それは絵に描かれた霧や靄の中にものの形が現れて、記憶を刺激し、消えかけたりゆらいだりするように、ホームズ物語の中では人物に焦点が絞られたりぼかされたりして、犯罪や犯罪者たちを見えなくし、影を落とし、ホームズにしか解読できない痕跡を残していくのである。

だが、これら芸術作品は自然で無理のないものに見えるが（もちろん、コナン・ドイルの創作における一見無頓着だが卓越した才能もそうだ）、そこには何度となく繰り返される同じ形式、同じモチーフによって増強された、精励刻苦のたまものだということが隠されている。モネには、何層にも色を塗り重ねたり修正したりしたことが明らかな作品が多く、何気なく見えてそのじつ、ジヴェルニーの村のアトリエに戻ってからも、たびたび大幅に手を入れた結果なのだった。モネは太陽の位置を特定しようとすることに格別興味をもっていた。それが霧の濃淡を左右し、色彩配合に影響するからだ。彼が太陽の影響を写し取りたいと切に願っていたことを、一九〇〇年二月にサヴォイ・ホテルに宿泊していた美術評論家ギュスターヴ・ジェフロワが記録している。バルコニーにいた彼は、モネと違って太陽を見つけられなかった。「よく見ようとしてもむなしく、一面ぼんやりとした灰色の中にごちゃごちゃした形と虚空に架かっているかのような橋、たちまち消えていく煙、テムズ川の波のうねりくらいしか見えない。……一心に目をこらし、謎を見破ろうとするも、この不動の世界にしみ込もうとしているように見える不思議なかそけき光が何なのかわからないと、しまいに降参してしまう。かすかな光に少しずつ事物が明るんでくると、目に快い眺めが……」[10]。

　シャーロック・ホームズもそれとよく似た方法で、まるで暗い霧を見通すようにして犯罪をあばき出し、ワトスンやレストレードを驚かす。コナン・ドイルは、天候としてだけでなく比喩としても、霧をうまく使っている。その霧の中で犯罪を解決できるのは、かの諮問探偵の鋭敏な知性と知識だけだ。ドイルはまた、霧深い気象状況ばかりか、煙草の煙がたちこめる部屋もよく登場させている。そこでは濃く渦巻く紫煙が知力を鈍らせ、現状に知識を合理的にあてはめて答えを導くことのできない警官や刑事たちの頭を、混乱させる。第一作〈緋色の研究〉のレストレードは、「最近、偽札事件の捜査に行き詰まって《イン・トゥー・ア・フォグ》いる」と描写されている。そして事件が解決すると、ワトスンは「わたしの頭のなかにかかっていた靄《もや》がしだいに晴れて、ぼんやりと真相が見えてきたような気がした」と感想をもらすのだ。

　物語の中で天候が、いかにもゴシック風の荘厳なロンドンの雰囲気をかもし出す役割を果たしていることは、すぐにわかる。ワトスンの口から天候の話が出て始まる物語も多い。風もたびたび話題にのぼる。〈金縁の鼻眼鏡〉では、「十一月も終わりに近い、嵐が荒れ狂う晩のことだった」、「外では風が咆哮をあげてベーカー街を吹き抜け、雨が激しく窓にたたきつけて」いた。読むうちにロンドンの果て知れぬ広大さが感じられる表現もある。「人工の世界が十マイル四方にびっしり築かれた大都会の真ん中にいながら、自然の猛威を感じる。巨大なその力の前では、ロンドン全体ですら畑のなかのモグラ塚ほどのものなのだと、ひどく不思議な思いだった」「風のうなりにまじって、馬の蹄と、歩道の縁石にきしる車輪の音」。〈空き家の冒険〉では、「寒々しい荒れ模様の晩で、通りを吹き抜ける風がヒューヒューうなっていた」とあるし、〈オレンジの種五つ〉では、風とともに九月が始まり、「例年になく荒々しく、秋分の風が吹いていた。一日じゅう風が金切り声をあげ、雨が窓ガラスをたたいていたので、この大都会ロンドンの中心部にいるわたしたちですら、単調な日常生活から一瞬気持ちをそらされ、まるで檻の中の野獣のように、文明の鉄格子越しに牙をむく自然の力を実感せずにはいられなかった」

のちの映画化作品ほど頻繁ではないにしろ、ホームズ物語にはよく霧が登場する。霧によって、物語の展開に結びついた独特の雰囲気がかもし出される。暗さ、陰鬱さが最も濃いのは、決まって物語の冒頭だ。〈スリークォーターの失踪〉の幕開けは「二月の、ある暗くうっとうしい朝」だった。〈アビィ屋敷〉では「一八九七年冬の、ひどく冷えこんで霜のおりた朝のことだった。……乳白色のロンドンの靄《もや》に包まれて、ぼんやりと、ときおり行きかう朝早い労働者のおぼろげな姿が」あったとある。〈美しき自転車乗り〉で事件が起こるファーナムは、「ロンドンの陰気で単調な灰色の風景を見慣れた目に、燃えるようにハリエニシダが咲き乱れるいちめんのヒースの原の田園風景がいっそう美しく映る」と描写され、〈踊る人形〉のノーフォークは、「ベイカー街の霧から遠く離れて」いる。〈サセックスの吸血鬼〉は「霧まじりの曇った十一月の夕方のこと」だった。〈ぶな屋敷〉では「外には濃い霧が黒ずんだ褐色の家並みのあいだにたちこめ、通りのむかいの家の窓が、重苦しく渦巻く黄色がかった霧を通して、黒いしみのようにぼんやりと浮かんで」いた。〈緋色の研究〉では、ブリクストン・ロードのはず

左頁：『国会議事堂』1909年ごろ、グラビア（凹版印刷）
写真、アルヴィン・ラングダン・コバーン

れで「その朝は霧がたちこめてどんより曇っていた。家々の屋根に、街路の泥の色が映ったような灰色のベールが重くたれこめて」いた。物語の結末ではたいてい、もっと楽観的な雰囲気になる。たとえば〈オレンジの種五つ〉では、「大都会の上空にかかった薄もやを通して、太陽がやわらかな光を降り注いで」いたとしめくくられている。

霧のもたらす芸術的効果を追求したのは、モネひとりではない。前述のアメリカ人写真家アルヴィン・ラングダン・コバーンも、『国会議事堂』、『ブリティッシュ・ライオン』といった作品で、ロンドンの公的中心地に焦点を絞り、表面がけばだったような質感と霧や煙のたちこめる空気の美しさを大事にした。雰囲気の処理に印象派的傾向が強いが、彼の写真にはもっと象徴主義的な、日本の版画にならった大胆なトリミングなど、〝本質的〟表現がある。撮影後にスタジオで、風景中の諸要素が際立つように再処理し、画像を手作業で焼き付けながら雰囲気の出かた優先でディテールは最小限にきりつめたことによって、写真に絵画的質感がもたらされた。グラビア印刷（アクアチントやエッチングといった腐食銅版画法に似た写真製版印刷）は、自然を直接写しとったような出来ばえになると言っていた写真家だが、干渉を最小限にとどめてこうした作品を完成させたのだ。グラビア印刷の微妙に図式化された濃淡が描写の雰囲気を際立たせ、明暗や解像度を抑えている。そのため距離とともに焦点がぼやけ、たとえばウォータールー橋が、日光と橋の落とす影が映る静かな川面ににじみ出る。審美眼と独自性を追求したイメージで、その時代に複製量産された写真とは一線を画していた。コバーンはこう語っている。「芸術写真家たるもの、光や空気の状態によって乱雑な自然の断片がその場限りの完璧な表情を見せる、その完璧な瞬間をつねに待ち構えていなければならない」[11]

というわけで、つかの間の光の効果をとらえようと、昼も夜もさまざまな時間帯のロンドンのイメージがたびたび絵画に描かれ、写真に撮られていった。ジェイムズ・マクニール・ホイッスラーが最後にロンドンの風景を描いたのは、どんよりした三月の寒空のもとでだ。モネと同じように、サヴォイ・

右頁：『ブリティッシュ・ライオン』1909年ごろ、グラビア（凹版印刷）写真、アルヴィン・ラングダン・コバーン

ホテルのコーナー・スイートに泊まって描いたのだった。彼は一八九六年、ホテルの部屋で、死の床についていた妻を見守りながら待機し、よく知っている風景を描いた。高いところから見渡せる、スケッチにはうってつけの地点から、リトグラフ（石版画）のための三通りの風景を視界一八〇度の連作にしたのだ。川下にセント・ポール大聖堂とウォータールー橋を望む風景、あるいは川上にウェストミンスター寺院とチャリング・クロス橋、またあるいはホテル真向かいの南岸を見たテムズ川の夜景。彼は最後の『テムズ川』を、ウェル街の印刷業者トマス・ウェイが提供した石に直接描いた。逆版に印刷されるリトグラフで、石炭の煙と霧にくるまれた陰鬱な三月の印象をとらえたのだった。画面右から左に見えるのは、ランベス製鉛所の工場にライオン・ブルワリーの醸造所。哀調を帯びた川の記憶、はかなく消えていく思い出という印象を伝える優美な作品だ。古いもの、衰えゆくものをいとおしむ彼はテムズ川を鮮明に描いているが、〝色調主義的《トーナル》〟な表現に徹し、モネの作品のような色彩はつけら

右頁:『テムズ川』1896年、リトグラフ、ジェイムズ・マクニール・ホイッスラー（グラスゴー大学ハンター博物館蔵）

上:『暗い日のエンバンクメント』1909年、アクアチント、ジョゼフ・ペネル（ワシントンDC、国会図書館版画写真部門蔵）

れていない。また、『ロンドンとその近郊――旅行者のためのハンドブック』（一九一一年）などの案内書に旅の楽しみとして紹介されているような、濃密な、閉塞感すらありそうな空気の中に停滞する、悠久の都市といった風情をも表現している。

ジョゼフ・ペネルもホイッスラーのあとアメリカから大西洋を渡り、ロンドンにエッチングの新技法をもたらして、創設間もない王立版画家協会を盛り上げた。彼には夜景の雰囲気を表現する技法を開拓した版画作品が数々ある。一八八七年、ペネルは妻とともにウェストミンスターのノース街に住んでいた。家主のミセス・ダンバーは「きれい好きなスコットランド人で、いくつものせまい部屋はすみずみまで掃除が行き届いていた」という。ストランドのはずれのバッキンガム街に構えたアトリエの窓から見渡せば、遠くにウォータールー橋や

セント・ポール大聖堂のドームなどを配した、絵になるテムズ川の眺めが広がる。ホイッスラーの鮮明な細部や独特のアングルに感化されたペネルは、『暗い日のエンバンクメント』（一九〇九年）など、ロンドン風景を題材にしたアクアチントを数々生み出した。一八九四年二月に出版された版画集の序文に、作品がこう紹介されている。「折々にロンドンのさまざまなところで目にした事物を淡々と記録したもの……たいていは、ポケットに版画板を何枚か入れて、ときどき紙切れ一枚しか入っていないこともあったが、街をぶらついた結果生まれた。決して、画趣をそそるものを探し歩いた成果などではない[12]」

近代都市を描いたといえばすぐに連想する英国人画家は、ジョン・アトキンスン・グリムショーだろう。彼はヨークシャーのリーズから、芸術の市場が見込めて買い手人口も増えているロンドン

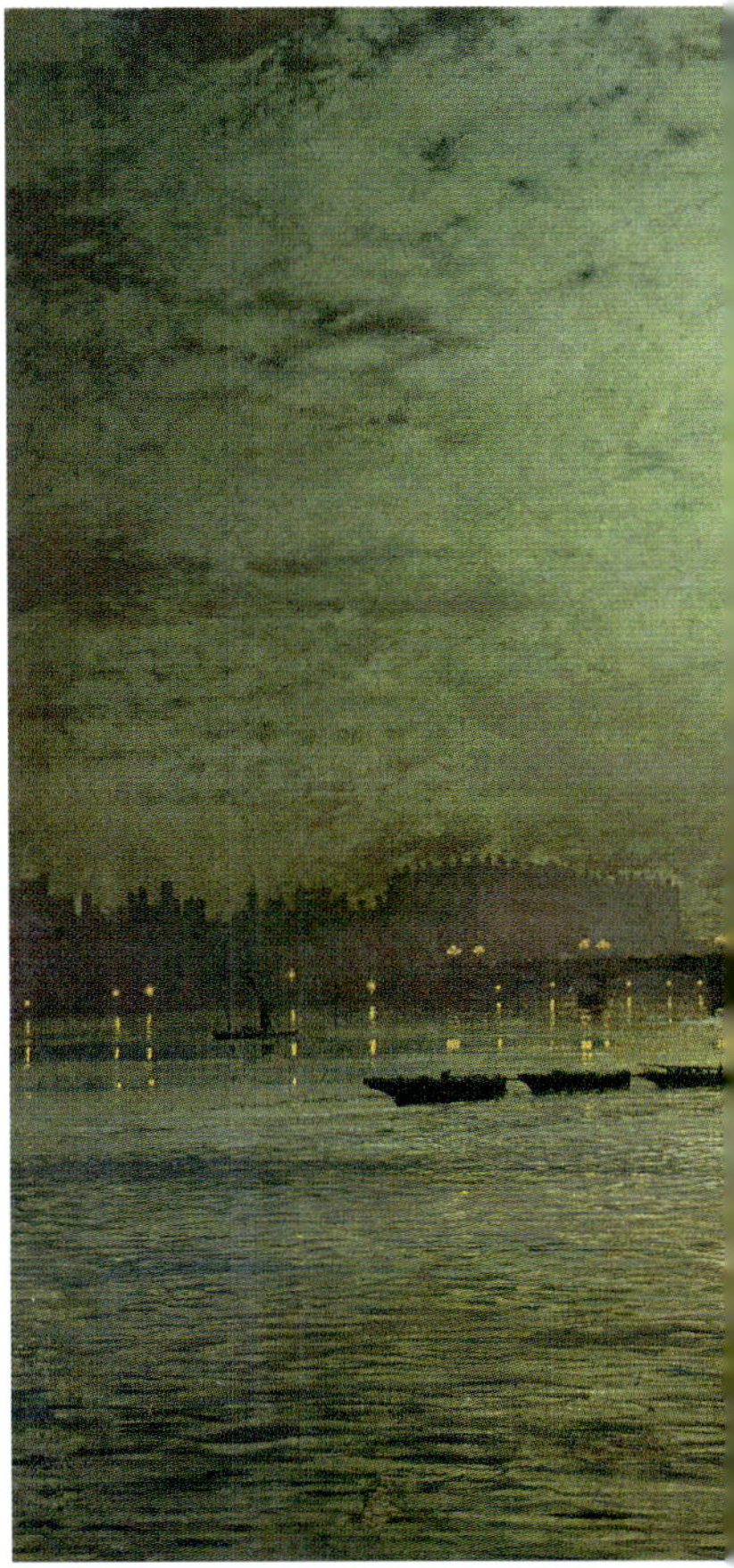

『テムズ川に映るロンドン、ウェストミンスター』1880年、カンヴァスに油彩、ジョン・アトキンスン・グリムショー（リーズ市美術館蔵）

『ハムステッド・ヒルでヒース街を見下ろす』1882年、カンヴァスに油彩、ジョン・アトキンスン・グリムショー（個人蔵）

に出てきた。ロンドンを描いた油絵が多数あるが、その多くは夜景を描いたものだ。一八八五年から一八八七年にかけてチェルシーのマンリーザ・ロードにアトリエを構えていたが、近所にいたホイッスラーと友人どうしとなった。ホイッスラーは、グリムショーの月光の絵を目にするまでは自分が夜景画を創案したと思っていた、と言ったらしい。[13]グリムショーはランドマークとなる建物や橋を入れてさまざまなテムズ川の光景を描き、過激ではない斬新な街の姿を表わした。『テムズ川に映るロンドン、ウェストミンスター』（一八八〇年）は、前述したアンダーソンの作品と比べやすいのではないだろうか。そのころグリムショーは、街の中心から離れたウィンブルドン、チェルシー、バーンズといった地域に引きつけられていた。ハムステッドはお気に入りの題材で、前景のがらんとした通りにぽつんとひとり傘を手にした女性を配した風景画を何枚か描いている。『ハムステッド・ヒルでヒース街を見下ろす』という作品に描かれた通りの奥へ向かって延びる部分は、ハムステッドの村へ続く昔ながらの小道のひとつで、一八八七年から一八八九年にかけて都市改造計画のもとで拡張され、フィッツジョンズ・アヴェニューにつながった。十八世紀なかばなら、ひとりきりの女性といえば売春や自殺、恥や不名誉

『リージェント街のクアドラント』1897年、カンヴァスに油彩、フランシス・L・M・フォスター

という考えのつきまとういかがわしい女が描かれたものだが、この絵の雰囲気はそれとまったく違う。この絵の風景いちめんに内省的な憂愁が浸透しているのだ。通俗化していない、中心地から遠く隔絶した僻地ながら、なおロンドン複合体の一部であるハムステッドは、ホームズが邪悪な敵役と相まみえる印象的な場にうってつけだった。〈恐喝王ミルヴァートン〉では、「風がうなりをあげて窓をガタガタいわせるひどい嵐の晩ホームズとワトスンは二輪辻馬車《ハンサム》をつかまえ、チャーチ・ロウへ向かう。ミルヴァートンの住まいであるアップルドア・タワーを訪ねてひと芝居打ち、恐喝王の裏をかこうというのだ。

もうひとつ、歴史を感じさせる美しい夜景を描いた英国人画家の作品に、フランシス・フォスターの『リージェント街のクアドラント』（一八九七年）がある。こうしたロンドン中心部は、剣呑であると同時に開放的でもある、暴力とスキャンダルと陰謀の場所だ。そのことは〈緋色の研究〉にこう書かれてある。「大英帝国であらゆる無為徒食のやからが押し流されてゆく先、あの巨大な汚水溜めのような大都市ロンドン」。だが頼もしいことに、そうした犯罪もベイカー街二二一Bの部屋で解決されるのだ。そうした通りには危険が絶えることはないと、〈四つの署名〉でワトスンがウィンドウ・ショッピングをする人々を眺めながらはっきり述べている。「いく筋もの細い光の帯の中を行きかう顔の行列が果てしなく続くさまに、亡者のような薄気味悪さが感じられる――悲しそうな顔にうれしそうな顔、やつれた顔に陽気な顔。あらゆる人生のように、その顔たちも薄闇から光へ、そしてまた薄闇へと去来していく」。こうした場面を鮮やかに描き出しているのが、ジョゼフ・ペネルの『雨の夜、チャリング・クロスの商店街』というメゾチント作品だ。この作品からは、十九世紀末までの、絵画や文学の中でつかの間体験する街という感じも伝わってくる。街を美化した風景画であっても、シャープな斜線がびっしり描き込まれた構図が、絵画空間を通る視線をせきたて、動きのある光景をとらえようとする意図が伝わる。特に郊外は、移動途上にある地域、一時的かつ部分的な体験という感覚でとらえられていて、郊外そのものは中心部と地方のあいだの移行部分という見方をされた。

　郊外がどんどん広がり、鉄道網が延びていくロンドンの巨大さ、そのとんでもない広さと複雑さの意味するところは、整然と包括的にこの街を描くのは無理だということだと、画家たちは理解し始める。ロンドンはもう、ヴィクトリア朝初期にトマス・ショッター・ボーイズやトマス・ホズマー・シェパードが描いた、こぎれいに整った水彩画の世界からはほど遠い。「ロンドンは非常に理解しにくい街――途方にくれるほど落差が激しく、薄汚れてひどく単調なこともしばしばだ……やっかいなまでの唯物主義なのに、いつも愛想のいい、あまり意志の強くない、すぐに忘れられ、すぐに飽きられてしまう街……」。こう書いたのは、ロンドンについて挿し絵入りの本を何冊も著しているシドニー・ダークだ。彼は著書に、ペネルの版画を実例としてとりあげた。[14] 地図は依然として街を思い描くのに欠かせない手段だったが、チャールズ・

『雨の夜、チャリング・クロスの商店街』1909年、メゾチント、ジョゼフ・ペネル（ワシントンDC、国会図書館版画写真部門蔵）

ブースの『貧困地図』の例に見るように、地図は難解だし、ひとつの産業として複雑につくられるものとなっていた。それに応じて、ロンドンを描こうとする多数の画家たちは、根強い地誌的伝統に頼ることになる。昔から絵になった地名やランドマークを通して街を描写する一方で、光の効果を美化することによって醜悪な側面を遠ざけるのだ。高い視点から広範囲を見渡しながら、大英帝国の首都らしい日常を記録するという描き方を踏襲してもよかった。

街を二重に経験する、つまりパノラマ的に眺めつつ通りで繰り広げられる生活にももぐり込んでいくことが、〈高名な依頼人〉でわかる。「約束どおりシンプスン料理店でホームズに会った。正面の窓際の小さなテーブルについてストランド街をあわただしく行きかう人の流れを見下ろしながら」とあるのだ。ロンドンの生活の一部であり、みずから群衆の中にまぎれ込んで姿を消してしまうこともしばしばでありながら、ホームズは卓越した知識と真実をつきとめる能力ゆえにそこから引き離された存在でもあった。彼がロンドンの街を熟知していることは、作品にとってきわめて重要である。なぜなら、実在の場所がごく自然に描かれているからこそ、読者は名探偵の推理能力を認識することができるからだ。読者には、彼をロンドンに精通した人物、街にたちこめる霧やとんでもない悪天候にもかかわらず街を縦横に行き来できる人物と、感じてもらわなくてはならないのだ。分類・区分けし、一覧にして、理解することができるという、それまでの都市に関する見方をいわば擬人化したのがこの探偵であり、彼自身は、*London Labour and the London Poor*（一八五一年）（『ヴィクトリア時代ロンドン路地裏の生活誌 上・下』および『ロンドン貧乏物語――ヴィクトリア時代呼売商人の生活誌』に訳出）で街の特徴づけを試みた社会評論家ヘンリー・メイヒューや、『ドレ画　ヴィクトリア朝時代のロンドン』（一八七二年）を著した調査好きのジャーナリストであるブランチャード・ジェロルドの、弟子のようにも思えてくる。ホームズは、あてもなくさまよい歩く道楽者などではなく、意図的にほうぼうを見て回り、しばしばその怪奇な背景を通り抜けていく。頭の中にロンドンの地図があって、必ず正しい方向を見きわめ、あやまたず目的地にたどり着ける。探偵仕事においてホームズが体現するのは、世紀末の頽廃とはかけ離れた、初期ヴィクトリア朝社会の堅実な安定感なのだ。

ホームズ物語では、物語のいたるところでロンドンの通りの名前がいちいち挙げられて、読者のための仮想ロンドン地図がかたちづくられていく。〈空き家の冒険〉のワトスンによれば、「ホームズはロンドンの裏道を知り抜いている。わたしがまったく知らないような馬屋のあいだの網の目のような路地を、自信たっぷりの足どりでさっさと通り抜けていった」という。〈緋色の研究〉では、通りの名前が呪文を唱えるかのように列挙されていて――ウォンズワース・ロード、プライオリ・ロード、ラークヒル・レイン、ストックウェル・プレイス、ロバート街、コールドハーバー・レイン――どこもかしこも暗く不明瞭な雑然たる街を、ホームズが擬人化しているようにも思える。移動中の馬車という閉ざされた空間で、ワトスンが言う。「まもなく、スピードと霧とわたしの地理不案内のため、ずいぶん遠くまできたらしいということしかわからなくなってしまった。しかし、さすがにホームズは、馬車が広場を走り抜けたり、曲がりくねった裏通りを出入りするたびに、小声でその通りの名を教えてくれるのだった」。物語の中で通りの名前を繰り返し述べることにより、コナン・ドイルは、〝ロンドンに通じている〟ことがホームズというキャラクターの重要部分なのだと、明確にしているのだ。脳内地図をもっというのがどんなに並はずれたことか、〈緋色の研究〉の中心的人物ジェファースン・ホープが悪漢を捜し出すために辻馬車の御者となるくだりで、強調されている。「いちばん困ったのは、道を覚えることです。とにかく、このロンドンくらい道がややこしいところはありませんよ。それでも地図を頼りに、どうにか主なホテルと駅を頭に入れてしまうと、あとはずいぶんやりやすくなりました」

シャーロック・ホームズが頭の中にロンドンの地図を描き出せるという事実は、多くの人が圧倒され、方向感覚を失って迷う都市にあって、彼のとびぬけた観察力、捜査力、推理力を実証するものであり、この主人公を格上げする中心的要素となっている。したがって、状況を掌握するのが（並のロンドン人には）不可能な街だからこそ、読者はホームズの知性を高く評価することになる。皮肉なことに、この街の知識はコナン・ドイル本人の体験に基づくものではない。彼がロンドンの中心街に長く住んだことはないのだ（一八九一年のほんの一年足らずのあいだだった）。ただし、以前にロンドンを訪れたときのことを母親のメアリ・ドイルへの手紙に書いていて、彼がどんなことを気に入っていたかがわかる。たとえば一八七八年春にロンドンを訪れた際、彼はネルーダのヴァイオリン・リサイタルを聴きに行き、いくつか講演会に出かけ、ロイヤル・アカデミーを訪ねた。サヴィル・クラブで昼食、ランガム・ホテルで夕食。* ヘンリー・アーヴィング出演の『ルイ十一世』を観て大いに感銘を受け、ローズでクリケットを観戦、ウェストミンスター水族館に出かけ、近衛師団の閲兵式を見物中にドイツの皇太子とケンブリッジ公爵の姿を見かけ、日暮れて明かりのともるクラブやパブを飽かず眺めていた。[15] 一八七八年の手紙で認めているところによると、彼がロンドンの息吹を吸い込もうとばかりに歩きまわっているので、泊まった家の人たちからは放蕩がすぎると思われていたらしい。[16]

＊訳注／原注にある『コナン・ドイル書簡集』を見るかぎり、一八七八年春にサヴィル・クラブとランガム・ホテルでは食事をしていない。それぞれ一八八八年と一八八九年のことだと思われる。

ホームズ物語第一期シリーズの執筆時期は、コナン・ドイルがロンドンに引っ越したころに重なっている。彼は大英博物館裏手のモンタギュー・プレイス二三番地に間借りをしていた。一八九一年四月五日の国勢調査によると、そこに住んでいたのは家主の独身女性メアリ・グールド（五十四歳）、その妹で小学校教師のジェイン、そしてジェイン・サザランド（六十四歳）、事務員のエドウィン・デイヴィーズ（十八歳）、酒類販売免許保持者のフランクとパーシー・ジェファースン、スウェーデン人のシドニー領事カール・ファルステットと英国人の妻セシリア、住み込みの使用人が二人、そして眼科医のアーサー・コナン・ドイル（三十一歳）と妻のルイーズ（三十三歳）、その娘でまだ赤ん坊のメアリだった。コナン・ドイルはアッパー・ウィンポール街二番地の通りに面した部屋を診察室として借り、一部を別の医者と共用の待合室に使った。また、王立ウェストミンスター眼科病院と契約を結んだので、ロンドン中心部のこのあたりは、物語が外向きに展開していく出発地点としてよく登場する。

十九世紀が終わるころ、ロンドンの街を〝絵にする〟というのは、前述した作品に見られるように、美しさを記録して醜さは遠ざけたいという願い一辺倒だったものの、場所をはっきりさせ、自然主義的に細部を描き込むことも重視されていた。ジョン・オコナーの『ペントンヴィル・ロードから西を望む――夕景』（一八八四年）は、商工業や近代的輸送手段を礼賛するような作品だ。鉄道のセント・パンクラス駅にそびえるゴシック様式の尖塔のもと、新聞や広告の紙切れが道に散らばり、無用になった木枠やかごが屋上にころがっているという、ありふれた街の生活が繰り広げられる。家路を急ぐ灰色の人影や、馬車鉄道《ホース・ドロウン・トラム》、二輪辻馬車などでごった返す、決して上品とは言えない界隈だ。郊外というわけではないが、くたびれた住宅地区、その先の緑濃い牧草地への中継点、ぐずぐずせずに通り過ぎるべき場所という雰囲気が漂う。左手にある《デイリー・ニューズ》などの貼り出し広告は、新聞や雑誌が日々捨てられては新しいものに取って代わられる、首都のめまぐるしさを表している。人のいない屋上から夕日の沈もうとしている方角に、下り坂を見下ろして描いたものだが、残光がセント・パンクラス駅を照らし、むきだしの殺風景な木の枝とは対照的な夕空の色味からぬくもりが伝わってきて、美的なもの、産業技術の剛勇、はかないものを組み合わせた作品になっている。鉄道駅が輝き、ゴシック様式の尖塔は大聖堂を思わせるが、列車の格納庫はほとんど見えない。馬車鉄道の運用は一八八三年限りだったので、これはこのときにしか描けない絵だが、写真のような克明さにもかかわらず、画面は周到に創作されている。たとえば前景に警察官がひとりいて、郵便集配人がひとり、円柱形の赤い郵便ポストから中身を取り出している。坂をとぼとぼ下る一頭の白馬、一両の馬車鉄道、傘を上げて合図している黒い服の女性――ロンドンの街に広く行き渡っている美意識を完璧にとらえているのだ。

『ペントンヴィル・ロードから西を望む——夕景』1884年、カンヴァスに油彩、ジョン・オコナー

この『ペントンヴィル・ロードから西を望む――夕景』を購入したのは、ヨークシャーに広大な地所をもつサー・アイザック・ホールデン議員だった。彼は北のほうにある自宅に帰るのに、セント・パンクラス駅から列車に乗ったのだろう。[17] ある場所から別の場所へ素早く、効率よく、時間どおりに移動できることは、ホームズ物語でも重要だ。ロンドンから犯罪現場へ列車で駆けつけるという、国内のさまざまな場所に活躍の舞台を移す工夫も多いし、依頼人たちがベイカー街までやってきてホームズに相談できるというのも、やはりおろそかにできない。たとえば〈踊る人形〉で、ホームズはノーフォークから三時四〇分の列車で、夕食のためにベイカー街へ戻る。〈美しき自転車乗り〉では、一八九五年四月二十三日、家庭教師が自転車でファーナム駅まで行って、ウォータールー行き十二時二十二分の列車に乗る。〈プライアリ・スクール〉ではホームズが、ユーストン駅でイングランド北部に向かう列車に乗る。〈金縁の鼻眼鏡〉には、チャタムから七マイル離れたヨクスリーへ、チャリング・クロス駅から列車で行こうと相談する場面がある。列車と駅は、技術の力や通信速度、もはやひとつにまとまったものとは見なせない細切れの社会といったものを示唆する、近代都市に欠かせないモチーフだ。不滅の精神性といった感じを呼び起こす優美な空の色とゴシック様式の尖塔の情緒と、ぱっとしない通りや鉄道のターミナル駅、物質的な日常生活を指し示す貼り出し広告などを対照的に描いた『ペントンヴィル・ロードから西を望む――夕景』には、そういった不調和がみごとにとらえられている。

こうしてロンドンは、美術にも文学にも、近代的テーマとして不可欠なものをもたらした。シャーロック・ホームズにとって、また事件のプロットにとってロンドンという街が重要なのだと、コナン・ドイルは何度も強調している。〈ソア橋の難問〉でホームズは、「すぐれた芸術家はみんなそうだが、ホームズもまわりの様子にたやすく気分を左右されるのだ」と言う。彼に必要な素材をもたらしてくれそうな街はロンドンだけなのだ。〈ノーウッドの建築業者〉で彼が言うように、「あのころのロンドンは、高度な犯罪社会を科学的に研究するには、ヨーロッパのどこの首都よりもうってつけの都市だっ

『ペントンヴィル・ロードから西を望む――夕景』（部分）1884年、
カンヴァスに油彩、ジョン・オコナー

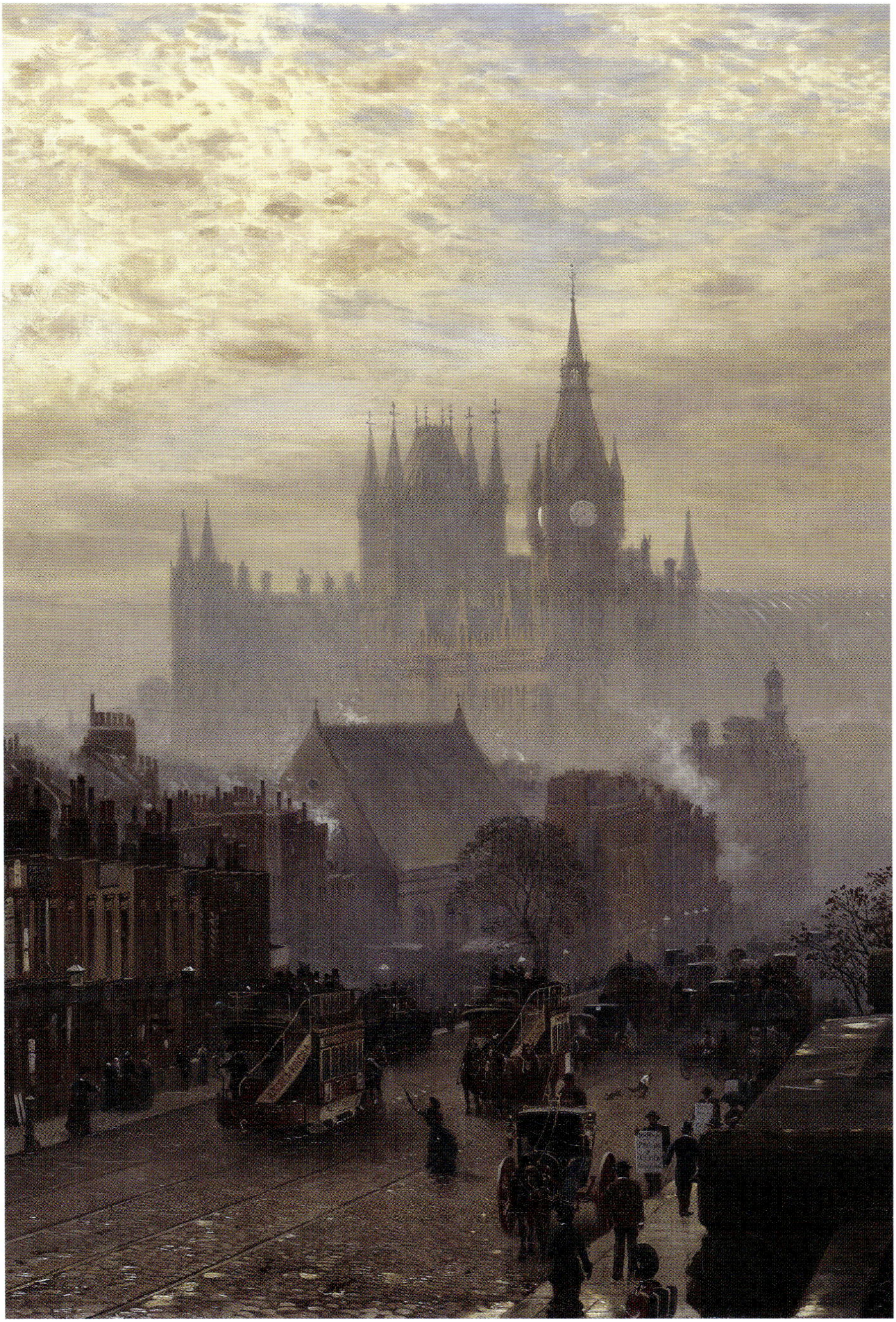

た」。〈空き家の冒険〉で、ホームズは「かくしてシャーロック・ホームズ氏は、ふたたび自由に、ロンドンの複雑な生活からふんだんに生み出されるちょっとした興味深い事件を捜査するために、その人生を捧げることができるようになったというわけだ」としめくくっている。

ロンドンでは、いつもすぐそばに正義をおこなう仕組みが、いつでも始動するべく待ち構えていた。〈ぶな屋敷〉に書かれているように、犯罪がろくに露見も解決もされずじまいになる無法状態の田舎と違って、犯罪と法廷の被告席のあいだはほんのひとまたぎなのだ。シャーロック・ホームズのロンドンは、どの物語でも舞台となって雰囲気をつくり出すだけではない、大きな、積極的な役割を果たしている。ロンドンの街はまた、住んでいる場所や暮らし向き、あるいは身なりから本の中の登場人物を私たちがどう感じるかにも、微妙に影響を及ぼす。街が登場人物に、また彼らの服装や肌の色に残す痕跡が、プロットの一部となるため、街は文字どおり人物にしみ込んで、犯罪を捜査するホームズにはその痕跡が見えるのだ。どの物語でも終幕では、すっかり解決をみて読者が快い満足感にひたるとともに、ロンドンが慈悲深い存在に思えてくる。物語の初めから終わりまで、ロンドンの見せる表情は語りを反映しながら変化していき、冒頭のページでは不吉な緊張感やゴシック風の不可解さを漂わせていたロンドンが、終盤になって事件が解決してみると、太陽のもとで安心して歩ける街になっている。各物語のプロットを理解するのにロンドン自体が役に立つわけだが、この変化は、それぞれの物語においてロンドンがわれわれの想像の中でいかに象徴的な位置をしめているかということを理解するためのカギとなるのだ。

コナン・ドイルが活躍していたころの芸術的風潮の中で、アントワーヌ・プルーストの「どんなに醜かろうと自分たちの時代独特の題材を、後世に残すために描く義務がある」という厳しい言葉に従った画家たちは、一八七〇年代初頭から〝近代的な都会〟を描いた作品を次々と生み出した。[18] 彼らは典型的な不滅の街という新しい理想像《ヴィジョン》、まるでシャーロック・ホームズの世界のようなものを、つくりあげた。ホームズという架空の諮問探偵は、増殖していく文化的象徴《アイコン》であり、始まりも終わりもない文学的幻影《シミュラクラム》である。死なせて終わりにしそこなった〈最後の事件〉(final problem) は最後 (last) でも何でもなかったし、同じように〈最後の挨拶〉(His Last Bow) にしても、とても最後 (last) になどならず、コナン・ドイルは十年後に一種のコピーとしてホームズをよみがえらせた。〈空き家の冒険〉で古書収集家に変装し、ワトスンに正体を明かすホームズは、ロンドンの街を先に立って歩き、ワトスンにもうひとりの自分を見せる。博物館の展示品よろしくベイカー街の窓辺に姿を見せる蠟人形だ。さっきまでの収集家《コレクター》が、収集品《コレクティブル》になっているのだ。同様に、十九世紀末のロンドンを描いた芸術作品も果てしなく再生され、収集され、展示され、再演されてきている。そうして、そのロンドン像がいやおうなく、それこそシャーロック・ホームズの世界だという神話の一部に深く組み込まれてきたのだ。

ここに紹介するなつかしい風情の写真は、アメリカの写真家アルヴィン・ラングダン・コバーンが撮影したものだ。シャーロック・ホームズのロンドンの特徴や雰囲気を要約して見せてくれるような、街の肖像写真の数々。ヒレア・ベロック（1870～1953、フランス系英国人の作家、歴史家、社会評論家）が序文を寄せて1909年に刊行されたグラビア写真集より。絵画のような量感と質感のあるコバーンの写真は、何よりもまず首都ロンドンの雰囲気をよくとらえている。焼き付けの工程で画像中の輪郭をやわらかくしたことによって、独特の気配が生み出された。ベロックは、もうひとつ「随所で目にとまる特徴は、ロンドンにたれこめる煙と雲の印象だ」と書いている。『ラドゲイト・サーカスから見たセント・ポール大聖堂』という有名な写真では、大聖堂の特徴的な姿を蒸気機関車の煙や全体的に濁っている街の空気の中に配している。

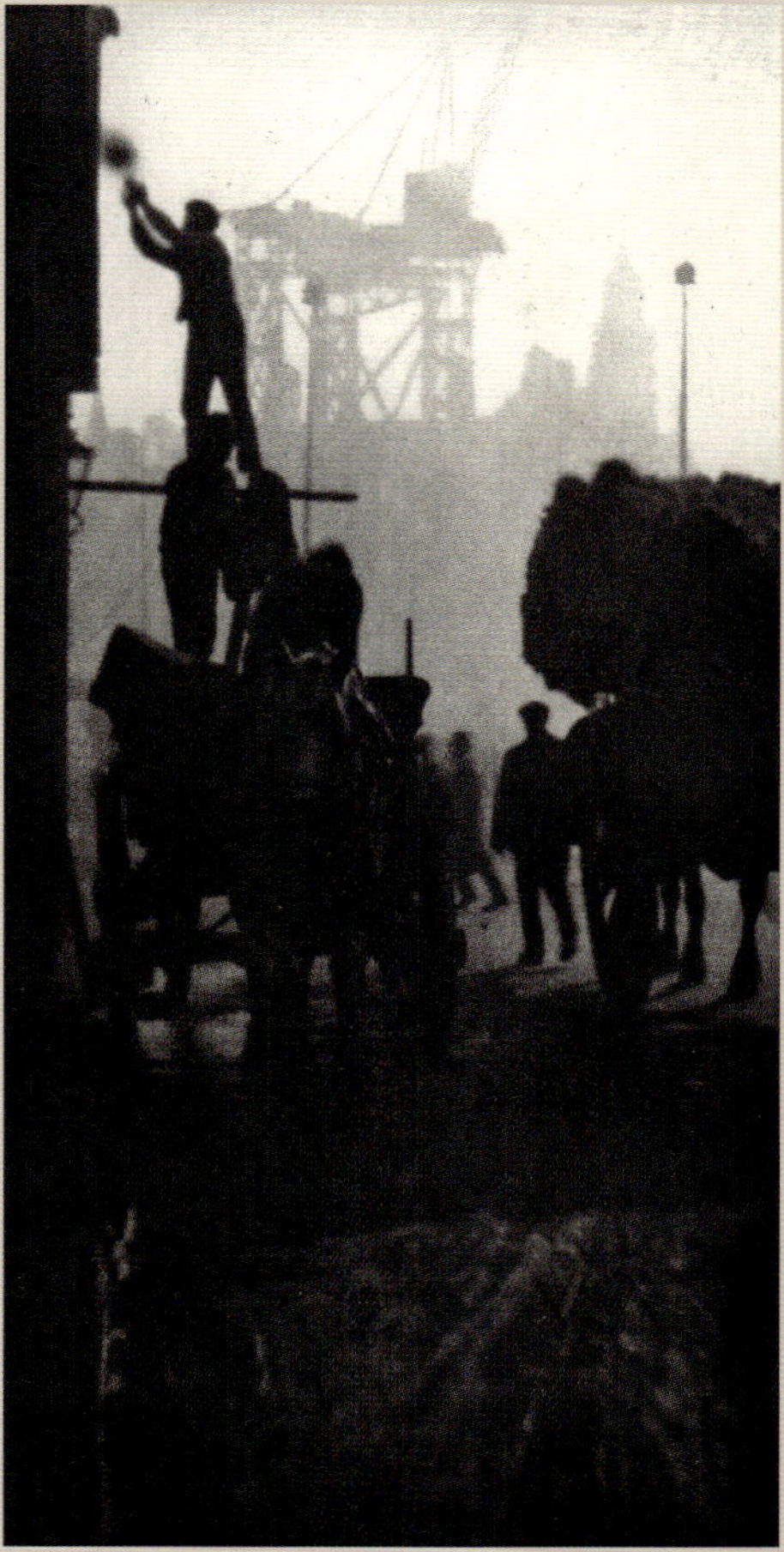

左頁:『ラドゲイト・サーカスから見たセント・ポール大聖堂』

右:『キングズウェイ』

アルヴィン・ラングダン・コバーンのロンドン

『ロンドン橋』

『ウォータールー橋』

『テムズ川からセント・ポール大聖堂を望む』

『ハイド・パーク・コーナー』

『タワー・ブリッジ』

『トラファルガー広場』

『ウォッピング』

『パディントン・カナル』

『リージェンツ・カナル』

『レスター・スクウェア』

『ケンジントン・ガーデンズ』

『ウェストミンスター橋』

『エンバンクメントにて』

『ザ・タワー』

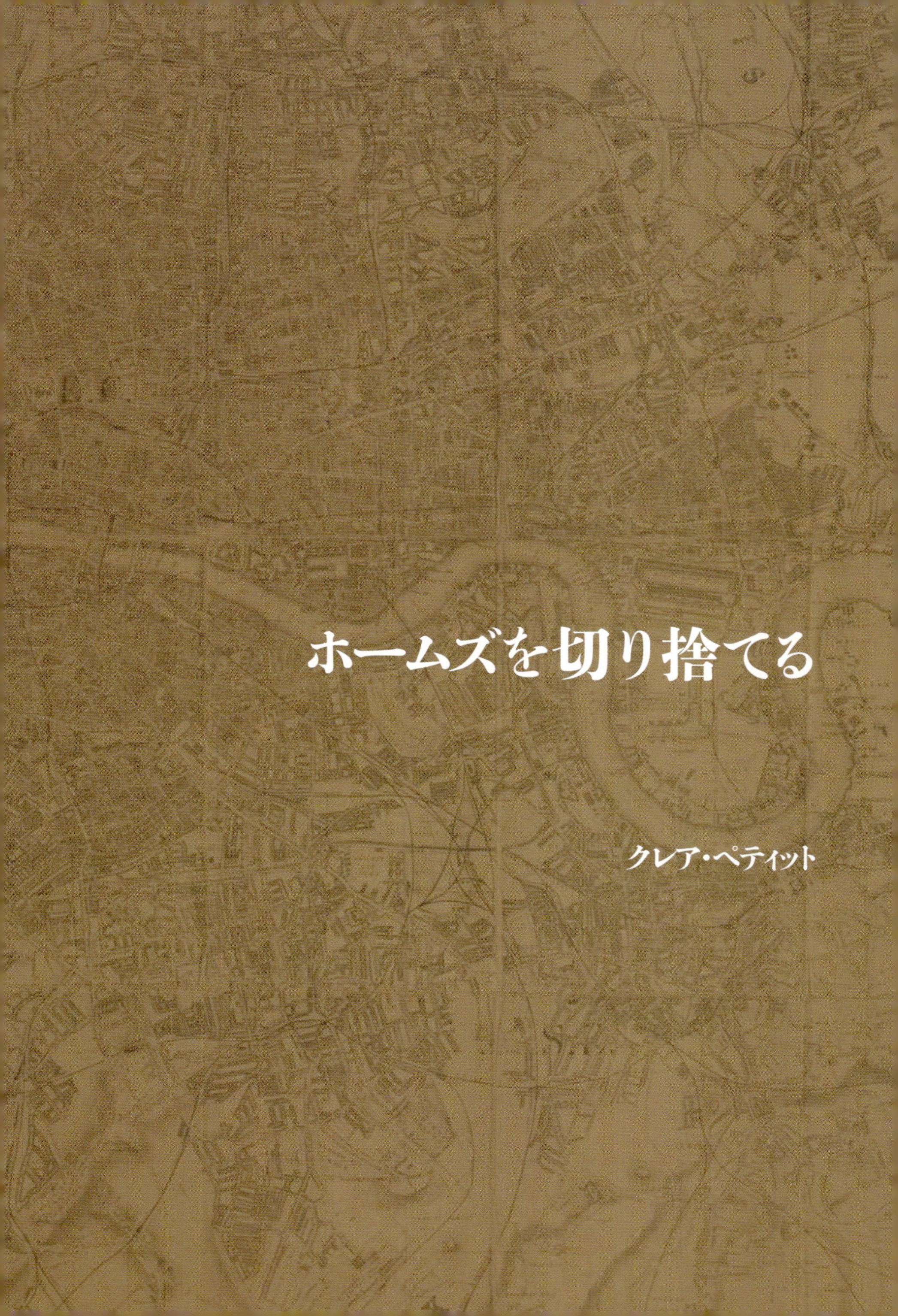

ホームズを切り捨てる

クレア・ペティット

Chapter 4

Throwaway Holmes

Clare Pettitt

アーサー・コナン・ドイルは、シャーロック・ホームズを何度も切り捨てようとした。一八九一年十一月、ホームズが探偵としてまだ数件しか事件を解決していないうちから、コナン・ドイルは母親に宛ててこんな手紙を書いている。「ホームズを殺してしまうことも考えます。……そして永遠の眠りにつかせようかと。彼のせいで、ほかのもっと価値のあることに気持ちを向けることができません」[1]。このときからその作家人生を通じて、ドイルは自分の創造物に対して殺意のこもった攻撃を散発的に仕掛けるようになる。新作を書くにあたって、一見法外と思えるような金額を要求して市場から閉め出されることを画策し、一八九三年十二月には、誰もが知っているようにホームズをライヘンバッハの滝から落として殺害しようとした[2]。だがホームズは、そう簡単には捨てられなかった。一九〇一年には《ストランド》誌に復活し、その後は一九二七年まで繰り返し登場することになる。休眠期間を経てホームズの物語を再開するにあたって、ドイルは《ストランド》の担当編集者ハーバート・グリーンハウ・スミスに宛てて、うんざりしたように書いている。「私がまたシャーロック・ホームズものを書いていると聞いたら、あなたはさぞかしおもしろがるでしょう。結局のところ、老犬はみずから吐き出したものにもどるしかないのです」[3]

スミスはおもしろがるというより、むしろ喜んだだろう。シャーロック・ホームズの物語が掲載されれば、《ストランド》の売り上げは

右：「ホームズは懐中時計をとりだして言った」。ドクター・ワトスンとシャーロック・ホームズの挿絵。〈ギリシャ語通訳〉より。《ストランド》1893年9月号。シドニー・パジェット画

左頁：《ストランド》1893年12月号、シドニー・パジェット。〈最後の事件〉より「ホームズの死」

SIDNEY PAGET

申し分なく増加すると決まっていたのだから。ホームズが初めて出版物に登場してから二一年たった一九〇八年、コナン・ドイルはシャーロック・ホームズ物語の新作、のちに短篇集『シャーロック・ホームズ最後の挨拶』としてまとめられる一連の作品を、《ストランド》のクリスマス号に間に合わせ、競争が激しさを増す中流教養者向けの雑誌市場においてクリスマス・シーズンを制した。一八九一年と一八九二年に初期の作品が《ストランド》に掲載されたあと、コナン・ドイルが多額の原稿料を要求したことを考えると、金の卵を産み続ける鵞鳥に対する彼の態度はどこかちぐはぐだった。シャーロック・ホームズは作者の思惑を超えて走りだし、さらにその先へ走りつづけた。もはやコナン・ドイルの制御しきれないところまで行ってしまったのだ。ホームズは、新種の出版社と新種の大衆階級によって生み出され、養われてきた。それらは、コナン・ドイルが一時的であってもホームズを切り捨てようとしつつ、そうするだけの文化的権限が自分にはないと気づいていたことに、大きく引き裂かれながらも、彼自身の力添えによって築かれたものだ。

《ストランド》は、ジョージ・ニューンズが最初で最高の〝魅力的な〟雑誌というふれこみで創刊し

CHARING CROSS STATION
Lieu d'arrivée, point de départ !

ロンドンから大陸へ向かう。チャリング・クロス駅、1894年。モーリス・ボンヴォワサン画。

た。《スクリブナーズ・マンスリー》や《ハーパーズ》といったアメリカの家族向け月刊誌を手本に、すべてのページに挿絵を入れるというぜいたくさで、価格は一シリングではなく六ペンスに抑えられた。創刊してまもなく、特徴的な青色の表紙がいたるところで目につくようになり、コナン・ドイル自身はスミスにこんな感想を漏らした。「かつて外国人は格子柄のスーツで英国人を見分けたものだが、そのうちに《ストランド》で見分けるようになるでしょうね。海峡連絡船に乗っている者は、操縦士をのぞいて誰もが《ストランド》を手にしていました」[4]。同誌は、新しい読書様式を生み出した新種の雑誌として迎えられた。ジャーナリストのウィリアム・トマス・ステッドは次のように評している。「手軽に隅から隅まで読め、色鮮やかでおもしろく、挿絵つきで、暇つぶしには理想的。また禁じられた憶測をそそのかす心配もなく、重すぎる思考の鍛錬を要求することもない」[5]。〝思考の鍛錬〟をすることなく〝暇つぶし〟のひとつとして読むことは、読者の気晴らしを意味し、それはすなわちホームズ物語そのものの内容と意味の根幹を成しているということだ。これらの物語では必ずホームズの風変わりな性質と集中力が繰り返し強調され、散漫で無思慮な読者によって読まれては忘れられることを企図してつくられた。つまりホームズの物語は、集中力と散漫、短命と消費に関する現代的な観念をうまく利用したのである。

「ぼくは本気でお話をうかがいますよ」とホームズが〈ギリシャ語通訳〉の中で言っているように、コナン・ドイルの作品はホームズの集中と散漫のリズムを取り巻くように構築されている。ホームズのたゆまぬ好奇心は頻繁に「減少」（〈アビィ屋敷〉）するが、「気分の揺れ動きのせいで、ホームズは極度の無気力から猛烈にエネルギッシュな状態へと移っていく」（〈赤毛組合〉）。そしてホームズがいったん集中すれば、それはきわめて深かった。「ホームズは木の椅子の前にしゃがみこんで、座席の部分を熱心に調べた」（〈まだらの紐〉）。ところがホームズは散漫になることもあった。たとえば彼が「セント・ジェイムズ・ホールで……特等席にすわって……音楽に酔いしれている」（赤毛組合）ときや、「コヴェント・ガーデンでワグナー」(〈赤い輪団〉)を聴いているときは、「ものうげな夢見心地の目」が「あの警察犬のようなホームズ、冷徹にして鋭敏な探偵ホームズのものとはとても思えない」のだった(〈赤毛組合〉)。物語のなかでホームズの集中と散漫は、新しい都市でめまぐるしく変化する読者層の集中と散漫を映し出すように振り付けられた。この読者層は広範囲にわたり、社会階級まで取り込んだ。《ストランド》はまもなくイギリス国内で月に三十万から四十万部を売り上げるようになり、実際には一号あたり約百万人が読んでいたと思われる。つまり人々はこの雑誌をまわし読みし、図書館や喫茶店で読み、友人たちと共有し、古本屋へ転売したのだ。いくつかの作品は《ティットビッツ》に転載され、そこでまた次の読者を獲得した。この新たに産業化された読者層を形成していたのは、露天本屋から《ストランド》をひっつかんで船や列車や乗合馬車に駆け込み、移動中に読む人々だ。彼らは読み物をさっさと消費し、一時的もしくは部分的にしか集中せず、旅の不快さや息の詰まるような待合室での空き時間、毎日繰り返される通勤から気を紛らせるために読んだ。

近年、文芸評論家たちは、ある種の文芸作品に対して読者が抱く〝集中〟と集中の種類、ときに集中の欠如につい

サー・アーサー・コナン・ドイルの肖像写真。1902年頃。

て、かなり真剣に考えてきた。ジャンルが異なると、読者の集中も種類が異なるのだろうか。たとえば、複雑な筋の長篇小説に対する集中は、短い詩に対する集中の仕方とは異なるのだろうか。私たちの集中のしかたはどんな要因で変わるのだろうか。地下鉄の混み合った車両に掲示されたポスターの詩を読むのは、本で読むのとどう違うのだろうか。習慣としての読書が大きく変化したとき、歴史的な転換点があったのだろうか。文芸評論家ニコラス・デイムズによれば、十九世紀には〝注意力の文化基準〟と言うべき重要な転換があり、十九世紀の読書習慣は、「産業化された意識を教育する場であって、避難所ではなかった」[6]という。当時の読者は、増え続ける印刷物と、論説、広告、小説といった情報をふるいにかけ、すくいとる方法を教え込まれてきた、とデイムズは言う。印刷物に覆いつくされた新しい世界で、ワトスンが言うところの、人々を〝取り囲む新聞の雲〟から、詳しい内容と重要な事実と有用な情報を見分ける術を身につけるように。

中世以降、新聞はますます簡潔に情報を並び替え、詰め替えてきた。一八五一年にロンドンで創業したロイター通信のような通信社は、多くの地方新聞社に簡潔な様式で記事を同時に配信していた。十九世紀後半には電気信号で配信できるようになり、簡潔さがさらに求められるようになった。のちに〝ニュージャーナリズム〟と呼ばれるものは、目を引く大見出しや短いパラグラフ、豊富な挿し絵の特徴的な編集やページレイアウトを発展させることによって成立した技術的変化だ。[7]ジョージ・ニューンズが《ストランド》の前に一八八一年に創刊した《ティットビッツ》は、ダイジェスト誌だった。ダイジェスト誌の編集者たちは、読者が消化しやすいように、文章を凝縮して抜粋やあらすじといった「おいしいところ（tit-bits）」だけを掲載した。《ペルメル・ガゼット》紙の編集者W・T・ステッドが一八八九年に創刊した《レビュー・オブ・レビューズ》は、イギリスと外国に数多ある雑誌を要約と凝縮で「試食」し、断片と抜粋の連続ものとして提供した。逆説的ではあるが、簡潔にしたからといって読む分量が減るわけではない。出版物の速度と分量は、ロンドン大学英文学教授のローレル・ブレイク

シティから家路につく通勤客たち。『夕暮れのラドゲイト・ヒル』
ペン画。ジョン・オコナー画。1887年頃

が指摘したように、「季刊から月刊へ、週刊へ、週に複数刊へ、日刊へ、日刊夕刊へと」[8]増え続ける。ダイジェスト誌は、要約の一形態ではなく、多すぎる印刷物への反応なのだ。印刷物が過剰になると、伝達されそうな大量の文章の中から、必要なメッセージや有益なメッセージを見つけて判読する新しい読書術が求められるようになる。読書が探偵と交わるのはこの時点だ。ホームズは〈ライゲイトの大地主〉の中で、ワトスンたちにこう講釈している。「探偵術においてもっとも重要なのは、数多くの事実のなかから、どれが偶然の事柄で、どれが重要な事柄なのかを見分ける能力です。これができないと、精力と注意力は浪費されるばかりで、集中させることができません」

コナン・ドイルは、ホームズの物語を連載ものとして書くことを拒んだ。担当編集者への手紙で、次のように書いている。「私が理解する範囲において、新しい『シャーロック・ホームズ』シリーズを書くべきだとは思わないが、『シャーロック・ホームズ氏の回想（ホームズ氏の友人、ジェイムズ［原文通り］・ワトスン博士の日記から引用）』のような表題で、不定期に断片的な物語を書いてもいいのではないだろうか[9]」。これらの物

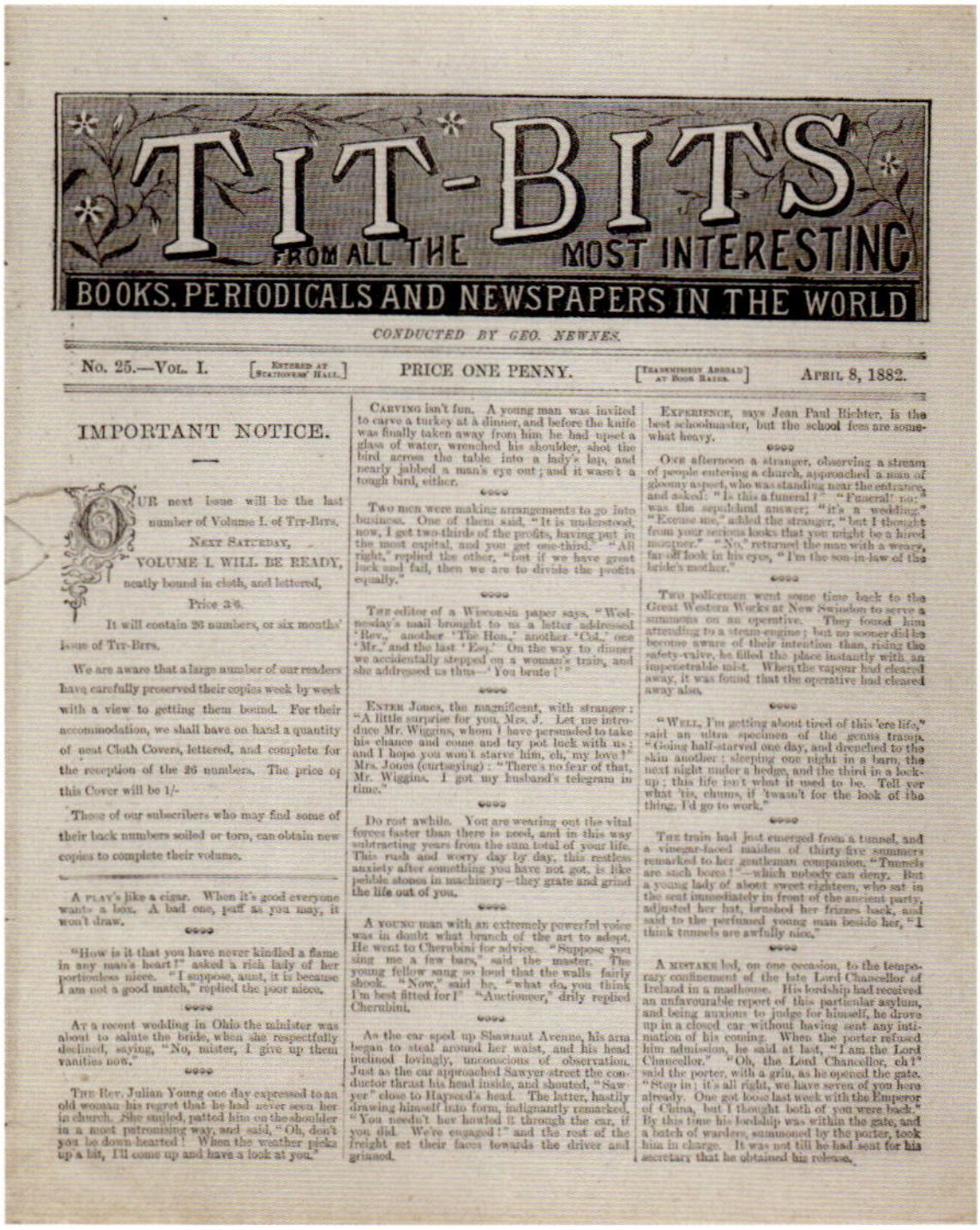
TIT-BITS
FROM ALL THE MOST INTERESTING
BOOKS, PERIODICALS AND NEWSPAPERS IN THE WORLD
CONDUCTED BY GEO. NEWNES.
No. 25.—Vol. I. [Entered at Stationers' Hall.] PRICE ONE PENNY. [Transmission Abroad at Book Rates.] April 8, 1882.

IMPORTANT NOTICE.

OUR next issue will be the last number of Volume I. of Tit-Bits. Next Saturday, VOLUME I. WILL BE READY, neatly bound in cloth, and lettered, Price 3/6.

It will contain 26 numbers, or six months' issue of Tit-Bits.

We are aware that a large number of our readers have carefully preserved their copies week by week with a view to getting them bound. For their accommodation, we shall have on hand a quantity of neat Cloth Covers, lettered, and complete for the reception of the 26 numbers. The price of this Cover will be 1/-

Those of our subscribers who may find some of their back numbers soiled or torn, can obtain new copies to complete their volume.

右：圧縮された情報。《ティットビッツ》1882年4月8日号の表紙

左頁：ヨーロッパと話す。ロンドンの中央電報局にある大陸周回電信室。1891年

語は、おなじみの登場人物たちといい、複数の事件から成る一話完結型の構成といい、連載につきものの道具立てはそろっていたものの、連載としての役割はまったく果たしていない。第一に、起きた順に一列に並んでいるとは言いがたく、点々と散在して読者を混乱させる。ワトスンはしょっちゅう過去の事件に戻り——「古い記録をひっくり返して、これまでの成果を分類していた」（〈株式仲買店員〉）——またホームズはときおり箱の中から古い書類を掘り起こし、あるいは収集物を収めたスクラップブックの山を熟読して昔の事件を思い返す。ホームズ物語では正確な日付と時刻が頻繁に提示されるが——「わたしの手帳によると、あれは一八九二年三月末の、寒々とした風の強い日のできごとだった」（〈ウィステリア荘〉）、あるいは「ノートを繰ってみると、ホームズがホテル・デュロンで病床に伏せっているというリヨン発の電報を受け取ったのは、四月十四日だったとある」（〈ライゲイトの大地主〉）など——事件が起きた順序を、読者が厳密に覚えておく必要はない。コナン・ドイルは自伝の中で、「ひとりの人物がずっと活躍する」という発想は、雑誌市場におけるふたつの主要商品、連載ものと散発的な短篇の「理想的な折衷案」として思い

ついた、と書いている。そして「この考えかたを創始したのは私であり、それを実行にうつしたのは《ストランド》だった」と書き加えた。[10] 繰り返し掲載されるものの、連載ではない構造により、ドイルはホームズを使い捨ててかまわないと考えていた。また読者には、一話を読み終えたら立ち去っていいのだと、たとえば連載小説を読むように前回のエピソードや次回のエピソードにつなげようとしなくていいのだと思わせた。シャーロック・ホームズの物語はどれも、あっという間に忘れ去られ、何の痕跡も残さなかったかもしれない。実際、《ストランド》の編集者はそのことに気づき、あるときコナン・ドイルに次のような要望を書き送った。「物語の始めに数行書き加えて、シャーロック・ホームズという人物をもっと理解してもらうことはできないでしょうか」。まだこの探偵に出会ったことのない読者のために。[11] リーズ大学准教授ジム・マッセルが指摘したように、こうした慣例は《ストランド》全体に共通したものだった。「《ストランド》は一巻ごとにほぼ完結していて、連載記事はほとんどなく、物語が複数巻に渡って掲載されるのはまれだった[12]」。読者の集中力は次の巻までもたなかったし、雑誌のほうにも「記憶力」などなかった。そもそも《ストランド》は、たやすく消費され、すぐに捨てられるこ

上：業務用ティッカーテープ受信機、1902年
下：電報受信機。1880年頃

とを目的に商品化されたのだから。

《ストランド》の表紙絵は、本文に掲載されたシャーロック・ホームズ物語のように、「フリート街からストランドへかけて」の「まさに人生の万華鏡とでもいうべき光景」（〈入院患者〉）を映していた。[13] 電報用の通信回線は輪にまとめられ、フリート街の頭上にぶら下がっていて、一八九〇年代にはロンドン中心部の建物の屋根でケーブルとワイヤーが乱雑にからみあっていた。電報は符号化されたメッセージを電線で送る手段であり、一八三〇年代と一八四〇年代に電気信号が鉄道に沿って発展したように、十九世紀後半には電信網が世界中に広がった。《ストランド》の表紙は、手紙や新聞、雑誌など紙を用いた情報伝達がもはや複雑な電気通信網と共存していることを、第一世代の読者に気づかせた。実際ホームズは、「電報で間に合うなら手紙など書かなかった」のだ。ホームズ物語は、いくつかの意味において執拗なほど電報にこだわっている。まず文字通りの意味で言えば、ホームズは「いちばん近くの電報局へ行き、長文の電報を」打つ（〈緋色の研究〉）という姿を頻繁に目撃されており、ベイカー街の書斎には夥しい数の「電報書式集」を保管している（〈踊る人形〉）。電報から始ま

ジョージ・チャールズ・ヘイテがデザインした《ストランド》の表紙。この1891年3月号には、アーサー・コナン・ドイルの同誌では初めての作品、〈科学の声〉が掲載された

る物語もいくつかある。たとえば〈ボスコム谷の謎〉では、ホームズからの電報がワトスン夫妻の朝食を中断させ、またワトスンは〈スリー・クォーターの失踪〉を、「ホームズもわたしも、ベイカー街で不思議な電報を受け取ることには慣れている」と認めた上で書き始めている。ホームズの電報はときに大西洋を横断し、〈オレンジの種五つ〉ではアメリカから届いた電報が事件の解決をもたらし、〈踊る人形〉ではホームズが、「ニューヨーク警察」の友人ウィルスン・ハーグリーヴにシカゴの犯罪について電報で問い合わせ、あるいは〈緋色の研究〉ではホームズがクリーヴランドの知人たちに電報を打ち、自分の推理が正しいことを裏付ける。

　すべての電報文と同じく、ホームズのメッセージも電気信号に変換されてから伝送され、受信局で言葉に戻される。そしてシャーロック・ホームズの物語は、彼らが示す好奇心において、スピード、伝送、符号、符号化において、さらに広い意味で〝電報的〟であった。〈緋色の研究〉の中で、ジェファースン・ホープとジョン・フェリアは、モルモン教徒の見張り番ふたりが「九から七！」「七から五！」と伝え合うのを聞き、「最後の言葉は彼らの合い言葉らしい」だと気づいた。そのおかげで、のちに彼らの命とルーシー・フェリアの命が救われることになる。〈赤い輪団〉では、"PERICOLO"というイタリア語がランプの点滅によって暗号化される。〈グロリア・スコット号〉では、ホームズは「色褪せた小さな筒」から「灰色の半裁用紙に走り書きした短い手紙」を取り出す。そこには「ロンドン向けの猟鳥の供給は着実に増加しつつある。猟場管理人頭ハドスンは、わたしの信ずるところ、ハエとり紙とあなたのメスのキジの生命保護に関する注文を受けよという指示を、すでに受けている」と書かれてあった。ホームズが解読した内容はこうだ。「もうお手あげだ。ハドスンがすべて話した。命が惜しければ逃げろ」。また、〈踊る人形〉では踊っている小さな男の絵が一列に描かれた紙が、ノーフォークにある領主館のあちこちで見つかった。この謎について、ホームズはマーティン警部にこう語る。「ぼくはあらゆる形式の暗号記法に精通していまして、百六十種もの暗号を分析したちょっとした論文を書いても

左頁：暗号化とその解読。中央電報局。1895年頃

いるくらいです」。もちろんホームズは〈踊る人形〉の暗号をすぐに解読し、自分で書いた暗号のメッセージを犯人のもとへ送って罠にかけた。ホームズの物語では、暗号や難問が挿絵で再現される。たとえば、〈ライゲイトの大地主〉でちぎれた紙の隅に走り書きされた言葉や、〈踊る人形〉に出てくる、踊って旗を振る男の絵文字の模写が、読者をいざなう。ここでいったん休憩し、提示された難問を解くことに参加するのか、それとも誘いを無視して答えを知るために読書を続けるのか、と。

二地点間の通信手段としてケーブルを使うのと同様に、ホームズは短時間でメッセージを公開する手段としてケーブルを使い、街を出ているあいだ新聞に広告を迅速に掲載するために電報を用いた。これらの物語は、一八九〇年代のロンドンの新聞各社にとって、〝電線〟とニュース編集室と広告担当室が密接な関係にあったことを如実に表わしている。『ウォーキングから。ロンドンじゅうの夕刊に電報を打っておいた。どの新聞にもこの広告がもうすぐ出るはずだよ』ホームズは手帳から一枚の紙を破りとって、わたしに渡した。それには鉛筆で次のように走り書きしてあった。賞金十ポンド――五月二十三日夜九時四十五分、チャールズ街の外務省の入

口もしくはその付近で客をおろした馬車の番号をご存じの方は、ベイカー街二二一Bまでご連絡されたし」（〈海軍条約文書〉）。だが、ホームズは新聞広告の代わりに、当時、急速に増えつつあった「広告代理店」を使うこともあった。〈青いガーネット〉では、ホームズはロンドンの夕刊紙、『グローヴ』『スター』『ペルメル』『セント・ジェイムズ』『イヴニング・ニューズ』『スタンダード』『エコー』その他へ便利屋のピータースンを使いに出し、広告を掲載した。

事実、ホームズとワトスンはたいてい膝まで新聞紙に埋まっている。ベイカー街二二一Bで二人が共有している部屋はどこも乱雑で、あらゆる種類の古新聞が散らかっている。〈ぶな屋敷〉のホームズは列車のなかで「朝刊紙を読みふけっていた」。彼らのもとにはしょっちゅう新聞が届き――「あらゆる新聞の最新版が、出るたびに販売所から届いた」（〈名馬シルヴァー・ブレイズ〉）――挙げ句の果てに床に散らばっており、ワトスンは「床に落ちていた新聞を拾いあげ」（〈花婿の正体〉）、ホームズは「新聞の山をかき回した」（〈青いガーネット〉）。ロンドンの主要駅を通るたびに、ホームズは「最新版の新聞を山ほど」買い込む（〈名馬シルヴァー・ブレイズ〉）。ホームズは新聞から栄養を摂取しているので、コカインに頼るのは「新聞がつまらない」（〈黄色い顔〉、〈ウィステリア荘〉）ときだけだ。

新聞は物語にも栄養を供給している。というのも、コナン・ドイルは実際のニュース記事を詳細に調べ、《ロンドン・プレス》紙の個人広告欄

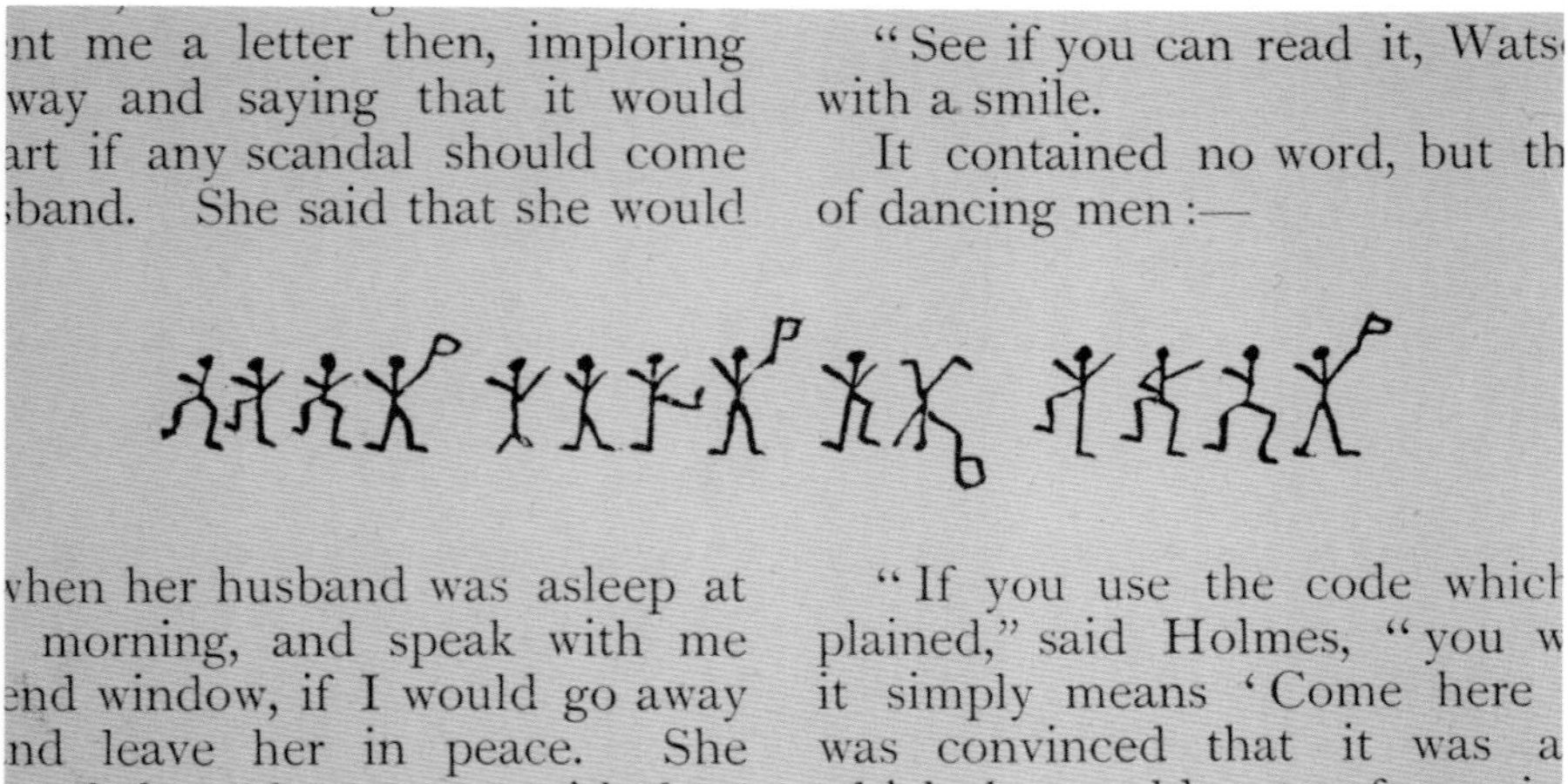
nt me a letter then, imploring way and saying that it would art if any scandal should come sband. She said that she would

when her husband was asleep at morning, and speak with me end window, if I would go away nd leave her in peace. She

" See if you can read it, Wats with a smile.

It contained no word, but th of dancing men :—

" If you use the code which plained," said Holmes, " you w it simply means ' Come here was convinced that it was a which he would not refuse. sin

〈踊る人形〉の暗号。《ストランド》1903年12月号

からホームズの架空の事件の着想を数多く得ていたからだ。新聞はホームズの事件に、きわめて重要な役割を幾度となく果たしている。たとえば、〈赤毛組合〉では依頼人が、「大外套の内ポケットから汚れてしわだらけになった一枚の新聞をとりだした」。また〈花婿の正体〉の依頼人は「今週の土曜日の《クロニクル》紙に（ホズマ・エンジェルについて）尋ね人の広告を出しました」と言う。「これがその切り抜きです。手紙は四通持ってきました」と。ワトスンはよく新聞記事のような書き方で物語を進めたり、要約したりして、読者に重要な情報の一部を提示する。〈株式仲買店員〉では、『シティの犯罪。モーソン・アンド・ウィリアムズ商会で殺人』という見出しの記事全体を

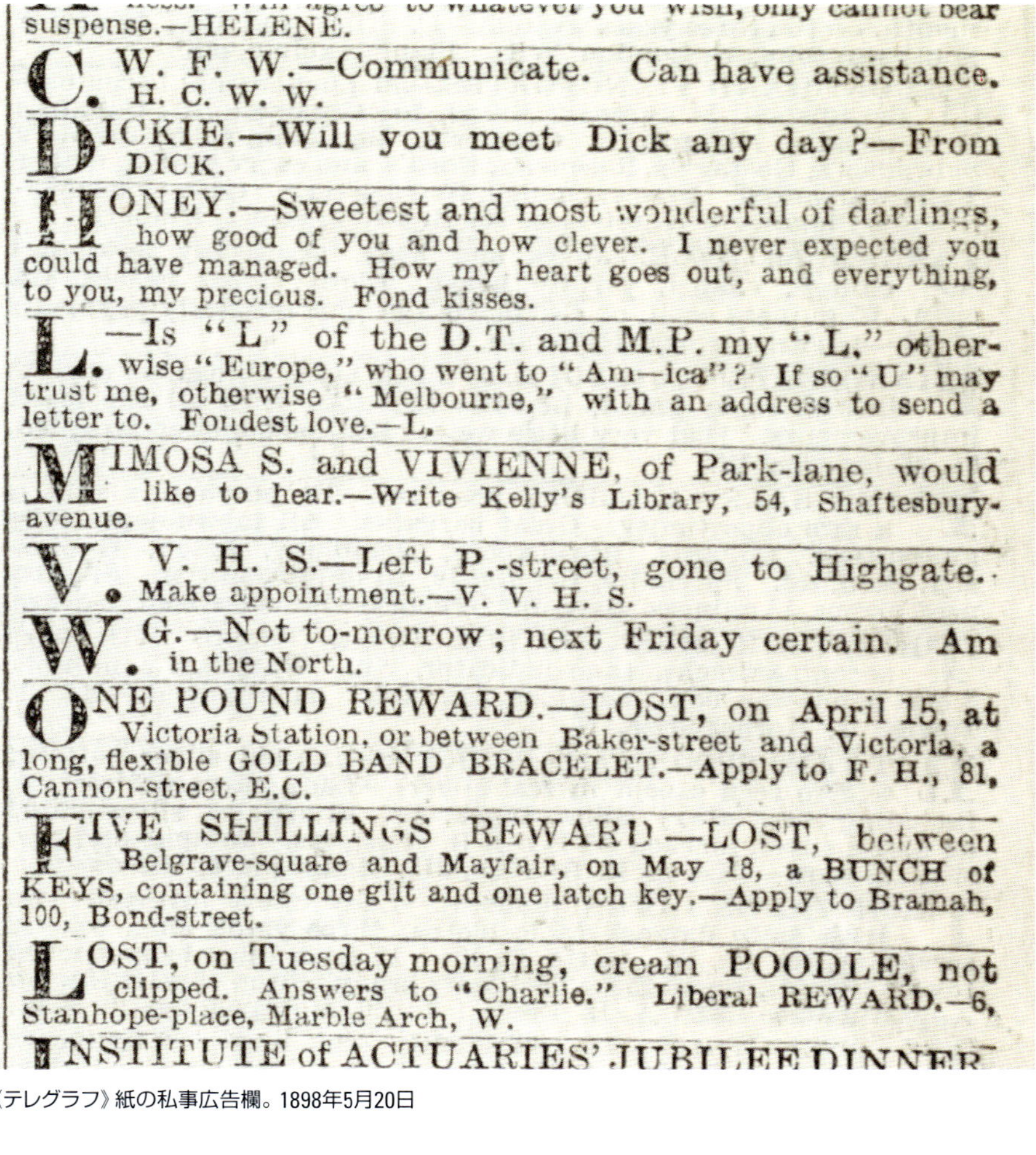
ness. Will agree to whatever you wish, only cannot bear suspense.—HELENE.

C. W. F. W.—Communicate. Can have assistance. H. C. W. W.

DICKIE.—Will you meet Dick any day?—From DICK.

HONEY.—Sweetest and most wonderful of darlings, how good of you and how clever. I never expected you could have managed. How my heart goes out, and everything, to you, my precious. Fond kisses.

L.—Is "L" of the D.T. and M.P. my "L," otherwise "Europe," who went to "Am—ica"? If so "U" may trust me, otherwise "Melbourne," with an address to send a letter to. Fondest love.—L.

MIMOSA S. and VIVIENNE, of Park-lane, would like to hear.—Write Kelly's Library, 54, Shaftesbury-avenue.

V. V. H. S.—Left P.-street, gone to Highgate. Make appointment.—V. V. H. S.

W. G.—Not to-morrow; next Friday certain. Am in the North.

ONE POUND REWARD.—LOST, on April 15, at Victoria Station, or between Baker-street and Victoria, a long, flexible GOLD BAND BRACELET.—Apply to F. H., 81, Cannon-street, E.C.

FIVE SHILLINGS REWARD.—LOST, between Belgrave-square and Mayfair, on May 18, a BUNCH of KEYS, containing one gilt and one latch key.—Apply to Bramah, 100, Bond-street.

LOST, on Tuesday morning, cream POODLE, not clipped. Answers to "Charlie." Liberal REWARD.—6, Stanhope-place, Marble Arch, W.

INSTITUTE of ACTUARIES' JUBILEE DINNER

《テレグラフ》紙の私事広告欄。1898年5月20日

そのまま写した。その記事は「《イヴニング・スタンダード》の早版」から引用したもので、ホームズも「みんな知りたいんだ」と言っている。一方〈技師の親指〉ではまったく逆のことをして、読者には「この事件については、すでに新聞で何度か報道されたはずだが、一段の半分ほどの記事でひとくくりに書かれただけでは、どうも印象がうすい」と説明する。「新聞の語りでは、さまざまな事実が目の前でゆっくりと展開していき、ひとつひとつの発見ごとに完全な真実に一歩ずつ近づいていって、謎がしだいに解き明かされるという実際の状況とは、程遠いからだ」と言うワトスン自身が書いたほうが、「劇的」になるのだろう。新聞がシャーロック・ホームズ・シリーズと指標的関係を維持し、圧縮された〝新聞の半コラム〟を入り組んだ語り口に組み直すように見える。解読作業という重労働を一手に引き受けると約束したのは語り手ではあるが、読者が暗号の解読法を見抜くのにそれほどの労力は必要ない。意味は〝読者の目の前で徐々に進化し〟、謎は〝ゆっくりと消えていく〟。物語は自力で進む構造になっていて、読者もそれといっしょに運ばれて

上：移動しながら読む。ラドゲイト・サーカスの雑誌売り。1893年。ポール・マーティン
左頁：電気通信網。ホウボーン電話交換局屋上のデリック。1900年頃

いく。

〈独身の貴族〉でホームズは、「ぼくは犯罪記事と私事広告欄しか読まないんだ」と言い、さらに「私事広告欄はいつでも役に立つからね」と続けている。政治のニュースと全国ニュースがホームズの注意を引くことはめったにない。それよりもホームズを養うのは個人広告だ。「『遺失物拾得欄』の最初」（〈緋色の研究〉）や「《デイリー・テレグラフ》の広告ページ」（〈ぶな屋敷〉）、あるいはワトスンが、「カリフォルニア州サンフランシスコ市のミス・ハティ・ドーラン」の結婚話を再現するために新聞記事を追った《モーニング・ポスト》の個人消息から「同じ週の社交新聞」、そしてまた「きのうの朝刊」までの痕跡（〈独身の貴族〉）など。朝刊紙も夕刊紙も、版が更新されるたびに、ひとつの事件を、展開があれば追い続ける。アメリカの文芸評論家スティーヴ・マーカスが指摘したように、ホームズはさまざまな日刊紙を読み、情報に目を走らせ、体系的にファイルし、処理する」のだ。[14]〈ぶな屋敷〉でのホームズは、「朝からずっと黙り込んだまま、次から次へと新聞の広告欄に目を通していた」。

一八五三年に広告課税が緩和されると、新聞社の広告部門は急速に拡大し始めた。とくに《タイムズ》紙は個人広告のコラムを二つに増やし、「家を出た夫への切実な呼びかけ」や「孤独な独り者の悲痛な叫び」などから「苦しみ《アゴニー》のコラムという呼称を得た」[15]。ほかの新聞社も追随し、《リーダー》紙などは《タイムズ》の人生相談選集を『《タイムズ》のロマンス』というタイトルで再発行した。「どんな場所にも存在する現実のロマンスの最も珍奇な例が――警察署内も例外ではなく――明るい昼間の、もの悲しい、象形文字にも似た、それでいて人間的興味に満ちたかたすみで見られる」との解説をつけて。「悲劇、喜劇、茶番劇――愛、悲惨、絶望――失意のどん底からほとばしる情念、家出した子どもたちへ両親からの懇願――絶望的な貧困から逃れようともがき、着々と詐欺をたくらむ――それらがみな、まだ蕾ではあるがいっぷう変わった物語のヒントになる」[16]。ロンドンの日刊紙に掲載される個人広告は、今で言う放送メディアの性質を有しており、ホームズ自身もこれに着目して、うまく利用して

左頁：スコットランド・ヤードの遺失物取扱所。《イラストレイティッド・ロンドン・ニュース》紙。1883年10月13日

いた。〈青いガーネット〉では、まず読者の注意を喚起する。「このロンドンにベイカーなんて人間は何千といるし、ヘンリー・ベイカーという名の人間だって何百といるだろうから、その中のひとりに落とし物を返すというのは、容易なことじゃない」。だがホームズは、ヘンリー・ベイカーが「新聞を注意して見ているはず」だと確信し、彼の帽子とガチョウを返却したいという新聞広告を出す。「こうして彼の名前を出しておけば、知り合いの者から注意されて見ることもあるだろう」と。個人広告は、「わずか数平方マイルの土地に」ひしめき合っている「四百万もの人間」(〈青いガーネット〉)が誰でも自由に見られる場所に公開されているにもかかわらず、対象とする特定に人々の注目を集めることができるのだ。物語の中でホームズが新聞広告を釣り餌として利用するのは、膨大な数の読者と人口密度の高い都会においては実に有効だ。そういう都市では、人や物がいなくなった場合、ふたたび見つけるのは難しい。[17]

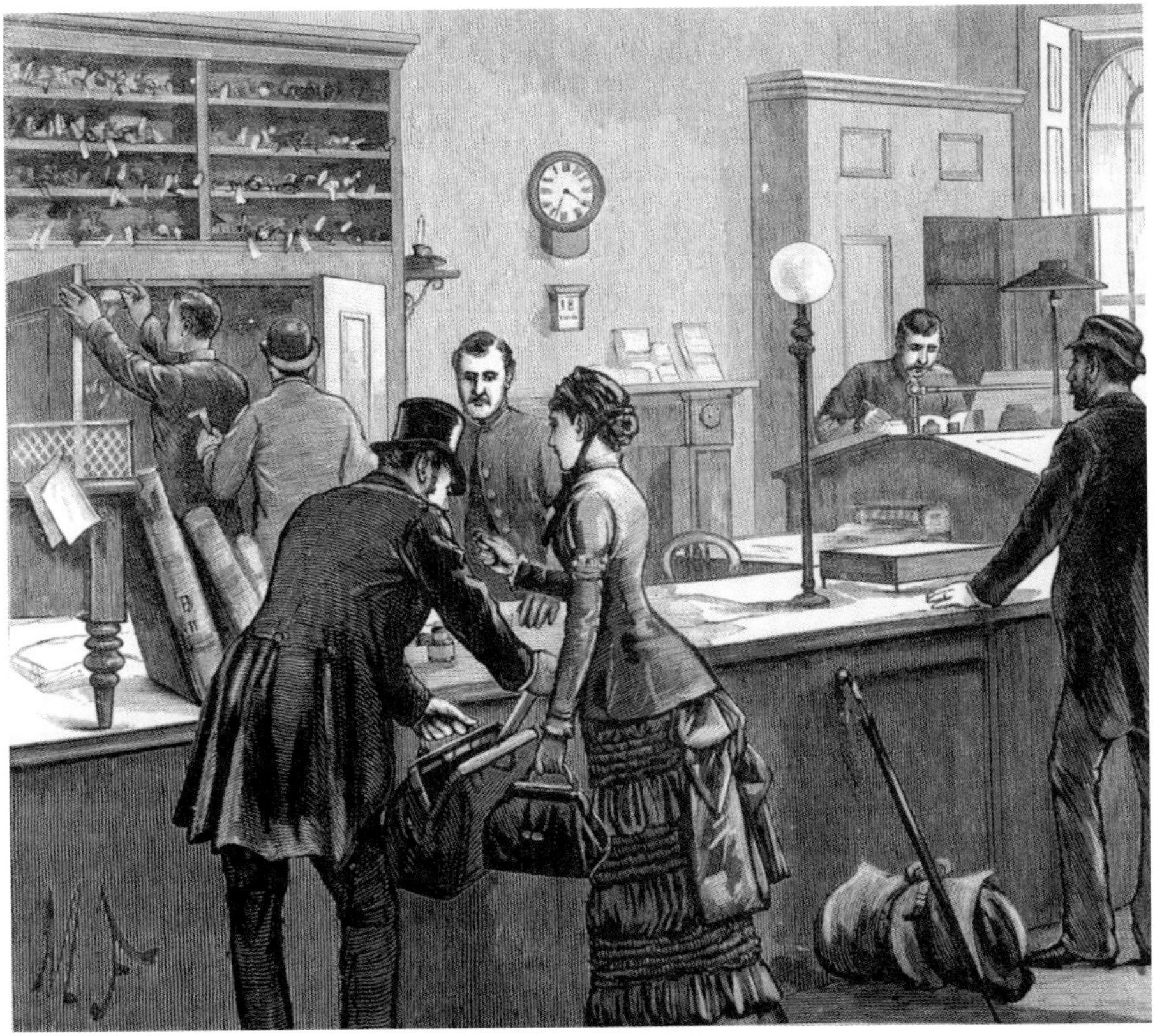

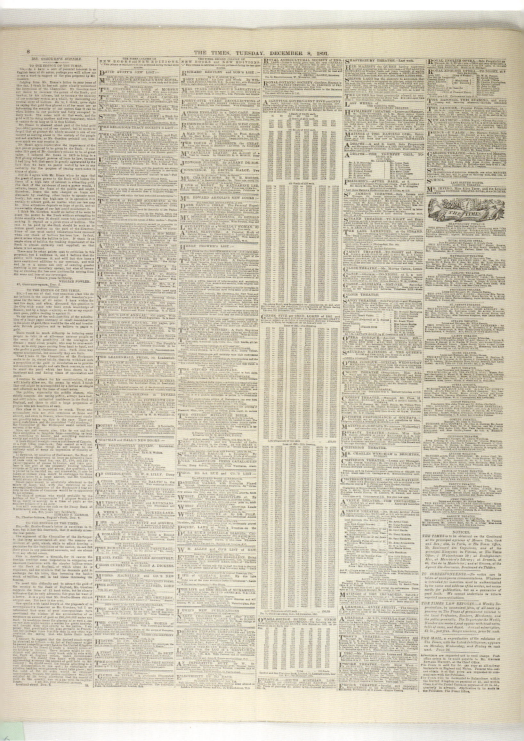

MR. GOSCHEN'S SCHEME.

TO THE EDITOR OF THE TIMES.

Sir,—As I have a sort of parental interest in an English issue of £1 notes, perhaps you will allow me to say a word in support of the plan proposed by Mr. Goschen.

Judging from Mr. Hoare's letter in your issue of this day, I think he has not quite clearly understood the intentions of the Chancellor. Mr. Goschen does not desire to increase the power of the Bank, qua banker, by his scheme, but to increase the security of our monetary system as a whole, by increasing our central store of bullion. He is, I think, quite right in saying that gold thus placed is of far more use as influencing the security of our system than it can be when hidden in our pockets and fully occupied in daily work. The notes will do that work, and the gold will be doing another and very important, which it cannot do so long as it is thus hidden.

Mr. Hoare is alarmed about part of the total gold (one-fifth) passing out of our control, but he seems to forget that at present the whole amount is out of our control as moving about in the custody of the people and not available, as Mr. Goschen pointed out, however much we may require it.

Mr. Hoare again depreciates the importance of the new power proposed to be given to the Bank. I consider this part of Mr. Goschen's scheme to be of great value. I induced Mr. Lowe in 1873 to bring in a Bill giving enlarged powers of issue by law, because I had long felt that panic is greatly aggravated by the fact that we have no power vested by law in any authority for the purpose of issuing more notes in times of alarm.

Nor do I agree with Mr. Hoare when he says that the grant of more power to the Bank will lessen the force of a high rate of interest in attracting gold. The fact of the existence of such a power would, I believe, lessen the fears of the public and might, therefore, lessen the rate charged on loans and discounts by enabling other banks to operate more freely; but once the high rate is in operation it is certain to attract gold, no matter what our law may be. That attraction depends on hope of profit, and no conceivable change of our law could counteract it.

I think Mr. Goschen would do better if he were to grant the power to the Bank without attempting to define exactly when it should come into operation or making it depend on a given store of bullion. The rate to be paid by the Bank should be such as to secure great caution on the part of the directors. Some of our most useful relaxations have occurred when our stock of bullion has been low. In fact, panic arises when the bullion is low. If there is an ample store of bullion the banking department of the Bank is almost certainly well supplied, so that alarm is not aroused.

There may be other points open to criticism in this proposal, but I welcome it, and I believe that the public will welcome it, and will find this issue a most convenient addition to our currency, and will find in it a means not only of securing greater stability in our monetary system, but also of lessening or avoiding the loss now continually arising from the wear and tear of our sovereigns.

I remain yours faithfully,

WILLIAM FOWLER.

47, Grosvenor-square, Dec. 5.

TO THE EDITOR OF THE TIMES.

Sir,—I am one of that very numerous class who do not believe in the expediency of Mr. Goschen's proposal for the issue of £1 notes. I have within the last few days, and often, discussed this question in the City with many who have much knowledge of finance, and by a large majority, so far as my experience goes, public feeling is against it.

To say nothing of the undesirability of the substitution of a large paper currency of small denomination in the place of gold, there would be the old and ineradicable British prejudice not to believe in paper v. gold.

There would be much difficulty in inducing many people to take it at all—some nervous people on the score of the possibility of the contagion of disease; many clean people, who may be over-sensitive, as to dirty paper passing from hand to hand, and who prefer a good wholesome coin. Such ideas may appear sentimental, but assuredly they are facts.

What I take it the Chancellor of the Exchequer seeks to do is, stated briefly, thus—to withdraw such a proportion of the gold in circulation as to provide and maintain an ample and safe Bank reserve, in order to avoid the peril which has been shown to be imminent and real during times of speculation and panic.

I venture to submit for his consideration, if you will kindly allow me, the means by which I think that end might be accomplished by a device as simple and effectual as by the issue of small notes.

The public, especially the middle classes, who chiefly compose the saving public, always have had, and still retain, unlimited confidence in the Bank of England, and there is still a large proportion of people who are hoarders of coin.

This class it is important to reach. Those who accumulate coin are still numerous at home and abroad, and even in France, where Government stocks are greedily taken up, this is the case. There are many cash-boxes, and the proverbial "old stocking," the Chancellor of the Exchequer could unlock and unloose if he will.

Men, aye and women also, like to see and feel their securities in tangible form—something to look at, something to handle, and something moreover easily and readily convertible into gold.

A bank deposit receipt—even a certificate of Consols, or a Post Office pass-book, they cannot or will not comprehend. These things do not convey to the ordinary mind of many an impression of security or reality.

If however, by sanction of Parliament, the Bank of England were empowered to issue an attractive form of bank note or bond for, say, £5, £10, and £20 in value—payable of course to bearer, and (this perhaps is the gist of the proposal) bearing interest coupons at 2½ per cent. per annum, due quarterly, for a period to be decided on, and renewable, it may be taken as certain coin would be exchanged for these bonds or notes to a large amount, and Mr. Goschen would obtain all he desires.

Small paper money is absolutely abhorrent to the minds of many, and with due deference to our accomplished Chancellor of the Exchequer I fear my vote in the House of Commons would be in opposition to his scheme.

The class of persons who would probably be the holders of the "coupon-note" I propose would not be so timid or nervous in a time of panic as the smaller holders of a £1 note.

You will remember the rush on the Penny Bank at Westminster some time ago.

I am, Sir, yours very faithfully,

EDWARD S. NORRIS.

24, Chester-terrace, Regent's Park, Dec. 4.

TO THE EDITOR OF THE TIMES.

Sir,—Mr. Brodie-Hoare's letter is excellent in its way, but it has this drawback, that it entirely misses the real points.

The argument of the Chancellor of the Exchequer is that lying accumulated all over the country are millions of gold, which, while in effect forming a guarantee for the liabilities of the nation, do not find their place in any published accounts, and are absent from any official return.

This is doubtless a blemish, for it causes the foreign creditor some trepidation in comparing our enormous liabilities with the slender bullion return of the Bank of England, of which alone he is cognizant, and the result is that he demands gold in exchange for his bills, thus lessening the bank's stock of bullion, and in bad times increasing the tension.

To meet this difficulty and to attract the gold of the country to the Bank of England, Mr. Goschen suggests the issue of £1 bank notes, but he clearly intimates that he only advocates this plan for want of a better. It is a pity that Mr. Brodie-Hoare did not suggest one. But here is the crux.

One speaks with bated breath of the proposals of so accomplished a financier as Mr. Goschen, but I am astonished that none of your correspondents have questioned the wisdom of the accumulation of so enormous an amount of gold as £40,000,000 under one roof. In troublous times the placing of so vast a sum on one spot might become a matter for grave anxiety, and fraught with dire effects to the nation. I am aware that practically the plan prevails in France, but this perhaps more forcibly than in any other way explains the saying that who holds Paris holds France.

I venture to suggest that the desired result might be obtained as follows:—An Act of Parliament might be passed compelling every bank in the United Kingdom to forward to the Board of Trade a weekly return of its holding in bullion. These returns might be condensed and published every week side by side with the Bank of England return, under Government authority. We should then know with something approaching accuracy the amount of gold held in the country; we should avoid the danger attaching to a vast accumulation on one spot; no disturbance of existing banking arrangements would take place; and the issue of the £1 notes would be rendered unnecessary, because the public confidence would be satisfied by its being convinced that the supply of gold in the country was on a par with its requirements.

I am, Sir, your obedient servant,

Lombard-street, Dec. 5. M.

THE TIMES COLUMN OF
NEW BOOKS and NEW EDITIONS.
*** This column is restricted to Books published during the last three months.

DAVID STOTT'S NEW LIST:—

MRS. FLORENCE SEVERNE'S NEW NOVEL, "UNEVEN GROUND," in 3 vols., is now ready and in circulation at all the Libraries.

THE CUSTOMS and LORE of MODERN GREECE. By RENNELL RODD.

THE CONFESSIONS of JEAN JACQUES ROUSSEAU. Newly translated into English.

NOVALIS: his Life, Thoughts, and Works. Now first Translated into English and edited by J. M. HOPE.

THE TIMES SECOND COLUMN OF
NEW BOOKS and NEW EDITIONS.
*** This column is restricted to Books published during the last three months.

RICHARD BENTLEY and SON'S LIST:—

JOHN LEECH: his Life and Work. By WILLIAM POWELL FRITH, R.A.

MRS. FRANK GRIMWOOD'S NARRATIVE of her ESCAPE from the scene of the recent MUTINY in MANIPUR is now ready.

FORTY-FIVE YEARS' RECOLLECTIONS of SPORT. By JAMES HENRY CORBALLIS. Edited by ARTHUR T. FISHER.

GARRICK THEATRE.
Lessee and Manager, Mr. John Hare.

NOTICES.

THE TIMES is to be obtained on the Continent at the principal agencies of Messrs. Thos. Cook and Son; also, in Paris, at The Times Office, 35, Boulevard des Capucines, and at the principal Kiosques; in Vienna, at The Times Office, 1 Walfischgasse 10; at Boulogne-sur-Mer, at Merridew's Library; at Brussels, at 46, Rue de la Madeleine; and at Geneva, at the Agence des Journaux, Boulevard du Théâtre.

TO CORRESPONDENTS.—No notice can be taken of anonymous communications. Whatever is intended for insertion must be authenticated by the name and address of the writer, not necessarily for publication, but as a guarantee of good faith. We cannot undertake to return rejected communications.

THE TIMES LAW REPORTS.—A Weekly Reproduction, in convenient form, of all cases appearing in The Times of permanent interest to the Legal Profession, Bankers, Merchants, and the public generally. The Reports for the Weekly Number are revised, and appear with head notes, table of cases, and digest. Annual subscription, £1 5s., post free. Single numbers, price 9d. each.

THE MAIL, a reproduction of the substance of The Times, with the Latest Intelligence, appears on Monday, Wednesday, and Friday in each week. Price 2d.

Advertisers are requested not to send stamps. Post-office orders to be made payable to Mr. GEORGE EDWARD WRIGHT, at the Chief Office.

The Times is sold for 3d. per copy at all railway bookstalls in England and Wales. Persons who cannot obtain it at that price are requested to communicate with the Publisher.

The Times will be forwarded to Subscribers within the United Kingdom on payment of £1, and within Class A of the Postal Union on payment of £1 8s. 6d., quarterly in advance. Application to be made to the Publisher, The Times Office.

実際、十九世紀の都市では、しょっちゅう物がなくなった。スコットランド・ヤードとロンドンの鉄道の主な終着駅には、すべて遺失物取扱所があった。一八九五年、ウィリアム・フィッツジェラルドは《ストランド》に記事を書くために、これらの遺失物取扱所を全部回った。記事によれば、グレイト・イースタン鉄道会社遺失物取扱所には引き取り手のない遺失物が山積みになっているという。内訳は、ハンドバッグ一四〇個、大きな本のケース五個、ブーツと靴四五九足、シャツの襟とカフスと胸当て六一四個、縁なし帽子二五二個、鹿打ち帽五〇五個、片方だけの手袋二〇〇〇枚、婦人用縁あり帽子と縁なし帽子二三〇個、ブラシと櫛九〇本、パイプ二六五本、財布一一〇個、煙草入れ一〇〇個、杖一〇〇六本、靴下とストッキング三〇〇足、タオル一〇八枚、ハンカチ一七二枚、傘二三〇一本。[18]

　情報文化が加速する社会において、効率的な符号化はますます強く求められるようになる。「人間がこれだけ密集して」（〈青いガーネット〉）いる中で、個人の居場所と身元を短時間のうちに特定することは、いっそう困難になった。[19]同時に、メッセージを伝達する方法はどのようなものであれ費用がかかるので、情報を圧縮する技術が急速に発達した。新聞の個人広告には暗号や符号の形で圧縮された

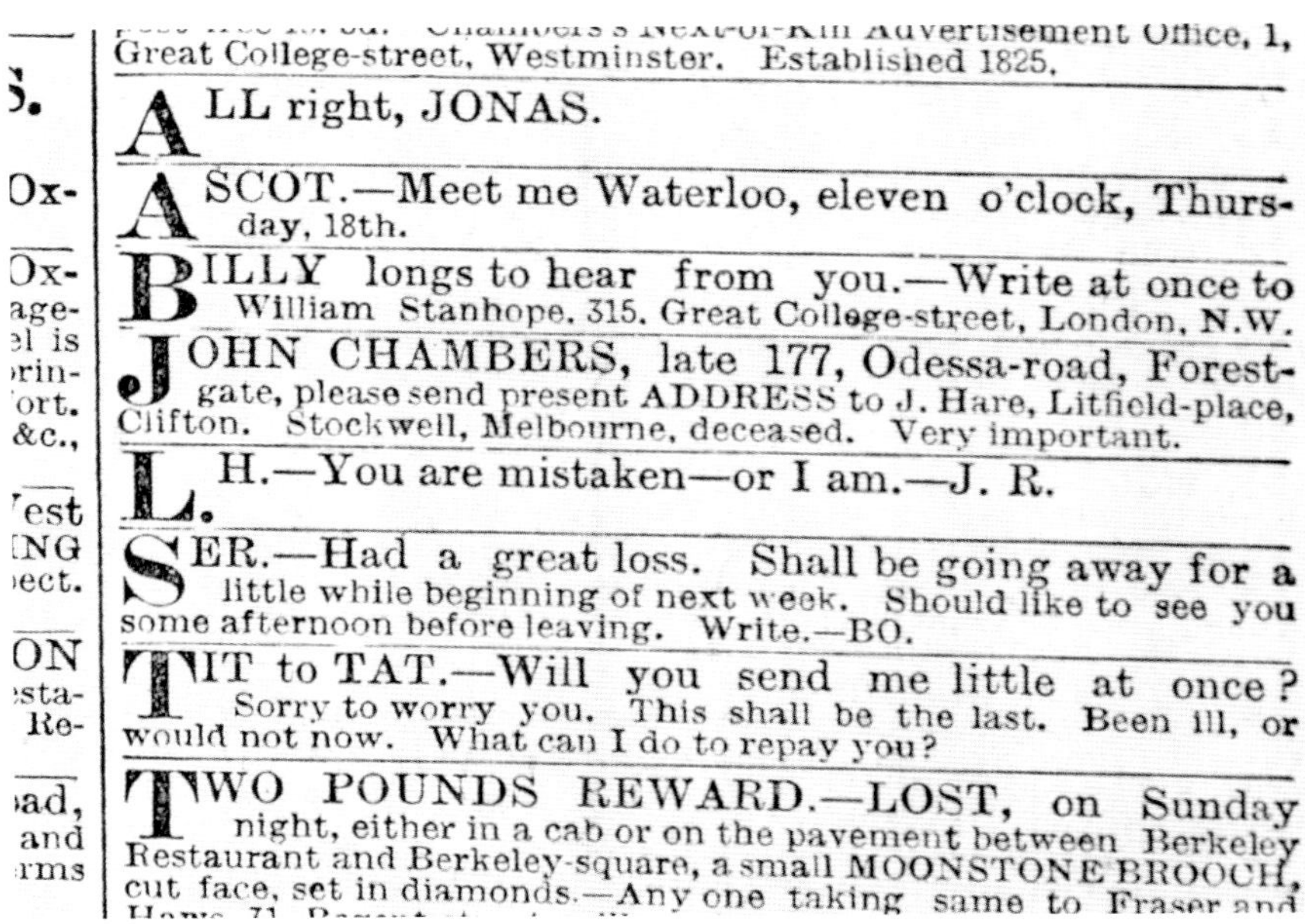
Chambers's Next-of-Kin Advertisement Office, 1, Great College-street, Westminster. Established 1825.

ALL right, JONAS.

ASCOT.—Meet me Waterloo, eleven o'clock, Thursday, 18th.

BILLY longs to hear from you.—Write at once to William Stanhope, 315, Great College-street, London, N.W.

JOHN CHAMBERS, late 177, Odessa-road, Forest-gate, please send present ADDRESS to J. Hare, Litfield-place, Clifton. Stockwell, Melbourne, deceased. Very important.

L. H.—You are mistaken—or I am.—J. R.

SER.—Had a great loss. Shall be going away for a little while beginning of next week. Should like to see you some afternoon before leaving. Write.—BO.

TIT to TAT.—Will you send me little at once? Sorry to worry you. This shall be the last. Been ill, or would not now. What can I do to repay you?

TWO POUNDS REWARD.—LOST, on Sunday night, either in a cab or on the pavement between Berkeley Restaurant and Berkeley-square, a small MOONSTONE BROOCH, cut face, set in diamonds.—Any one taking same to Fraser and

右頁:《タイムズ》の私事広告欄。1891年12日8日付け

上:《テレグラフ》の個人広告欄。1891年6月17日

情報が集まっていた。一八八一年に《タイムズ》の個人広告選集を出版したアリス・クレイは、次のような例を挙げている。「アルファベットの文字を数字に置き換えたものは、容易に解読できる」が、「アルファベットを少しだけずらして表記した広告もある。Bと印字された文字をひとつずらしてCと読むのだ。この法則に従えば、"head"は"if be"となる」この記述どおりの広告が、一八六四年六月二十三日（第一三八七）に掲載された。「Alexander Rochefort reported dead. I saw you yesterday, Moate vainly searched ten years.（アレキサンダー・ロシュフォートの死亡が伝えられた。私はきのうあなたを見かけた。モエートの十年間の捜索は無駄だった）」[20]。続けて、「第一七〇一と第一七〇五の広告でもアルファベットが変えられている。こちらはもっと巧妙に。書かれた文字の代わりに、ふたつあとの文字を入れるのだ。最初はこのように読める。"Umbrella. Dear Fanny meet your distracted friend beneath the willow by the lake. Row under the stars. Common sea-breezes. Feather-weight. Yours, Bicycle."（傘。親愛なるファニー、湖のそばにある柳の下で、注意散漫な友人に会うように。ありふれた海風。羽のように軽い。敬具、自転車）」[21]。アリス・クレイによれば、「一見、難解と思われるものも、少しの忍耐で、一般の新聞記事に使われている平易な英語と同じように、難なく読めるようになる」という[22]Umbrella（傘）とBicycle（自転車）がここでしていることは、とうてい「平易」とは言えないし、たとえクレイが暗号を解読したとしても、このようなメッセージの多くはごく個人的なものであって、その意味を完全に理解することはできないだろう。

一見したところ難解なものを読むには忍耐が必要であり、ホームズの場合は「パイプでたっぷり三服ほど」の時間を必要とする〈赤毛組合〉とともに、読者のかわりに「ひたすら細かく意欲的な捜査」〈アビィ屋敷〉を行った。しかし、ホームズ物語が発表された時代は、新たな経済的集中と散漫の中にあって、読者もまた中程度の教養で手軽に読める物語で気晴らしをしていたし、同時に、細部の重要な情報を覆い隠されることに喜びを覚えていた。〈花婿の正体〉の中で、ホームズはワトスンに言う。

「（きみは）どこを見るべきかを知らないから、大事なところをみな見落としてしまうんだ」。もしワトスンが、誤った方向へ導くような語り方をしていたとしても、ホームズの「細かなことに対する観察力と鋭い推理力（〈入院患者〉）」が重要な細部からそれることはめったにない。〈四つの署名〉では、「自分が手がけた事件は、細かい点まで明らかにしておきたいと思っている」と言うが、事件の解決に関わる「忍耐強い」作業がどのくらいの期間行なわれたのかはっきり説明されることはなく、ホームズは関連する情報をすばやくと省略し、解答を組み立てて、推理の過程を加速する。また、「ご存じのとおり、ぼくはいつも細かい点に注意を払う」（〈ノーウッドの建築業者〉）とホームズは言うが、読者は細部が重複していたり、誤った方向に導かれたりする場面を見ることは、まずない。その結果が、電報並みの圧縮であり、速度であり、方向である。どの物語も長すぎず、現実の情報伝達にありがちな「雑音」と冗長を排除することによって成功した。

暗号には細心の注意が求められるが、いったん「砕かれ」たり「破られ」たりすると、情報の核心

コナン・ドイルは自分の創造物にとらわれ、ホームズから解放されない。《パンチ》誌1926年5月号。サー・バーナード・パートリッジ画

を運んだ使用済みの伝達手段として廃棄されることもある。ホームズの物語では、暗号の解読が事件の謎そのものの解決とよく似ており、ときには同じ範疇に属している。暗号と同じく探偵小説にも鋭い観察力が求められるが、いったん事件が解決すれば、簡単に捨てられ、忘れ去られる。ワトスンも読者もホームズがどうやって事件を解決したのか充分に理解していないうちに、ホームズはコートを着て、時刻表で帰りの列車を調べていたりする。コナン・ドイルが思いついたのは、基本的に短命な構造は成長や教養についてではなく、きわめて重要な情報が集められ、あるいは発見されるまで物語を加工し、消費するというものだった。それらは知識を積み重ねるというより、情報を読み解くことについての物語だ。ホームズは事件を消費し、駆け抜けでは、ただ次の事件を求めているように見える。「ぼくの頭脳は……問題がほしい。仕事がほしいんだ。とびぬけて難しい暗号でもいい」（〈四つの署名〉）。彼は気晴らしであるはずの「暗号文」にやみつきになり、とりつかれ、それでも決して満足することはできないのだ。そして商品としてのシャーロック・ホームズ物語は、読者に気晴らしを与え、次の作品を切望させるくらいには読者の集中力を求めている。

新聞が基本的に短命であるなら、人生相談欄や「遺失物取得物欄」や広告紙はたしかに新聞の最も短命な部分だと言える。それらはつねに消費されつづけ、あとに何も残らないものとして、探偵小説の短命を反映している。だがコナン・ドイルの物語は、使い捨て文化に身を任せまいと抵抗する。新聞広告が短命であること、伝達手段としての暗号が偶発であることとは逆に、ホームズの物語には別の種類の新聞がある。それは使い捨てにされず、それどころか大切に保存されている。ホームズは新聞をむさぼり読み、それをすぐに捨ててしまうが、一方「糊の刷毛」を手にして」（〈赤い輪団〉）、スクラップブックを作っている。そのコレクションには、《デイリー・テレグラフ》や《スタンダード》、《デイリー・ニューズ》などの記事（〈緋色の研究〉）があるのだ。そうした公文書を保管する役割は、ホームズのこともあるし、ワトスンのこともある。ワトスンは〈株式仲買店員〉で、「古い記録をひっくり返して、

左頁：終わらないホームズ——〈シャーロック・ホームズの生還〉。《コリアーズ》誌1903年9月号の表紙。フレデリック・ドー・スティール画

IN THIS NUMBER—"THE RETURN OF SHERLOCK HOLMES"
Beginning a New Series of Detective Stories by A. CONAN DOYLE
Collier's
Household Number for October
VOL XXXI NO 26
SEPTEMBER 26 1903
PRICE 10 CENTS

これまでの成果を分類していた」とホームズに言う。「この分厚い備忘録（抜き書き帳）」〈技師の親指〉）はベイカー街の書棚に、『大陸地名辞典』や『ロイド船舶登録簿』、『貴族名鑑手引き書』などの参考資料といっしょに並んでいる。

「分厚いスクラップブック」（〈赤い輪団〉）は、ホームズにとって最も重要な情報源だ。〈ボヘミアの醜聞〉でホームズはワトスンに「すまないが索引帳で（アイリーン・アドラーのことを）調べてくれないか」と言い、ワトスンはこう書いている。「長年にわたってさまざまな人物や事件に関する要点を記録し、整理してきているので、どんな事物や人名をもちだされても、彼はすぐに情報を引き出せる。このときもわたしは、あるユダヤ教のラビの名前と、深海魚についての論文を書いた海軍参謀中佐の略歴のあいだに、アドラーの記録を見つけることができた」。記録保管所並みの博識を誇るホームズは、日刊紙を熱心に消費し、斜め読みしたあとに投げ捨てるホームズと、補完関係にあると言えよう。新聞を保存しておきたいと望むのは、おそらくコナン・ドイルが自分の身のまわりにある印刷物の大衆文化に感じる不安を表わしている

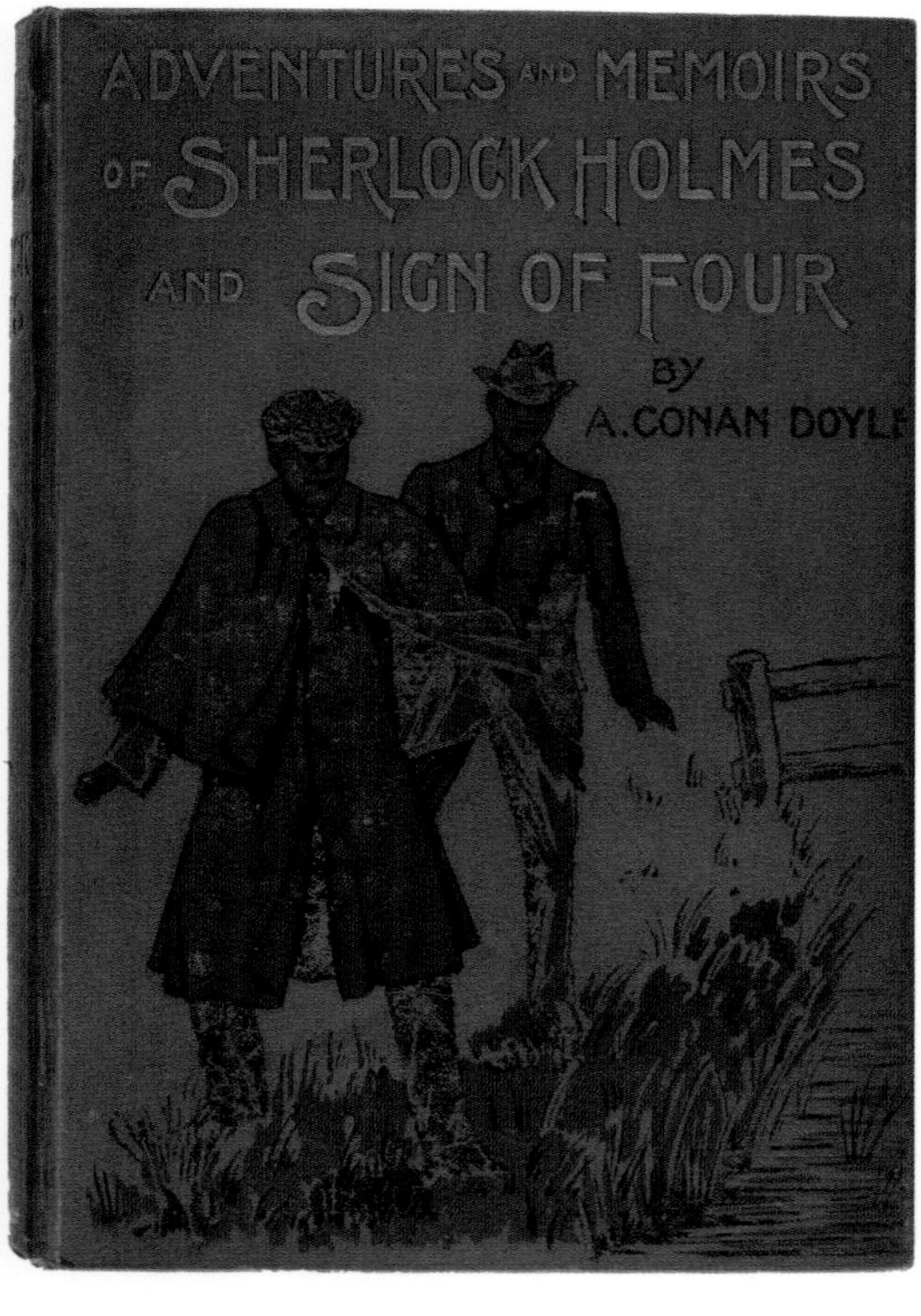

コナン・ドイルによるホームズものの長篇第2作と初期の短篇2作を収めた海賊版の表紙絵。プレストンのジェイムズ・アスキュー・アンド・サンズ社。1900年

のだろう。ホームズが新聞記事をスクラップするのは、一般に言う「整理整頓」と似たようなところがある。〈マスグレイヴ家の儀式書〉でワトスンは、「備忘録に新聞の切り抜きを張りつける作業が終わったのなら、これから二時間ばかりかけて、部屋をもう少し住みよくしたらどうだ、とホームズに提案」し、ホームズはそれにしぶしぶ従っている。

ベイカー街二二一Bの隅に溜まっていく新聞紙を有益な情報源に変えようという考えは、物語そのものが読み捨てで忘れられていくのと、反対の動きと言える。それぞれが本来忘れられていくものであるということは、《ストランド》そのものも同様である。ホームズ物語の中の話を記憶し、保管し、分類し、保存しようという行為は、電報で何かを伝えるという行為とは反対のものだ。迅速で重さのない電気パルスは、「茶色の分厚い本」である大陸地名辞典（〈ボヘミアの醜聞〉）とホームズの書棚に並んでいる分厚いスクラップブックの、対極にある存在だ。迅速さが緩慢さに対抗する……そのコントラストが、おそらくシャーロック・ホームズをめぐる当時の状況を理解する手立てになるのではなかろうか。十九世紀末の新しい印刷文化に対するコナン・ドイルの不安が、ホームズを捨て去ろうという考えを生んだ。しかし実際にはもちろん、捨て去られなかった一冊ずつの《ストランド》は図書館や学校、あるいは個人によって合本となり、個人の家庭では本棚に並べられて、繰り返し読まれたのだ。ホームズ物語はシリーズものの書籍としてまとめられ、何度も再刊された。ただ、中身をまとめて製本されても、個々のストーリーは廃棄される可能性も交換される可能性も持ち続けているのである。

ホームズの物語が、コナン・ドイルの言うように「もっと価値のあることから気持ちを散らしてしまう」ものだとしても、逆説的ではあるが、この不安こそが不変性と持続性を保証しているのだ。ホームズ物語はある段階で、さらに加速する情報文化にどうやって対処するのかという難問を突きつけてくる。一番の対策はなんだろう――速読か、それとも遅読か？　不変性のあるものはすべて新聞の短命さから救われるのか？　シャーロック・ホームズの探偵小説は、読んだあとに消えてしまうのか？　もちろん現実には消滅しておらず、今もわれわれの文化を席巻しつづけている。だがそれは、コナン・ドイルがおそらく意図せずしてホームズ物語の再現性に強い不安を抱いていたからだとも言える。物語は置き換え可能という論理の元に動いており、それは符号と暗号の論理なのだが、《ベイカー・ストリート・ジャーナル》をつくったエドガー・W・スミスが一九四四年に「時代を超えた、不老の男」[23]と呼んだ探偵が、なぜ永遠の命をもっているか、読み解くための秘密の暗号でもある。

ある暗号が、置き換えという暗号法に頼っている場合——ひとつの文字を別の文字と置き換える、あるいはひとつの単語を別の単語と置き換える——置き換えもまた、ホームズ物語において繰り返し現れる主題だ。〈ぶな屋敷〉では、ある人物が置き換えられ、別人がいた場所に座り、〈株式仲買店員〉ではホール・パイクロフト氏が別人と入れ替わり、〈空き家の冒険〉ではホームズ自身が、

人々の注意を引く。ロンドンの新聞売り子の絵葉書。1905年頃

世話好きなハドスン夫人が操るフランス製の「蠟人形」と入れ替わる。だが、この置き換えの論理は部分的な例を超えて、定着している。いわば「シャーロック・ホームズ」という現象を構成する、五十六の短篇と四つの長篇の多くを読んだ読者は、どの作品で何が起きたか正確に思い出すことも、どういう順序で作品がつながっていたか思い出すこともできないだろう。ところが不思議なことに、ある物語と次の物語との断絶こそが、物語の持続性を強く訴えるのだ。消費されるべく企図され、連載読みものではないが、だからこそホームズ物語は始まりと終わりのある続きものとしては展開しない。その代わりホームズは永久運動を始め、物語は際限なく再読され、あるいは再編される。ひとつの物語が別の物語と入れ替え可能なのは、それらがすべて同じ過程で謎を解くからだ。[24]

ホームズの事件には発生順や線上の年表がなく、その事実により、コナン・ドイルが発見したように、ホームズを切り捨てるのは不可能なのだ。ホームズには、文字どおり「終わりがない」。不死の状

ファッショナブルに変身？　シャーロック・ホームズ役のベネディクト・カンバーバッチ

態のまま、印刷、劇場、ラジオ、映画、テレビといったあらゆるテクノロジーを通じて修正され、戻ってくる。繰り返し議論されるホームズの「不変性」は、反動的な懐かしさというより、物語それ自体が予想外に近代的でもあったことによるものだろう。アブルストゥエス大学映像テレビ学教授マット・ヒルは、「ホームズは善意のブルジョア階級を象徴している」と言う。「使用人と事件の記録係とプロレタリア階級の助っ人がいて、事件を解決するごとに報酬を得る。頭のてっぺんから爪先まで、いかにも有能そうな身なりだ」と。また、スティーヴン・モファットとマーク・ゲイティスが二〇一〇年に製作したBBCのヒット作『SHERLOCK』については、陰気に警告している。「あのような作品展開が、実は文化的不変性の価値体系にひきこもってしまうことを、われわれは見逃している。たとえ見かけはきりっとしたスーツにたっぷりした裾のコートでファッショナブルに変身していても」[25]

だが、私にはそんなふうに思えない。ホームズの物語をマスメディアの歴史という文脈で解釈し、ある意味でつねに短命であることを「反動的」だと悲観するような読みかたでは、どこまでいっても満足のいくものは得られない。ホームズ物語が描いてきたのは、ファッションがさらに多くの人々にとって気軽に入手できるようになった瞬間のすべてだとしても、ベネディクト・カンバーバッチのシャーロック・ホームズが、「見かけだけ着飾って……（しかも）……ファッショナブル」だとは言えない。シャーロック・ホームズは、一八九〇年代にとても「流行して」いたし、シャーロック・ホームズ現象は、ずっと影響力をもち、動きつづけ、流通し、決して「終わらない」からこそ喜ばれ、望まれる、短命な商品の象徴でありつづけた。この見解は、商品の真髄は移動する「物」であるというマルクスの定義に今も頼っているが、ホームズを読むのが「ブルジョア」であるという悲観的な解釈には抵抗を感じる。なぜなら、ホームズ物語の役目のかなりの部分を占める、余暇と読書を大衆化する過程の重要さを割り引いて考えるのは、まだ早すぎるからだ。「反動的ブルジョア」と解釈してしまうと、物語が新たに出現した大衆や短命な印刷文化と出会うことや、十九世紀末の気晴らしと余暇と楽しみについての新解釈との出会いを、妨げてしまうのではないだろうか。

二十一世紀になってもなお、「もっとも重要」なのは、「数多くの事実のなかから、どれが偶然の事柄でどれが重要な事柄なのかを見分ける能力」であり、日々新しい物が生まれているインターネットメディア文化において、我々の「精力と注意力は消費されるばかりで、集中させることができない」(〈ライゲイトの大地主〉)という危険にさらされていると思われる。この複雑な手法によって、シャーロック・ホームズ物語は我々の集中力を要求し、われわれに気晴らしを与える。それは今も加速する情報社会における執拗なリズムと反撃のリズムに調和するよう、われわれを鍛えてくれる。なぜなら、十九世紀末の強烈な近代性から、それほど遠く離れていないからだ。

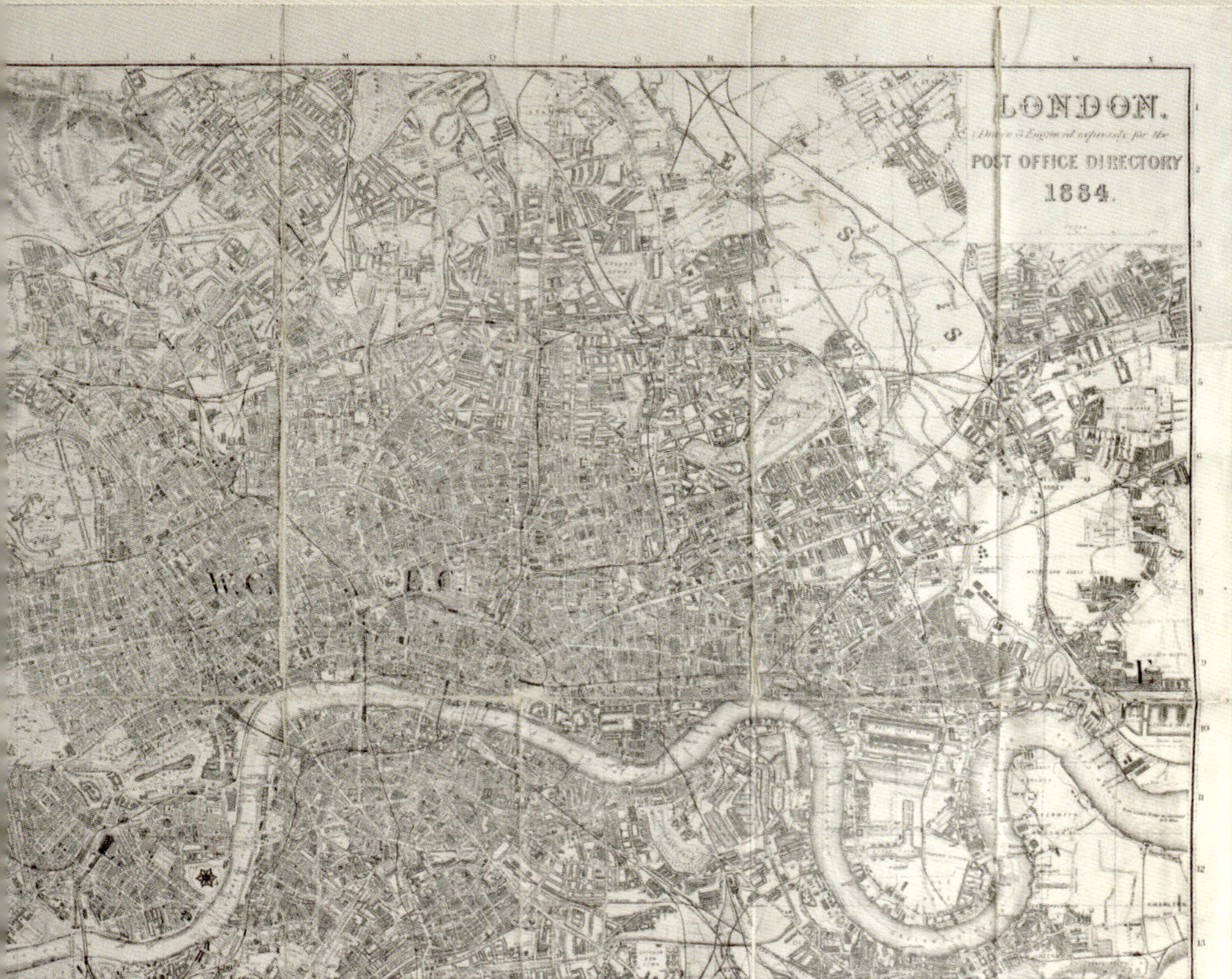

ロンドン地図：郵便地区要覧

ロンドン地図：郵便局要覧として線画と彫刻で明確に作られた。ケリー社.。1884年。

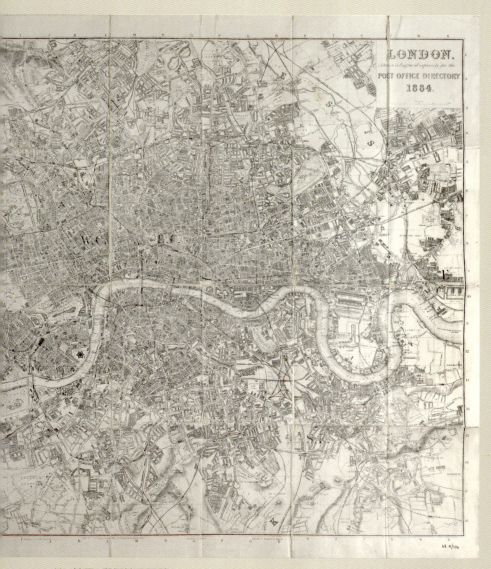

「流行のロンドン、ホテルのロンドン、劇場のロンドン、文学のロンドン、商業のロンドン、そして海運のロンドン。わたしたちは次々とロンドンのいくとおりもの顔を見たあげく、安アパートがひしめき、ヨーロッパの流れ者たちのにおいが濃い、川べりの人口十万ほどの街に来た」〈六つのナポレオン像〉

シャーロック・ホームズのロンドン地図

ホームズが登場する最初の長篇２作——〈緋色の研究〉と〈四つの署名〉——を書いたとき、コナン・ドイルはロンドンのことをあまり知らなかった。ホームズとワトスンがロンドン市内を縦横無尽に移動する構想を可能にするため、彼は郵便局用のロンドン地図を使った。ロンドンの規模と複雑さを考慮すると、数千の街路や路地だけでなく、無数の橋や鉄道駅などの地理的配置を備えた地図が必要だった。首都は急速に変化するので地図はつねに更新されなければならないが、特に鉄道網の拡張に伴う新郊外地域の変化は著しかった。チャールズ・ブース製作の『ロンドン貧困分布地図』は、市内すべての通りの住人を収入と社会階級で識別し、色分けしたことで知られる。社会階級は８種類の色で識別された。黒く塗られた通りの住人は、「最下流階級。たちが悪い、犯罪者予備軍」、黄色と金色の通りの住人は、「上位中流階級と上流階級。富裕層」だった。

2　チャールズ・ブース製作の地図：ピカデリー・サーカス界隈

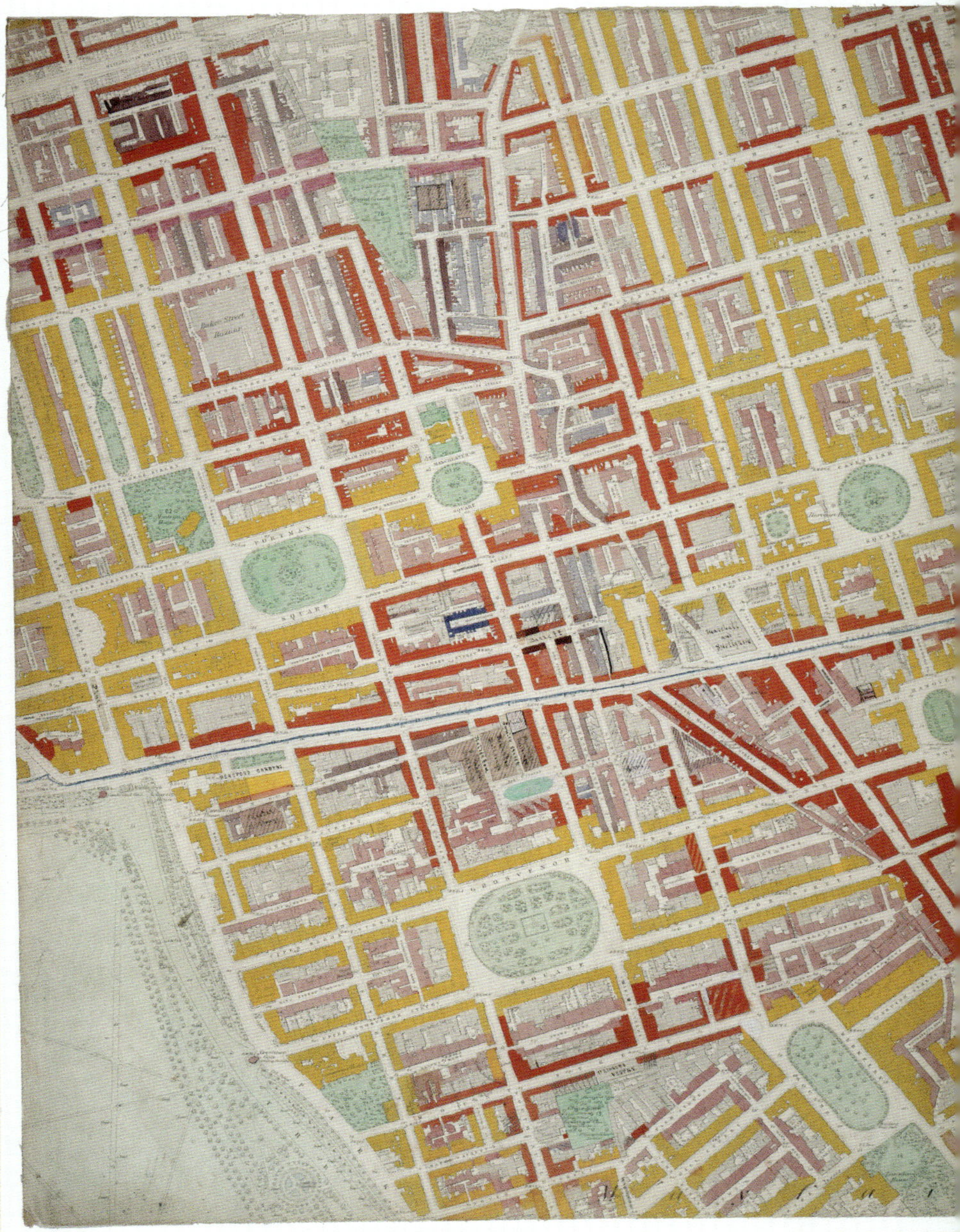

1　チャールズ・ブース製作の地図：ベイカー街周辺

チャールズ・ブースが彩色した『ロンドン貧困分布地図』の原本。1888〜91年

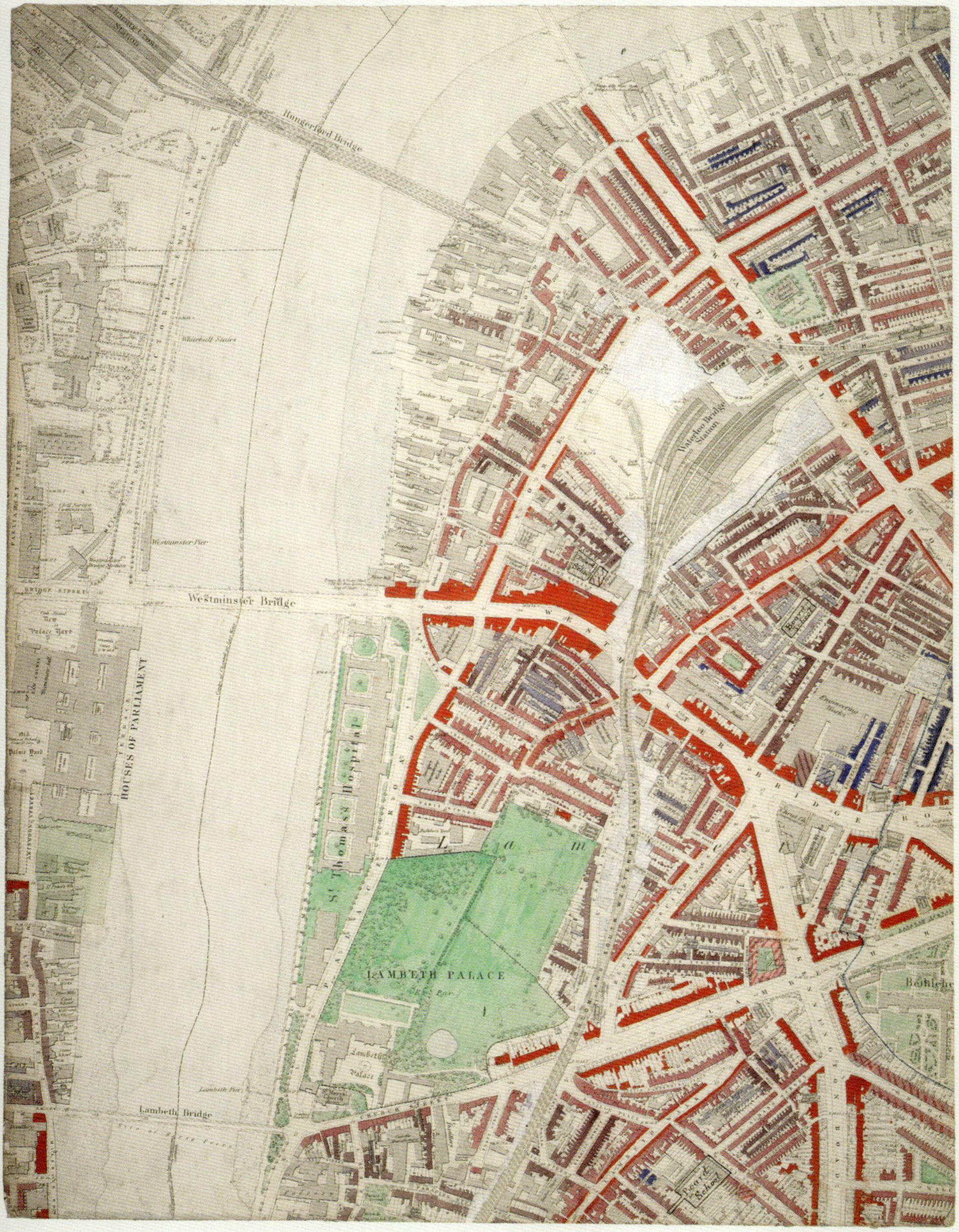

4　チャールズ・ブース製作の地図：ランベス地区

3　チャールズ・ブース製作の地図：ウェストミンスター

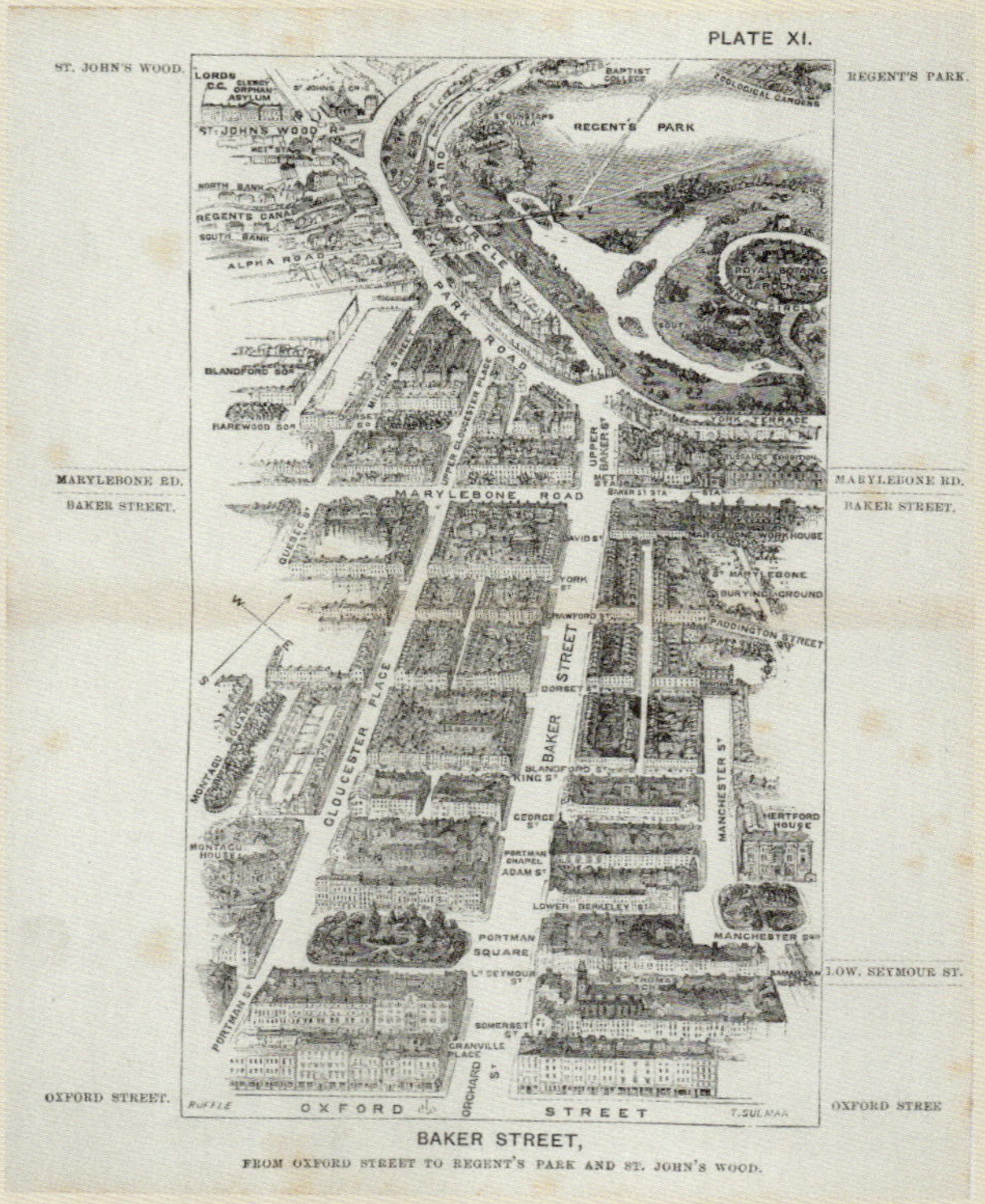

ベイカー街の鳥瞰図。『ハーバート・フライのロンドン』より。1887年。

「ロンドンについて正確な知識を持つのが、
ぼくの趣味のひとつなのさ」(〈赤毛組合〉)

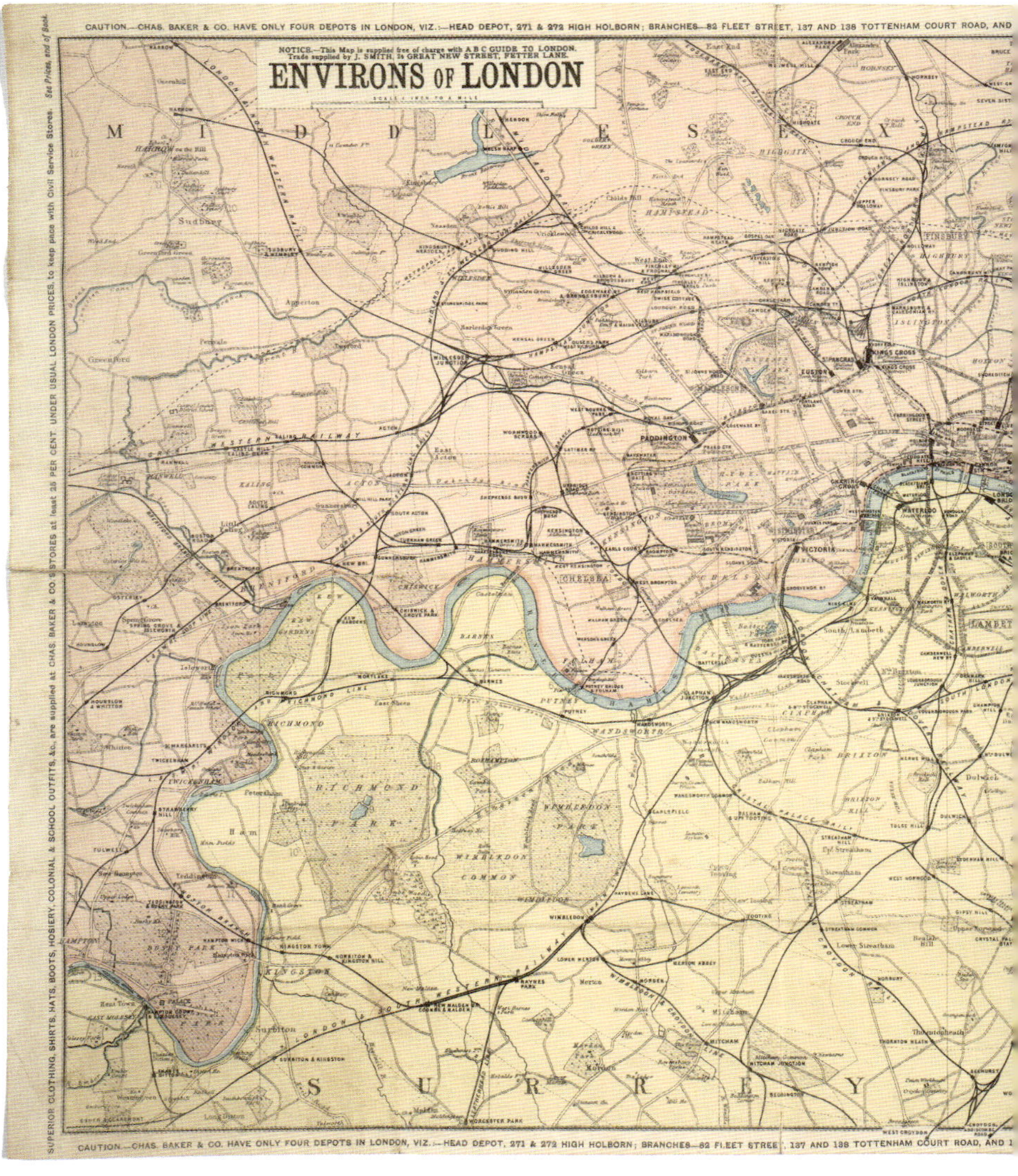

チャールズ・ベイカー製作:ロンドン広域図

チャールズ・ベイカー製作の『ロンドン広域図』。『ロンドンABCガイド』より。1884年

MAP OF LONDON.
5TH EDITION.
HIGHBURY
CANONBURY
BARNSBURY
ISLINGTON
HOXTON
KINGSLAND
DALSTON
HOMERTON
HACKNEY
HAGGERSTON
KINGS CROSS
GOWER ST STATION
PORTLAND ROAD
BLOOMSBURY
BARBICAN
WHITECHAPEL-MILE END
ST MARYS
WHITECHAPEL
ALDGATE
ALDGATE EAST
SHADWELL
MARK LANE
MONUMENT
MANSION HOUSE
BLACKFRIARS
TEMPLE
CHARING CROSS
OXFORD CIRCUS
PICCADILLY CIRCUS
BOND ST
WESTMINSTER
HYDE PARK CORNER
ST JAMES PARK
VICTORIA
PIMLICO
LONDON DOCKS
WAPPING
ROTHERHITHE
DEPTFORD ROAD
NEW CROSS
PECKHAM
CAMBERWELL
STOCKWELL
CLAPHAM
CLAPHAM COMMON
BRIXTON
PECKHAM RYE
NUNHEAD
ENTERED AT STATIONERS HALL
RAILWAYS PROPOSED
ROUTES OF OMNIBUSES RUN IN CONNECTION WITH DISTRICT RAILWAY

ロンドンの地方鉄道地図第5版。1892年頃

無声映画のシャーロックたち
ホームズと黎明期の映画

ナタリー・モリス

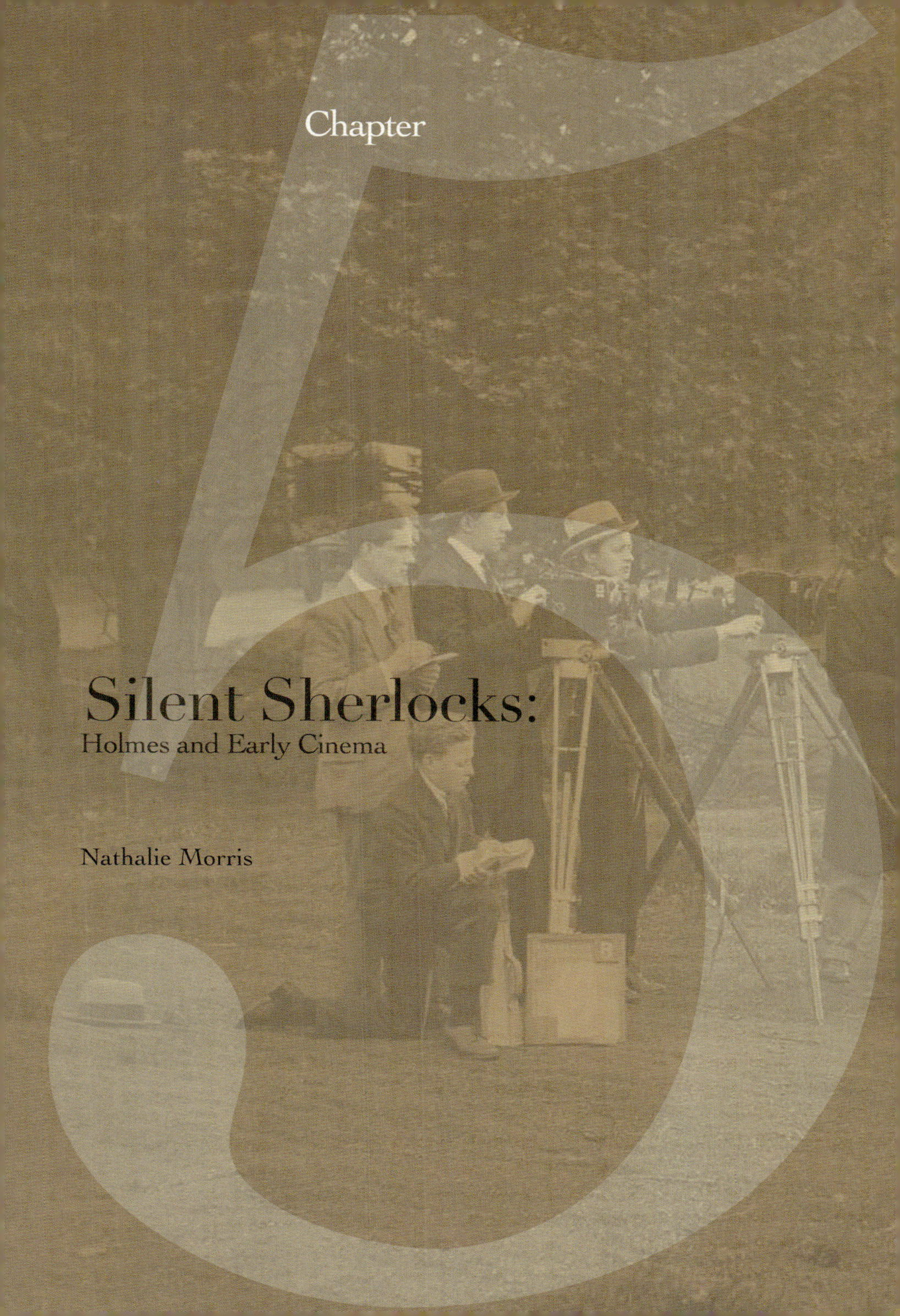

Chapter 5

Silent Sherlocks:
Holmes and Early Cinema

Nathalie Morris

シャーロック・ホームズは、いつの時代も銀幕に愛されてきた。彼の功績をもとにした数多の舞台劇やラジオ番組は言うに及ばず、映画やテレビドラマは数百本もつくられてきた。さまざまなメディアを渡り歩くだけでなく、シャーロック・ホームズというキャラクターは大陸をも越えた。その名前は国際的に認知されており、輸出する価値のある文化となっている。最近の映画、『シャーロック・ホームズ』（二〇〇九年）および『シャーロック・ホームズ　シャドウゲーム』（二〇一一年）の成功と、ホームズをみごとに二十一世紀によみがえらせた、現在も放映中のBBCテレビシリーズ『SHERLOCK』（二〇一〇年放映開始）の人気ぶりは、初めて印刷物に登場してから一二五年以上を経てもなお、シャーロック・ホームズの魅力が衰えていないことを示している。

その一方で、よく知られている話だが、サー・アーサー・コナン・ドイルは、みずからが創造した偉大なキャラクターに対する愛情を失っていた。一八九三年には、〈最後の事件〉でホームズを殺してしまおうとするが、十年後にはやむを得ず生き返らせる。そのころには、ホームズはその創造主から完全に独立した出版物や舞台や映画で、すでにひとり歩きを始めていたのだ。《ストランド》誌に掲載されたシドニー・パジェットの挿絵が、早い段階でホームズのイメージを固定し、それ以降の肖像を形づくった。また華々しい成功を収めた *Sherlock Holmes: A Drama in Four Acts*（一八九九年初演）の戯曲を書き、主演した、アメリカの俳優ウィリアム・ジレットの演技も同様である。当時からコナン・ドイルがこの世を去る一九三〇年七月までのあいだに、新しいメディアである映画が発達し、数え切れないほどのシャーロックが、さまざまなかたちで翻案され、パロディとなり、模倣された。

本章では、ホームズが初めて映画に登場してからコナン・ドイルの死までの期間に製作された、初期のホームズ映画を見ていく。そしてコナン・ドイルの原作の重要性、《ストランド》のパジェットの挿絵、初期の映画でホームズを演じたジレットの影響について考察する。幅広い国際映画の中から、映

左頁：エイル・ノーウッドとサー・アーサー・コナン・ドイル。ドイルはノーウッドの演技を「みごとだ」と讃えた。写真は、1921年9月27日、トロカデロの舞踏場で開かれたストール社の年次総会祝宴で撮影された

画製作者たちがホームズという人物をどのように描いたのか、それに対してコナン・ドイルが折に触れてどんな感想を漏らしたのかを、探っていく。コナン・ドイルの存命中は著者公認の翻案ものがつくられたが、その後はホームズというキャラクターだけを取り上げてまったく別の状況に置いた映画が、大量につくられた。特に後者を中心に、さまざまな手法が研究され、原作の冒険をもとにつくられたイギリス製（あるいは英仏共同製作）作品は、コナン・ドイルの承認を得て脚色された。その中で最も重要な作品が、一九二一年から一九二三年のあいだにストール・ピクチャーズによって製作された、長篇二本と短篇四十五本であることは間違いない。これらの作品群により、エイル・ノーウッドの演技が象徴的なホームズをつくり、探偵小説を銀幕で語る高度な手法を確立したのだ。

ホームズ作品が映画に翻案されているあいだずっと、とぎれとぎれではあるが、コナン・ドイルはホームズ物語を書き続けた。最後の作品となった〈ショスコム荘〉が出版されたのは一九二七年で、ホームズが初めて出版物に登場してから四〇年後のことだった。つまり、コナン・ドイルがヴィクトリア時代を舞台にしてホームズの

1899年の舞台劇『シャーロック・ホームズ：四幕の劇』でホームズを演じた俳優ウィリアム・ジレット。この戯曲は無声映画時代を通じて常に強い影響力をもっていた。ジレット自身は1916年に映画でもホームズを演じている

ために新しい冒険物語を創作している一方で、同じ人物の容貌と性格を観客の望むかたちに変え、現代風の解釈を施した作品が、次々に生まれていたのだ。ドイルは俳優たちが自分のつくった探偵をうまく演じることを楽しんでいたが、難しい注文をつけることはなく、そうした翻案に関する懸念は、自身の著作のうちもっと〝シリアスな〟小説である、『テンパーリー荘園』（一九一三年映画化）や『ガードルストーン商会』（一九一五年映画化）、『ロドニー・ストーン』（一九二〇年映画化）のため、胸の内にしまっていた。ホームズを恋愛させたり結婚させたりしてもかまわないか、というウィリアム・ジレットの電報による問いに、コナン・ドイルが「彼を結婚させようと殺そうと、何をしてもかまわない」と答えたのは、有名な話だ[1]。

初期の映画

シャーロック・ホームズというキャラクターを主役にした最初の映画は、アメリカン・ミュートスコープ・アンド・バイオグラフ社の *Sherlock Holmes Baffled*（一九〇〇年頃）だった。まだ映画館がなかった時代の、一分にも満たない長さのトリック映画で、硬貨を投入して、ひとりずつ覗いて見る装置にかけられた。ホームズを演じるのは無名の俳優だ。まだ新しいメディアだった映画の技術的トリックを利用して、ベイカー街に盗みに入った泥棒が意のままに姿を消したり現われたりして、探偵を翻弄するようすを描いている。この短い映画は、この探偵が身につけていた丈の長い独特なガウンが、当時最もよく知られていた *Sherlock Holmes: A Drama in Four Acts* でウィリアム・ジレット演じるホームズの姿を、連想させたのであった。

同じくごく初期につくられたパロディとしては、デンマーク映画の *Sherlock Holmes at Elsinore*（一九〇六年）があるが、その後も多くのパロディ映画や風刺劇がつくられた。*Hemlock Hoax, the*

Detective（ルービン社　一九一〇年）、*Charlie Combs* シリーズ（パテ社　一九一二年）、*Sherlock Bonehead*（カーレム社　一九一四年）などだ。*The Mystery of the Leaping Fish*（トライアングル・ファイン・アーツ社　一九一六年）では、ダグラス・フェアバンクス演じる探偵コーク・エニデイが、ホームズの恥ずべき麻薬常用癖を引き合いに出していた。

しかし、映画の語り口が進歩し、上映時間が長くなると、本格的なホームズ映画が、主に北欧で作られるようになる。一九〇五年にはアメリカン・ヴィタグラフ社が、〈四つの署名〉を大まかに翻案した *The Adventure of Sherlock Holmes* を、モーリス・コステロ主演で製作した（とされる）。一九〇八年から一九一一年にかけて、初期無声映画の時代に活躍したデンマークのノルディスク社がホームズ映画を十二本のシリーズで公開したが、コナン・ドイルの原作に基づいたものはひとつもなかった。このうちの二本は、コナン・ドイルの義弟E・W・ホーナングが創作した義賊ラフルズとホームズの対決を題材にしたものだ。ホームズを別の作家が創造した有名な犯罪者と対決させるのは、よくあるやり方となり、伝説的な存在である切り裂きジャックとホームズを戦わせるという翻案、『恐怖の研究』（一九六五年）や『黒馬車の影』[2]（一九七九年）に、つながっていった。

ノルディスク社がホームズ映画を立て続けに公開していたのと同じ時期に、ドイツのヴィタスコープ社は *Arsene Lupin Contra Sherlock Holmes*（一九一〇〜一九一一年）を五話シリーズで製作した。この映画のもととなったのは、コナン・ドイルの探偵が大胆不敵な盗賊と対決する、モーリス・ルブラン原作の『ルパン対ホームズ』だ（コナン・ドイルはルブランがホームズの名前を使うことを認めなかったと言われるが、ヴィタスコープ社はわざわざ著作権のことなど気にしなかったようだ）。ホームズはほかの架空の探偵とも対決している。たとえば、一九一二年のフランス映画。これはタイトルがわからなくなっているが、*Clever, Cleverer, Cleverest!* といった意味のドイツ語だったらしい。[3]その中でホームズは、フランスの映画会社が製作したシリーズに登場する探偵たち、ニック・カーター（エクレール社）、ニック・ウィンター（パテ社）、ナット・ピンカートン（エクリプス社）と才覚を競うことになる。残念ながら、このときホームズは最も才覚ある探偵にはなれず、今にして思えばありえないような結末だが、最優秀探偵となったのはナット・ピンカートンだった。これはおそらく、〈緋色の研究〉の中でホームズが架空のフランス人探偵、デュパンとルコックの技量をこきおろしたことに対するフランス側のささいな復讐だったのだろう。

第一次世界大戦が始まっても、イギリス人であるホームズに対するドイツ人の熱狂は収まらなかった。一九一四年にはヴィスタスコープ社が、アルヴィン・ノイスをホームズ役として *Der Hund Von Baskerville* を公開する。これはコナン・ドイルの原作というより、初期の演劇用翻案をもとにつくられたので、あちこちに勝手な解釈が加えられていた。ジェイ・ウェイスバーグ（アメリカの映画評論家）によれば、スコットランドが舞台で秘密のパイプラインや中から人の眼が覗くナポレオンの胸像といった道具を使うのは、ルイ・フィヤードとフランスの犯罪映画シリーズ、『ファントマ』（一九一三～一九一四年）や『レ・ヴァンピール　吸血ギャング団』（一九一五～一九一六年）の影響を受けたものと思われる。*Der Hund* は大成功を収め、同じ配役とスタッフのまま、大急ぎで続編がつくられ、一九二〇年ま

舞台劇『シャーロック・ホームズ』第1幕におけるアリス・フォークナー（女優はキャサリン・フローレンス）と、ホームズ役のウィリアム・ジレット。1900年頃の撮影

でさらに五作が続いた。

イギリス製のホームズ映画

イギリスの映画製作者たちがようやくホームズ映画への参入を始めたのは、その頃だった。一九一二年に、スポットという名の犬を主役にした、半分パロディの喜劇、*A Canine Sherlock Holmes*（『犬のシャーロック・ホームズ』、アーバン・トレーディング社）が登場したが、同じ時期、コナン・ドイルが初めて承認した、エクレール社（英仏共同）の翻案も公開されている。コナン・ドイルは一九一一年に、ホームズ・シリーズの映画化権をフランスのエクレール社に、本人が言うところの「わずかな金額」[4]で売却した。それまで文芸作品を映画化する際の著作権問題は放置されていて、不明瞭なままだった。これまで見てきたように、一九〇〇年代と一九一〇年代の欧米の映画製作者たちは、ホームズというキャラクターに対して、あるいはコナン・ドイルがつくったプロットに対して、著作権という概念など持ち合わせていなかったのだ。そんな状況が続くかに思われたが、一九一一年に制定された著作権法が著作権保護の範囲を動画にも広げ、文芸作品を許可なく映画化することは著作権の侵害になりうると認めた。この法律のおかげで、コナン・ドイルはホームズを銀幕に登場させたいと望む映画製作者たちから、少なからぬ経済的恩恵を受けることになったのだった。そしてエクレール社は、初めて原作者の承認を得たホームズ映画として、*Les Adventures des Sherlock Holmes* をヴィクトラン・ジャッセ監督、アンリ・グージェ主演で製作した。

同社は翌年の一九一二年から、英仏共同製作のシリーズ作品の製作に乗り出した。監督と主演はフランス人俳優ジョルジュ・トレヴィールが務めたが、ほかの配役はイギリス人俳優たちが演じ、撮影はイングランド南部で行なわれた。全部で八作のシリーズとなり、タイトルはすべて原作のシリーズを踏襲した。八作のうち現在まで残っているのは、『ぶな屋敷』と『マスグレイヴ家の儀式書』の二作のみだ。八作すべてが著者から正式に許可を得ていることを強調するために、映画の広告ではコナン・ドイルの関与を呼びものにし、一部の作品では原作者自身が「直々に監修した」とまで宣伝された。それが事実かどうかは別として、著者公認の映画であることが強力なセールスポイントであったのは間違いない。この点が、これ以外のもっと扇情的な犯罪シリーズの体裁を取った多くのホームズ映画との違いになった。そうして、それまでの観客層とは異なる、教養ある映画ファンを映画館へと引き寄せることになった。[5]

だが、著者の承認を得たとはいえ、これらの映画はかならずしも原作を忠実に再現していなかった。デイヴィッド・スチュアート・デイヴィーズ（イギリスの推理作家でホームジアン）の指摘によると、たとえば『まだらの紐』では、ホームズが裕福な外国人に変装してグリムズビー・ロイロット博士の屋敷を訪れ、博士の継娘との結婚を認めてもらおうとする。[6] 同じく『ぶな屋敷』では、一連の出来事を起きた順番通りに提示して事件を解明するという、原作とは大きく異なる内容になっていて、そのせいで謎の要素は

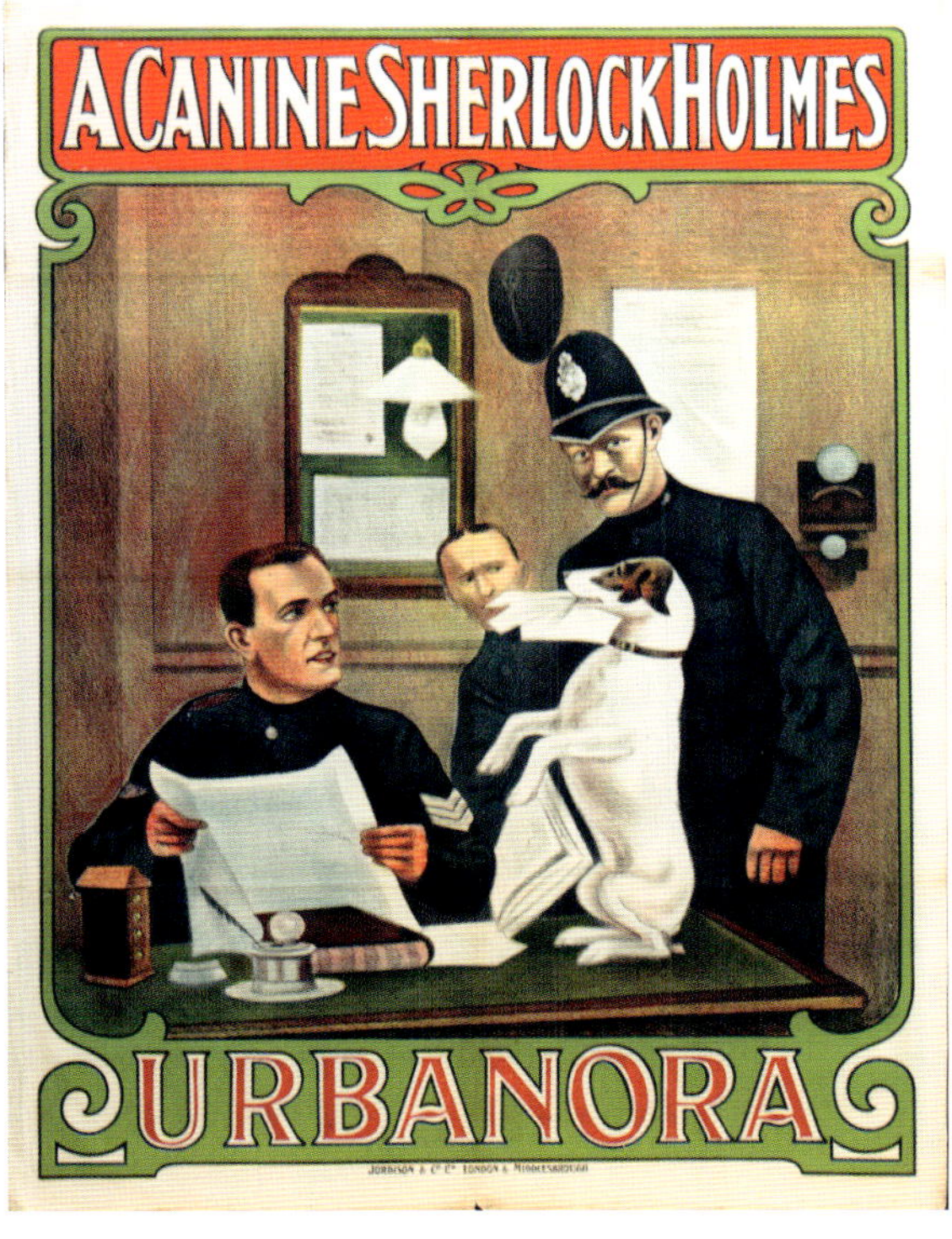

無声映画時代にはホームズのパロディやパスティーシュが数多くつくられた。そのうちのひとつ、英国の作品A Canine Sherlock Holmes（1912年）

すべて取り除かれてしまった。コナン・ドイルの原作では、ヴァイオレット・ハンターがホームズのもとを訪れ、雇い人の奇妙な提案について相談するところから冒険が始まる。女性家庭教師《ガヴァネス》として雇うには長い髪を切ることが条件、という申し出を受けた彼女は、仕事先のぶな屋敷に住み込むが、奇妙な出来事が続けて起こり、ホームズが調査を始めるのだ。ところが映画のほうは、すべての謎を解く鍵となる背景、つまりジェフロ・ルーカッスルが娘を結婚させまいと監禁していることを、真っ先に明かしてしまう。インタータイトル（スクリーンに挿入されるテキスト）によって、ルーカッスルがハンター嬢を雇った理由は観客にはっきり伝わるのだ。「ルーカッスルは、ウェスタウェイ家庭教師斡旋所で、自分の娘に似た家庭教師を探していた」と。ホームズが登場するのは半分ほど進んだところであり、観客は最後に謎が解明される前にホームズより多くのことを知っているという、尋常ではない状況に陥る。この点において、『ぶな屋敷』は、初期の犯罪映画や探偵映画の多くと同じ方法で、物語性を重視していた。無声映画の研究者であるトム・ガニングが、ほぼ同時期に作られたフランスのファントマ・シリーズについて指摘したように、初期の犯罪映画は物語

ジェイムズ・ブラギントンは撮影所の従業員で演技の経験はなかったが、容貌がホームズに似ているとして、『緋色の研究』（1914年）の主役に抜擢された

の一部を観客から隠すようなことはしなかった。どうやら初期の映画製作者たちは、「すでに起きた出来事が時系列を無視して提示されると、観客は理解できなくなる」と思っていたらしい。特に「時系列を無視して提示すること自体が、一連の出来事の意味を再構成するような場合」には。[7]

複雑な謎を含んだストーリーを、銀幕でどのように語るかという難問は、一九一〇年代を通して問われつづけた。一九一四年には、ホームズ物語を原作とした初の長篇イギリス映画、『緋色の研究』が公開された。[8] 残念ながらフィルムは消失してしまったが、当時の論評や梗概を読むと、この映画も、一八八七年発表の原作にのっとって謎を提示し、解決し、最後に解説するのではなく、すべての出来事を時系列に並べ直している。したがって映画はユタ渓谷のシーンで始まり（撮影地はイギリスのサウスポート・サンズ）、ルーシー・フェリアとジェファースン・ホープの物語をたどり、ホープが復讐の機会を狙いながら執拗に敵を追いつめる様子が語られる。映画評によれば、ホームズが登場するのはフィルムの最後の二巻だけで、ホープはすでに復讐を果たしていた。[9]

この『緋色の研究』でホームズを演じたのは、演技の

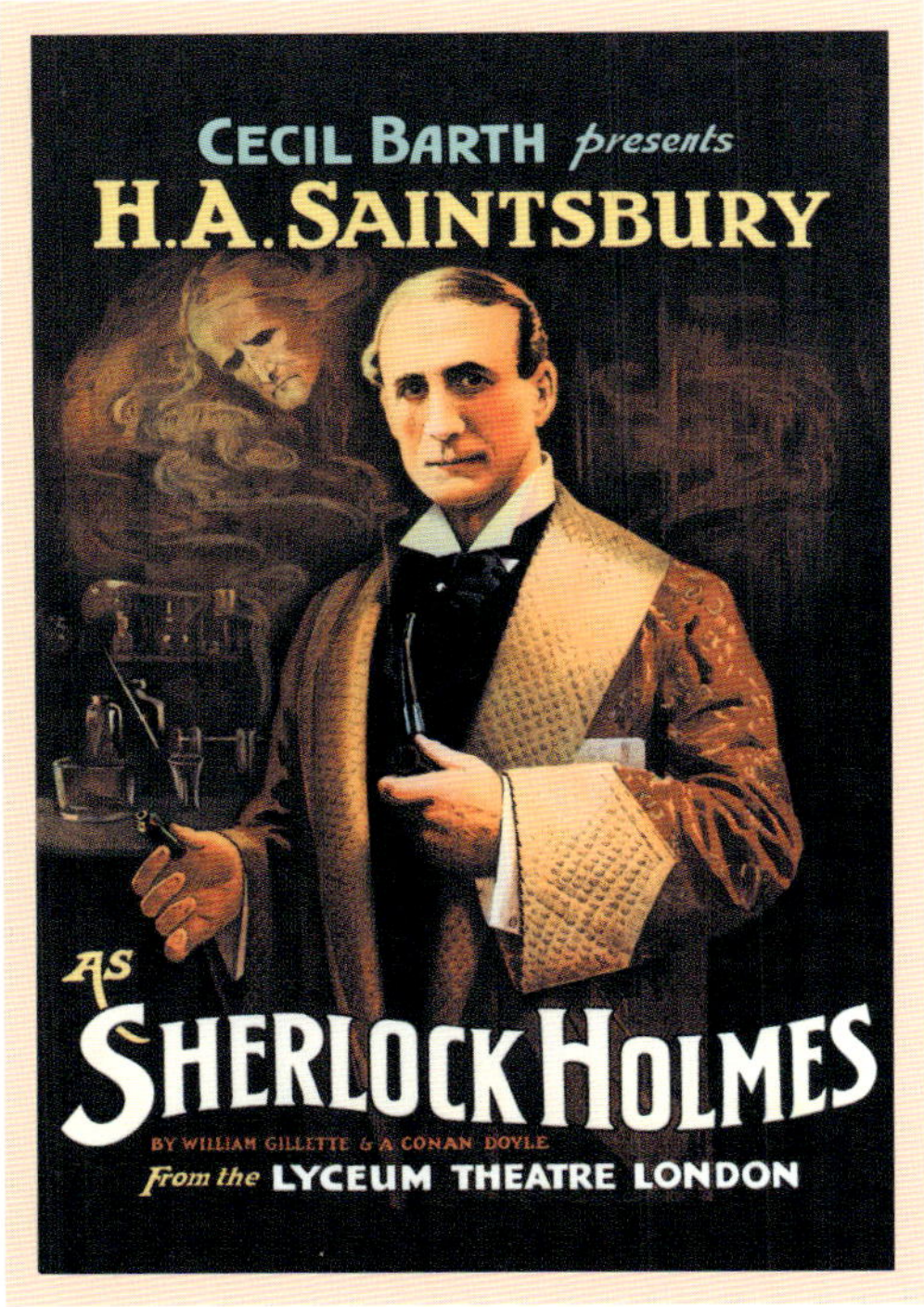

ウィリアム・ジレットと同様、イギリスの俳優H・A・セインツベリーも舞台と映画（『恐怖の谷』、1916年）の両方でホームズを演じた。しかし映画は現在残っていない

経験などない撮影所の従業員、ジェイムズ・ブラギントンで、身体的特徴が似ていたことからホームズ役に抜擢されたのだった。監督のジョージ・ピアスンは、「大事なのは彼の風采であり、体格、身長、癖が似ていること」であって、ブラギントンが俳優ではなくとも、その素人の演技を役に近づけることは可能だと信じていた。[10] 映画の出来には満足していると語ったものの、二年後に『恐怖の谷』をつくることになったとき、ピアスンはブラギントンを採用しなかった。このときホームズを演じたのは、高名な舞台俳優H・A・セインツベリーだ。彼はすでに、ウィリアム・ジレットによる舞台劇『シャーロック・ホームズ』のイギリス公演と、コナン・ドイル自身が翻案した劇『まだらの紐』（一九一〇年）の演技によって、ホームズの代名詞になっていた。だが、セインツベリーの演技はジレットの演技を手本にしたものであり、当時から今日にいたるまでジレットが名探偵ホームズを具現化した俳優として最も大きな影響力をもつことは、衆目の一致するところだろう。一九一六年には、舞台劇『シャーロック・ホームズ』をエッサネイ社が映画化したことで、ようやくジレットの演技が銀幕で見られることになった。デイヴィッド・スチュアート・デイヴィーズが指摘するように、この映画がつくられた頃、ハリウッドでは多くの名舞台俳優たちが、この名探偵を銀幕で演じる候補となっていたのだった。しかし残念なことに、『緋色の研究』や『恐怖の谷』と同じく、この『シャーロック・ホームズ』も二度と見ることはできない（この映画のフランス語字幕版は、二〇一四年十月にパリのフィルム・アーカイヴで発見され、修復作業のあと二〇一五年に数カ所で限定公開された）。

ストール社のホームズ映画

ホームズ映画の歴史が大きく進展するきっかけとなったのは、一九二〇年にイギリスのストール社が短篇と二作の長篇（〈バスカヴィル家の犬〉と〈四つの署名〉）の映画化権を、エイル・ノーウッド主演で購入したことだった。コナン・ドイルは前述のエクレール社から自分の著作権を最初に売った額の「ちょうど十倍」で買い戻し、[11] ストール社とは、一本につき総売上の十パーセントを受け取る契約を結んだのだった。[12] ストール・ピクチャー・プロダクションを創業したサー・オズワルド・ストールは、さまざまな劇場の興行主で、ハリウッドと張り合えるような映画を、お膝もとのイギリスでつくりたいと考えていた。この戦略の要となったのは、さほど難解でない、人気の高い文学作品を映画化することであり、すでに多くの長篇映画を製作して、「英国の著名な作家たち」というシリーズ・タイトルで売り込みを始めていた。ホームズ映画は、この企画の重要な作品となった。始まりは一九二一年の『シャーロック・ホームズの冒険』シリーズで、フィルム二巻の映画が年に十五本、三年間にわたって公開された。一九二二年には『さらなる冒険』が、一九二三年には『最後の冒険』が続いた。そして冒険シリーズの合間を埋めたのが、『バスカヴィル家の犬』（一九二一年）と『四つの署名』（一九二三年）だ。

ホームズ物語を一篇につき約三〇分の短篇映画でシリーズ化するというアイデアは、いろいろな意味で理にかなっていた。フィルム二巻の構成にしたのは、冒険シリーズの上映時間を引き延ばして長篇にする必要がなかったからだ。毎週定期的に短篇映画を公開することで、一八九一年にホームズが初めて《ストランド》に登場したときの読者にも、ホームズ映画を広めることができるとストール社は考えた。コナン・ドイルはすでに、多くの大衆紙に同時に掲載される連載小説は、熱心な読者を獲得するうえで助けにもなり妨げにもなることを見抜いていた。読者というものは「遅かれ早かれ、一回分を読み損ね、その後はすっかり興味をなくしてしまう」[13] からだ。しかし連載小説は、一話完結型であっても、魅力ある主人公が作品全体を通して確たる存在でありつづければ、その雑誌に読者を惹きつけることはできる。《ストランド》の歴史を研究するレジナルド・パウンドは、読者は「毎回欠かさず読んでいなくても、連載小説であるがゆえの楽しみを共有できる」[14] と言う。ストール社の映画は一九二〇年代特有の、ニュース映画、映画情報、宣伝、漫画、短篇映画、本篇という混成プログラムの一部として上映さ

『プライアリ・スクール』を撮影中のエイル・ノーウッドとヒューバート・ウィリスとモーリス・エルヴィー監督。ストール社の映画は、ロンドンと田舎の両方で頻繁に野外撮影が行われた

B

れた。ストール社は毎回必ず映画館に通ってくれる熱心な観客を確保すべく、短篇映画を毎週公開し、それぞれの作品を特製のポスターと新聞記事で宣伝したが、一話完結という性格上、たまたま一回見損ねたとしてもそれが観客の興味をそぐにはいたらず、翌週になるとまたホームズの手に汗握る活躍を見るために映画館へ駆け戻るのだった。

ホームズを演じたのは、舞台俳優のエイル・ノーウッドだ。当時すでに六十歳近かったが、慧眼の抜擢であったことをノーウッドは証明して見せた。彼はホームズという役をきわめて真剣に受けとめ、物語に没頭するだけでなく、シドニー・パジェットが描いた原作の挿絵を研究して、視覚的な手がかりを求めた。また、ホームズの特徴である広い額をまねて髪の生え際を剃り、映画に向いた変装を工夫することも楽しんだ。《ストランド》のインタビューでは、こんなことを（確かにもっともなのだが）語っている。「舞台で引き立つ変装でも、映画にはまったく不向きな場合がある。カメラの鋭い目は、俳優が工夫した仮面のつなぎ目やシワやごまかしを見逃さず、すべてあばいてしまうからだ[15]」。さらに、変装を脱ぎ捨てたあとに現れる人物は、俳優エイル・ノーウッドでなく、ノーウッド演じるシャーロック・ホームズでなければならない。これらの難問があっても、ストール社は変装と仮面の使用をやめようとはせず、物語を語る小道具として、観客の目を楽しませるものとして、劇場という特殊な状況で長いあいだ認められてきた役者らしさとして、むしろ前面に押し出した[16]。シリーズ全体を通してノーウッドが変装したのは、教区牧師、ロンドン下町訛りのタクシー運転手、舞台俳優、アヘンを吸う日本人、新聞売り、顎髭のある外国人スパイ、そしてもちろんさまざまな浮浪者と行商人だ。

ストール社の映画は、原作のもつもうひとつの重要な要素を理解していた。つまり、ホームズとワトスンの関係である。初期の映画におけるワトスンの描き方は、表面的で一貫性のないものだった。それに対しストール社の映画では、長らくワトスン役を演じたヒューバート・ウィリスが、最後の『四つの署名』のときは魅惑的なメアリ・モースタン（女優はイソベル・エルソム）の恋愛対象としてふさわしいように、もっと若いアーサー・カリンに代えられるということはあったが、どの作品でも主役に次ぐ扱いをされている。つねにかたわらにワトスンがいることで、ホームズの才能と個性はいっそう輝きを増した。誰もが知っているように、ホームズとワトスンは二人一緒のときに本領を発揮する。ワトスンの温かさと思いやりが、思考機械のようなホームズの冷ややかな態度を相殺してくれるからだ。そのうえワトスンの存在は、原作と同じように彼の目を通してストーリーを語る、あるいはそれに近い手法を、映画製作者にもたらした。事実、ストール社製映画の物語と映画的仕掛けがあかぬけているのは、物語の語り口とホームズの推理力の見せかたのおかげだった。ストール社の作品は、コナン・ドイルの原作の映画的な部分をしっかりつかんだ初めての翻案だった。映画というものが登場する以前の、最も初期のホームズ物語は、チャールズ・ディケンズやトマス・ハーディーなど十九世紀の作家たちの作品と同じく、その構造と言葉の使い方において「映画的」だと言えるのである。

映画監督で理論家でもあるセルゲイ・エイゼンシュテインは、一九四四年のエッセイ「ディケンズ、

『四つの署名』（1924年）のオーストラリア公開用ポスター。だがここに描かれたシャーロック・ホームズの横顔は、ノーウッドに少しも似ていない

グリフィス、そして私たち」において、ディケンズの小説からD・W・グリフィス監督の映画にいたる系譜をたどり、物語形式映画のテクニックについて論じた。そしてディケンズの作品が、モンタージュ、クローズアップ、主観ショット、さらにはディゾルブといった映画の撮影手法と文学的に同じものであることを指摘し、「手法、様式、特に視点と説明部分において、映画の特徴と驚くほど似ている」と述べている。[17] これは、ディケンズよりもあとの、映画が登場した時期に近い十九世紀末に執筆を始めた、コナン・ドイルについても言えることだ。ホームズ物語では、コナン・ドイルの映画的感性がさまざまな場面で見られる。ディケンズ同様、コナン・ドイルもロンドンの都市部をうまく利用して高度に映画的な場面と瞬間をつくり出し、鮮やかな光と動きで劇的な効果をもたらした。映画で言えばエスタブリッシング・ショット（状況設定ショット）やクローズアップのように、背景と物の視覚情報が詳細に説明され、登場人物も視覚的に明瞭なかたちで紹介される。語り手としてのワトスンは、映画を撮影するカメラのようなものだ。ワトスンというレンズを通して、ストーリーが（ほぼつねに）語られる。彼の知見と語りを通して、私たちは物語の内容を見ることも、知ることもできる。カメラが、あるものは見せ、あるものは見せずに、物語に対する観客の理解をコントロールするのと同じだ。ストール社は、初期の翻案映画に見られる物語の単純化と直線化を大幅に排除し、この手法を多用した。

ストール社で最初の短篇シリーズと二本の長篇を監督したモーリス・エルヴィーは、原作の構成をできるだけ保持しようと大変な労力をそそいだが、それでも、まず事件が起きてから、過去にさかのぼってその原因が明らかになる「逆転」の話術に、観客がどんな反応を示すのか、ずいぶん気にしていた。[18] ときに複雑なフラッシュバックを巧みに取り入れ、ナレーションを制限した作品は、概して大きな成功を収めた。一例を挙げると、「瀕死の探偵」（一九二一年）では、ある出来事を一部だけ見せ、その後二度にわたってフラッシュバックで語り直している。二度ともシークエンスを延長し、実際に起きたことを一回目より多く見せて、観客の理解度を試し、序盤で悪党カルヴァートン・スミスに出し抜かれたかに見えたホームズの、本当の賢さを明らかにする。

無声の媒体ゆえにインタータイトルを使わなければならないことを、不利な要素とするのではなく、それらを逆手にとって観客の心を動かし、探偵役になって提示された手がかりを読み解きたいと思わせた。たとえば「唇のねじれた男」では、インタータイトルが推理の過程を中断する。インタータイトルは血液の指紋や銅貨で重くなったポケットといった手がかりを示し、ネヴィル・セントクレア（俳優はロバート・ヴァリス）が最後に目撃された部屋を警察が捜査したようすをホームズがワトスンに話すと、そのショットに印をつけていくのだ。ホームズがワトスンに説明することで、二人は観客に直接話しかける役目も果たし、われわれを映画の中へ引きずり込む。

最初の短篇シリーズの脚本を書いたウィリアム・J・エリオットは、「原作とまったく同じ進行では、（観客は）すっかり退屈してしまう。平均的な映画ファンにとっては、泥や煙草の灰を虫眼鏡で調べる男など、おもしろくもなんともないからだ」[19]。実際、ホームズが証拠を調べるために手足を地面について這いまわるシーンは、何度もあった。しかし、彼の観察と思考の過程が示されるときには、視覚的にも、映画的にも、独創的な方法で行なわれた。「ぶな屋敷」では、複数のフラッシュバックを重ねて、ホームズがヴァイオレット・ハンターの証言によってもたらされた手がかりを、頭の中で見直している状態を表した。また「緑柱石の宝冠」（一九二一年）では、窃盗未遂のあった晩に、どうやって足跡がつけられたのか考えているホームズを、フラッシュバックを重ねて視覚化した。ホームズが見るショットと、そこから読み取るショットのあいだをカットすることで、カメラは観客にホームズの推理の思考過程を見せるわけだ。

この映画シリーズが成功した要因のひとつには、大がかりなロケーション撮影がある。「緑柱石の宝冠」におけるホームズの調査シーンは、リトル・イーリングにあるエイル・ノーウッド邸の庭で撮影されたが（ストール社はこの事実を同作品の宣伝活動に大いに利用した）、その他の作品は都会や郊外や田舎といった多様性に配慮しつつ、誰でもそことわかる場所で撮影された。それによって、物語の背景に豊かさが加わっている。モーリス・エルヴィー監督は、前もって「本物の」二二一B（彼は一一四番地だとした）を、人目を引くように調査していて、実際にいくつかのシーンをベイカー街で撮影した。だがまもなく、目抜き通りで頻繁に撮影を行なうのは監督にとって負担が大きすぎることが問題になる。「一台か二台車が停まっただけで、噂が広まり、いつのまにか『映画ファン』が集まってくる。噂は無線通信より速く通りから通りへ伝わり、またたく間に数マイル四方のオフィスの雑用係が集まってくる。しかも連中は、いったん集まったらどこにも行かない。まずカメラを探して、その前に立ち、何があってもそこを動かないつもりなんだ」[20]

外套をはおって、その中にカメラを隠そうともしたが、うまくいかなかった。エルヴィーは美術監督のウォルター・マートンに、二二一Bの建物の正面と同じものを、実物大でストール社のクリクルウッド・スタジオにつくるよう頼んだ。その建造にかかった莫大な費用は、短篇シリーズが長く続いたことによって正当化され、セットは一九二三年までそのまま残された。

ほかのロケーション撮影は、もう少しうまくいった。「唇のねじれた男」では「外套でカメラを隠す」方法が効を奏し、ピカデリー・サーカスで物乞いが商売に励む短いシーンを撮影することができた。「ボヘミアの醜聞」の撮影は、セント・マーティンズ・レーンにあるアンバサダーズ劇場の中と外で行なわれた。ホームズがアイリーン・アドラーの公演を見に行くシーンは原作にはないが、イギリスの無声映画とアンバサダーズ劇場との密接な関係、もしくは執着を表わしている。ストール社の宣伝係はいつものようにこの離れ業を活用し、業界紙と大衆紙の両方に掲載されるよう計らった。そのおかげで《タイムズ》紙は事前に、レノックス・ロビンソンの喜劇『お気に入りの息子』の昼の部を観劇すると、「幕が下りたあと三十分間座席に留まって、その後に行なわれる映画の撮影に参加できます」[21]と報じた。ここで撮影されたシーンは実に効果的で、ホームズとワトスンを観客の中に忍ばせ、ホームズが映画の中で役を演じる俳優のふりをするというものだった。映画は一九二〇年代のロンドンを鮮やかに描いていたが（ホームズ物語の第一作が書かれたとき、アンバサダーズ劇場はまだ影も形もなかった、と《タイムズ》は指摘している）、それでもなお、ホームズを本来の居場所である現代の大都市に置くことにこだわった。この目論見は一九二三年の長篇映画『四つの署名』に最もよく現れている。ラストのテムズ川における追跡劇をハリウッド映画のような派手な構成にして、ホームズが自動車で縦横無尽に川を横断するシーンの背景に、ロンドンの名所が入るようにしたのだ。

コナン・ドイルはストール社の映画に感銘を受け、「すばらしい[22]」出来だと思っていた。そして一九二一年十月には、ストール社の年次総会の祝宴にも出席して製作者たちに祝辞を述べ、ノーウッドはホームズという架空の人物を見事に解釈した人物たち、挿絵画家シドニー・パジェットや俳優のウィリアム・ジレット、H・A・セインツベリーの流れをくむ俳優だと、その演技を讃えた[23]。同じ月には〈マザリンの宝石〉が《ストランド》に掲載された。ホームズ物語としては一九一七年の〈最後の挨拶〉以来の新作であり、コナン・ドイルが、ほんの数カ月前の一九二一年三月に公開されたばかりの自身の戯曲、『王冠のダイヤモンド』から小説へ書き直したものだ。おそらくストール社の映画シリーズが創作への情熱を呼び覚ましたのか、もしくは名探偵ホームズの商業的成功の可能性に気づいたのかもしれない。この媒体の歴史を繰り返すかのように、ストール社は一九二三年に〈マザリンの宝石〉を映画化した。コナン・ドイルがストール社の映画に対してひとつだけ批判しているのは、数年後の回想録に書いているように、舞台が現代のロンドンに設定されたことだ。「電話や自動車など、ヴィクトリア時代のホームズには想像もできなかった贅沢品が使われていた[24]」と。しかし当時も、そしてしばらくたってからも、ヴィクトリア時代のロンドンを舞台にホームズを描く映画は、ひとつもつくられなかった。十五年後の一九三九年になってようやく、二十世紀フォックス社がバジル・ラスボーンを起用し、『バスカヴィル家の犬』でヴィクトリア時代を再現することになる。

アメリカ映画の『シャーロック・ホームズ』(一九二二年)も、舞台は現代に設定されていた。ジョン・バリモアを若きホームズ役とし、ケンブリッジ大学在学中にモリアーティの悪辣な犯罪組織に遭遇するところから始まるのだ。製作はゴールドウィン・ピクチャーズ社で、当時彼らが映画化権をとれる唯一の作品であるウィリアム・ジレット主演の人気舞台劇、『シャーロック・ホームズ』をもとにしたものだった。イギリスでの公開は、ストール社の二つの長篇(一九二一年の『バスカヴィル家の犬』と一九二三年の『四つの署名』)のあいだの時期だった。だが、ロンドンでロケをしたまではよかったが、評判は芳しくなかった。凡庸で退屈、インタータイトルが多すぎると批評されたのだ。[25] さらにこの映画は、コナン・ドイルとウィリアム・ジレットのあいだに軋轢を起こした。ゴールドウィン社がホームズ映画をめぐってストール社を訴えたのだ。その理由は、ゴールドウィン社がジレットの戯曲の映画化権を取得する際に、シャーロック・ホームズという名前に対する権利を主張したことによる。[26] コナン・ドイルが法廷で証言し、結局はストール社が勝訴したものの、この法律論争のせいで、長く続いた有意義な関係は悪化することになる。

ブルックと彼以降の映画

トーキーとして初のホームズ映画が公開されたのは、一九二九年、コナン・ドイルが死去する一九三〇年七月の一年前だった。品のよさで知られるクライヴ・ブルックの主演で、パラマウント社が製作した『シャーロック・ホームズの生還』である。この映画は、ホームズとワトスン、モリアーティ、セバスチャン・モラン大佐といったキャラクターが登場するものの、コナン・ドイルの原作に基づいているわけではなかった。この後ブルックは二度ホームズを演じるが、一九三〇年代と四〇年代にはアーサー・ウォントナーとバジル・ラスボーンの二人が、それ以前にジレットとノーウッドがそうであったように、彼らの時代のホームズ像を形づくった。無声映画の時代、銀幕でのホームズ像は短いトリック映画やパスティーシュ映画から、物語（と探偵物語）を伝える媒体としての映画の豊かさを追求する長い物語にまで、あらゆるかたちでつくり上げられていった。事実上、この時期にホームズ映画の二つの主流ができあがったと言える。ひとつは、ホームズというキャラクター、つまりコナン・ドイルが創作した人物の必要最小限の要素をもとに刺激的な新しい物語をつくる流れ、もうひとつは、できるだけ原作にそって忠実に描く流れである。

このように時代背景を再配列する流れは、トーキー映画の時代に引き継がれ、ヴィクトリア時代が過去の奥深くに退くと、時代の細部への関心が映画の脚色に新たな局面と娯楽の要素を加味し、フロックコートと十一月の霧がなければホームズを思い描くことさえできないほどだった。一九八四年から一九九四年にかけてグラナダ社が放映したテレビシリーズは、基本的に六十年以上前のストール社の戦略を踏襲している。一話完結のエピソードをまとめたシリーズを複数製作したもので、内容はほぼ原作どおりだが、放映時間を引き延ばすため、あるいは映像化に伴う現実的な問題と折り合うために、細かい調整が加えられた。ストール社の映画は一九二〇年代の設定だったのに対して、グラナダのテレビシ

右頁：ジョン・バリモア演じるホームズとモリアーティ教授（グスタフ・フォン・セイファーティッツ）。アルバート・パーカー監督の『シャーロック・ホームズ』（1922年）より

リーズはヴィクトリア時代のホームズの世界を細部にいたるまで再現することに誇りをもって取り組み、しかもコナン・ドイルのつくった物語を忠実にドラマ化した。

ところが、現代を舞台にしたBBCテレビの『SHERLOCK』と、アメリカのテレビシリーズ『エレメンタリー』で、製作者たちは元の場所に戻った。ホームズはいっそう作為的で意識的ではあるが、ふたたび現代の人物として扱われている。たとえば『SHERLOCK』では、コナン・ドイルがつくったプロットとキャラクターに加えて、電報や辻馬車といったヴィクトリア時代の事物が今日の最新版に更新されている。ベネディクト・カンバーバッチ演じるホームズが「高機能社会病質者」と電子メールを打つ姿を見て、コナン・ドイルが何を思うかは議論の余地があるところだが、ホームズがみずからの創造主より長く生きていること、そして映画になった当初から約束していたように、創造主の想像をはるかに超えた存在になっていることは、間違いないだろう。

右：『シャーロック・ホームズ』（1932年）でホームズを演じたクライヴ・ブルック

左頁：『バスカヴィル家の犬』（1939年）は、現代ではなくヴィクトリア時代のホームズを描いた最初の映画

Sir Arthur
Conan Doyle's
THE HOUND OF THE BASKERVILLES
Basil RATHBONE · Wendy BARRIE
WITH Richard GREENE
Nigel BRUCE · Lionel ATWILL · John CARRADINE · Barlowe BORLAND
Beryl MERCER Morton LOWRY Ralph FORBES
A 20th CENTURY-FOX PICTURE
Darryl F. Zanuck IN CHARGE OF PRODUCTION
DIRECTED BY SIDNEY LANFIELD
ASSOCIATE PRODUCER Gene Markey
SCREEN PLAY BY ERNEST PASCAL

シャーロック・ホームズを演じたバジル・ラスボーン
（1939年頃）

映画『まだらの紐』（1931年）でシャーロック・ホームズを演じたレイモンド・マッシー

映画『消えたレンブラント』（1932年）でシャーロック・ホームズを演じたアーサー・ウォントナー

映画『緋色の研究』（1933年）でシャーロック・ホームズを演じたレジナルド・オウエン

映画とテレビのホームズ

最も初期の映画から、ごく最近のテレビドラマまで、実にさまざまなタイプの俳優たちがシャーロック・ホームズとドクター・ワトスンを演じてきた。いずれの俳優も役柄を独自に解釈して演じたが、それでもすべての俳優に共通しているものがある。ホームズについて言えば、それは「思索中の眼差し」である。ツィードのジャケットを身につけていなくとも、パイプを握っていなくとも、つねに輝きを放っているシャーロック・ホームズという人格の本質が、そこにあるのだ。

上：映画『バスカヴィル家の犬』（1959年）でシャーロック・ホームズを演じたピーター・クッシング

右上：シャーロック・ホームズ役のバジル・ラスボーンとドクター・ワトスン役のナイジェル・ブルース（1939年頃）

右下：映画『シャーロック・ホームズの冒険』（1970年）でシャーロック・ホームズを演じたロバート・スティーヴンス

左頁上：テレビ映画『シャーロック・ホームズ・イン・ニューヨーク』（1976年）でシャーロック・ホームズを演じたロジャー・ムーア

左頁下：映画『シャーロック・ホームズの素敵な挑戦』（1976年）でドクター・ワトスンを演じたロバート・デュヴァルと、シャーロック・ホームズを演じたニコル・ウィリアムスン

上：映画『シャーロック・ホームズ　黒馬車の影』（1979年）でドクター・ワトスンを演じたジェイムズ・メイスンと、シャーロック・ホームズを演じたクリストファー・プラマー

右：パロディ映画『バスカヴィル家の犬』（1978年）でシャーロック・ホームズを演じたピーター・クック

左頁上:テレビ映画『バスカヴィル家の犬』（1983年）でシャーロック・ホームズを演じたイアン・リチャードソン

左頁下：映画『ヤング・シャーロック　ピラミッドの謎』（1985年）でシャーロック・ホームズを演じたニコラス・ロウと、ジョン・ワトスンを演じたアラン・コックス

テレビシリーズ『シャーロック・ホームズの冒険』の「最後の事件」（1984年）でドクター・ワトスンを演じるデイヴィッド・バークと、シャーロック・ホームズを演じるジェレミー・ブレット

右上：テレビシリーズ『新スタートレック』の「ホログラムデッキの反逆者」（1988年）でアンドロイドのデータを演じるブレント・スピナー

右下：テレビ映画『新シャーロック・ホームズ／ホームズとプリマドンナ』（1991年）でシャーロック・ホームズを演じたクリストファー・リー

BBCテレビシリーズ『SHERLOCK』(2010年)でジョン・ワトスンを演じたマーティン・フリーマンと
シャーロック・ホームズを演じたベネディクト・カンバーバッチ

映画『シャーロック・ホームズ』(2009年)でシャーロック・ホームズを演じたロバート・ダウニー・ジュニアと
ドクター・ワトスンを演じたジュード・ロウ

アメリカのテレビシリーズ『エレメンタリー ホームズ&ワトソン in NY』(2012年)でシャーロック・ホームズを演じたジョニー・リー・ミラーとドクター・ワトスンを演じたルーシー・リュー

謝辞

以下の方々に謝意を表する。まず、著者のみなさん、そしてもちろんジェラルディン・ベアー、キャサリン・クック、デヴィッド・ヘイ、ジェニー・ド・ゲクス、マイケル・ガントン、ロジャー・ジョンソン、ジョン・レレンバーグ、グレン・ミランカー、ランドール・ストック、マーク・ターナー、ジーン・アプトン、ニコラス・ユーテチンの各氏にも、本書制作過程において数々の重要な局面でご協力いただいたことに深く感謝したい。ロンドン博物館の同志のみなさんにも感謝を。特にニッキ・ブラウントン、ジョン・チェイス、ショーン・オサリヴァン、マリア・レゴ、ロズ・シェリス、アンナ・スパーラム、リチャード・ストラウド、ショーン・ウォーターマンに。本書をみごとにまとめてくれたデザイナーのピーター・ウォード、ニッキ・クロスリーとケアリー・スミスとイーバリー・プレスのチームのみなさんに。そして末筆ながら、妻のアンに。

Detection in the Strand Magazine' Chapter 2 in *Science, Time and Space in the Late Nineteenth-Century Periodical Press: Movable Types*, (Aldershot, 2007), p. 62.
13 アレックス・ワーナーは、《ストランド》のこの巻の表紙を見て、光に照らされて引き立つタイトルが、サウサンプトン・ロウにある社屋の屋上の『ニューンズ』という電光掲示を思い出させると言った。
14 Steven Marcus, 'Introduction', *The Sherlock Holmes Illustrated Omnibus* (New York, 1976), pp vii–xii, p. ix.
15 Jennifer Phlegley, *Courtship and Marriage in Victorian England* (Santa Barbara, 2012), p. 78.
16 The *Leader* (5 January 1856), p. 10; quoted in Jennifer Phlegley, p. 78.
17 19世紀の個人広告については、Matthew Rubery, 'The Personal Advertisements: Advertisements, Agony Columns, and the Sensation Fiction of the 1860s', Chapter 2 in *The Novelty of Newspapers. Victorian Fiction after the Invention of the News* (Oxford, 2009), pp 24–47. を参照。
18 Mr William G. Fitzgerald, 'The Lost Property Office', *Strand* Magazine (Christmas Edition, December 1895): 641–653, p. 650.
19 参照：Ronald R. Thomas, *Detective Fiction and the Rise of Forensic Science* (Cambridge, 1999).
20 Alice Clay (ed.), *The Agony Column of The Times, 1800–1870* (London, 1881), p. viii.
21 同書 , p. viii.
22 同書 , p. xvi.
23 Edgar Smith, 'Foreword', *Profile by Gaslight: An Irregular Reader About the Private Life of Sherlock Holmes* (New York, 1944), n.p. ／『シャーロック・ホウムズ読本――ガス灯に浮かぶ横顔』(鈴木幸夫訳、研究社、1973年) ; quoted in Michael Saler, *As If: Modern Enchantment and the Literary Prehistory of Virtual Reality* (Oxford, 2012), p.126.
24 メディア理論家のマーシャル・マクルーハンは、ホームズがスコットランド・ヤードの官僚主義者たちの狭量な理屈に立ち向かったと言う。「彼らの机は整然と片付いていて……その捜査手法は連続しているが分割され、状況に応じて変わる。原因から結果を、直線的、時系列的に導いてしまう」。マクルーハンは、むしろ「細部に関連する重要性」を見るあまり、何か奇妙なものが目にはいると、物事を順序で考える論理から逸脱するホームズの能力を楽しんだ。Marshall McLuhan, 'The Artist and the Bureaucrat' in eds. Eric McLuhan and Frank Zingrone, *The Essential McLuhan* (New York, 1995), p. 193; quoted in Michael Saler, p. 119. Saler 自身は、「(ホームズは) 近代性の中心教義である合理主義、世俗主義、都市主義、大量消費主義に妥協することなく、近代性を再び魅力的なものにした」と述べている。 Saler, *As If* (Oxford, 2012), p. 117.
25 Matt Hill, 'Sherlocks for the Twenty-first Century' in *Barthes' Mythologies Today: Readings of Contemporary Culture*, eds. Pete Bennett and Julian McDougall (New York and Abingdon, 2013), pp 41–44, p. 41 and p. 44.

Chapter5

1 Daniel Stashower, *Teller of Tales: The Life of Arthur Conan Doyle* (London, 2000), p.214. ／ダニエル・スタシャワー『コナン・ドイル伝』(日暮雅通訳、東洋書林、2010年)
2 実在の人物（切り裂きジャックや『シャーロック・ホームズの素敵な挑戦』のフロイト博士など）とのからみで描かれるホームズは、架空の人物であることを超えて、歴史上の人物としての地位を獲得したことを示している。
3 Jay Weissberg, 'Sherlock and Beyond', catalogue for Le Giornate del Cinema Muto 2009, p. 31. このワイスバーグが作った2009年の映画祭のプログラムでは、貴重な作品を含めて初期のシャーロック・ホームズ映画を多数取り上げてくれた。
4 Arthur Conan Doyle,『わが思い出と冒険』, p. 90.
5 アメリカの *Motion Picture World* は、「この伝説的な科学者探偵の生涯に起きた、もっと重要な出来事をいくつか銀幕に再現すれば、新たな顧客が何も言わずに映画館へやって来るだろう」と述べている。23 November 1912.
6 David Stuart Davis, *Starring Sherlock Holmes* (London, 2001), p. 14.
7 Tom Gunning, 'A Tale of Two Prologues: Actors and Roles, Detectives and Disguises in *Fantômas*, Film and Novel', *The Velvet Light Trap*, Number 37, Spring 1996, p. 32.
8 ほぼ同時期に非公式のアメリカ版が公開されている。
9 *Kinematograph Monthly*, November 1914, n.p.
10 George Pearson, *Flashback* (London, 1957).
11 Arthur Conan Doyle,『わが思い出と冒険』, p. 90.
12 Andrew Lycett, *Conan Doyle: The Man Who Created Sherlock Holmes* (London, 2007), p. 417.
13 Arthur Conan Doyle,『わが思い出と冒険』, p. 81.
14 Reginald Pound, *The Strand Magazine 1891–1950* (London, 1966), p. 46.
15 Fenn Sherie, 'Sherlock Holmes on the Film, *Strand* Magazine, July 1921, p. 76.
16 Tom Gunning discusses this in relation to *Fantômas*, p. 33.
17 Sergei Eisenstein, 'Dickens, Griffith and the Film Today', *Film Form: Essays in Film Theory* (Harcourt, 1949), pp 195–255.
18 *Stoll's Editorial News*, 17 February 1921, p. iv.
19 *Kinematograph Weekly*, 17 March 1921, p. 68.
20 'Stories for Programmes and Papers', *Stoll's Editorial News*, 26 May 1921, p. viii.
21 'Theatre as Film Studio', *The Times*, 18 December 1920, p. 8.
22 *Stoll's Editorial News*, 6 October 1921, p. 20.
23 *Kinematograph Weekly*, 6 October 1921, p. 59.
24 Arthur Conan Doyle,『わが思い出と冒険』, p. 90. もちろんホームズは電話も使うし、ハワード・エルコックによる1924年の〈三人のガリデブ〉の挿絵には、その場面が描かれている。
25 このフィルムは長いあいだ失われていたが、1976年に映画史家のケヴィン・ブラウンロウが発見し、修復した。
26 Andrew Lycett, *Conan Doyle*, pp 417–18.
27 1919年にストール社がゴールドウィン社の映画を配給したことをめぐって諍いがあり、以来長きにわたって両者は敵対していた。

early 1860s', in Mark Bills and Vivien Knight (eds) *William Powell Frith painting the Victorian Age* (New Haven and London 2006), pp 94–109.
9 Edgar Allan Poe, *The Fall of the House of Usher and Other Writings* (London, 1986), p. 193. ／『黒猫・アッシャー家の崩壊――ポー短編集 I ゴシック編』(巽孝之訳、新潮文庫、2009 年) ほか多数。
10 The *Strand* Magazine, Vol. II July 1891, p. 62.
11 *The Idler* Magazine, Vol. I May 1892, pp 413–24.
12 Conan Doyle,『わが思い出と冒険』, p. 106.
13 Dusan C. Stulik & Art Kaplan, *Halftone* (Los Angeles, 2013).
14 この原画は Allen Mackler Collection, University of Minnesota. に所蔵。
15 Jon Lellenberg, Daniel Stashower & Charles Folly (eds), *Arthur Conan Doyle, A Life in Letters* (London, 2007), pp 394–95. ／『コナン・ドイル書簡集』
16 引用は Philip Pullman 'Words and Pictures', *The Author*, Autumn 2013, pp 90– 93. から。パウエルはまた、「ホームズとワトスンは挿絵がなかったらここまで人気が出なかったと、私は確信している。挿絵があって初めて、書き手のイメージと言葉が世界中で知られ、認められることになったのである。シドニー・パジェットとコナン・ドイルは、その後の 90 年間につくられたサイレント映画やトーキー映画、カラー映画、テレビ・ビデオ映画などオーディオビジュアルな物語にとって、両親のようなものなのだ」と書いている。Michael Powell, *A Life in Movies* (London, 1986), pp 45–47.

Chapter3

1 Lynda Nead, *Victorian Babylon* (London and New Haven, 2000), pp 13–14.
2 B. Guinaudeau, 'La Décennale anglaise', *L'Aurore*, 22 August 1900.
3 Tristram Ellis, *Art Journal*, 1880, p. 121.
4 Jonathan Ribner, 'The Poetics of Pollution, in *Turner, Whistler, Monet*, exh. cat. Tate, 2004, pp 51–53.
5 S.F. Khan, 'Monet at the Savoy Hotel and the London Fogs, 1899–1901, (unpublished PhD dissertation, University of Birmingham, 2011).
6 Daniel Wildenstein, *Claude Monet: Biographie et catalogue raisonné*, (Lausanne, 1974–91), Vol. III, letter 1511.
7 Octave Mirabeau, Preface to *Claude Monet, Vues de la Tamise à Londres (1902–1904)* exh cat. Paris: Galeries Durand-Ruel, 1904.
8 René Gimpel, *Diary of an Art Dealer*, trans. John Rosenberg (New York, 1966) p.129.
9 E. Billet Maconommies, 'The sculptor working hard as a painter', *The Eagle*, 8 September 1901.
10 G. Geffroy, *Claude Monet, sa vie, son temps, son oeuvre*, two volumes (Paris 1922), pp 130–31.
11 'Alvin Langdon Coburn, Artist-Photographer by Himself', *Pall Mall Magazine*, 51 (June 1913), p. 762.
12 Elizabeth Pennell, *Life and Letters of Joseph Pennell* (London, 1930).
13 Mark Bills, 'Atkinson Grimshaw in London', in Jane Sellars (ed) *Atkinson Grimshaw, Painter of Moonlight*, exh. cat, Mercer Art Gallery (Harrogate, 2011), p. 76.
14 Sidney Dark, *London with Illustrations by Joseph Pennell* (London, 1924), p. 1.
15 Jon Lellenberg, Daniel Stashower and Charles Foley,『コナン・ドイル書簡集』p. 101.
16 同上
17 HOL/42 1886 Holden Papers, Bradford University, J.B. Priestley Library.
18 Antoine Proust, 1882, p. 534 in John House, *Impressions of France, Monet, Renoir, Pissarro and their Rivals* (Boston, 1995), p. 39.

Chapter4

1 コナン・ドイルからメアリ・ドイルへの手紙 (11 November 1891); MS facsimile in John Dickson Carr,『コナン・ドイル』, facing p. 64; quoted Peter McDonald, *British Literary Culture and Publishing Practice 1880–1914* (Cambridge, 1997), p. 170.
2『シャーロック・ホームズの冒険』(July 1891 to December 1892) に続いて『シャーロック・ホームズの回想』(December 1892 to November 1893) が刊行された。
3 Herbert Greenhough Smith, 'Some Letters of Conan Doyle', *Strand*, (October 1930): 393; quoted Peter McDonald, p. 144.
4 Reginald Pound, *Mirror of the Century, The Strand Magazine, 1891–1950*, (London, 1966), p. 64.
5 W.T. Stead 'Preface' to the 'Index to the Periodical Literature of the World. Covering the Year 1891', *Review of Reviews*, (1892), pp 5–6, p. 5. ステッドはここで特に《ストランド》の「驚異的な成功」について述べている。
6 ニコラス・デイムズは「小説の形態と注意力の文化基準の両方に関して、もっと正確さが必要である。その目的は……特定のジャンルが読者の注意力をどう扱ってきたのか、読者の注意力が、精神的に機敏であることの、より広範な文化的概念とどう関わって形成されていくのかを判断することだ」と主張している。Nicholas Dames, *The Physiology of the Novel: Reading, Neural Science, and the Form of the Novel* (Oxford, 2007), p. ix.
7 マシュー・アーノルドは *Nineteenth Century* 21 (May 1887) 掲載の記事 'Up to Easter'p. 638 で、「頭が空っぽ」なニュージャーナリズムの責任を W・T・ステッドに押しつけた。
8 Laurel Brake, 'The "Trepidation of the Spheres": The Serial and the Book in the Nineteenth Century' in Robin Myers and Michael Harris (eds.), *Serials and Their Readers 1660–1914* (Winchester, 1993), pp 83–102, p. 88; 上澄みをすくいとることについては、on the practice of skimming see Leah Price, *The Anthology and the Rise of the Novel. From Richardson to George Eliot* (Cambridge, 2000) 参照。
9 コナン・ドイルからスミスへの手紙 (4 March 1908)、引用元は Cameron Hollyer, 'Author to Editor: Arthur Conan Doyle's Correspondence with H. Greenhough Smith' *A.C.D.: The Journal of the Arthur Conan Doyle Society* 3 (1992): 11–34, p. 19; quoted in Peter McDonald, p. 144.
10 Arthur Conan Doyle,『わが思い出と冒険』, pp 95–96; quoted in Peter McDonald, p. 138.
11 Alexander Pollack Watt, ALS to ACD, (11 April 1891) *Letter–Books: March–June 1891*, vol. 25, ts. And ms. Berg Collection, New York Public Library, New York, p.
165; 引用：Peter McDonald, p. 139.
12 James Mussell, 'The Spectacular Spaces of Science and

129–30.

13「要するに、“ボヘミア”は人間生活が金儲けに従属することに対する抵抗であり、人間の知性が因襲的な規範に従属することへの抵抗なのである」[Justin McCarthy], 'The Literature of Bohemia', p. 33.

14 このオペラは作曲 Michael William Balfe, 台本 Alfred Bunn だった。参照：Richard Schoch, 'Performing Bohemia', *Nineteenth Century Theatre and Film*, 30:2, Winter 2003, 1–13. この重要な記事は Tom Robertson の *Society* (1865) や、J.G. Bertram の *Glimpses of Real Life* (1864) などのメモワール、および Balfe の opera のパロディなど、劇に現われたボヘミアンを中心に議論している。

15 Jacky Bratton, *The Making of the West End Stage. Marriage, Management and the Mapping of Gender in London, 1830–1870* (Cambridge, 2011), p. 96.

16 London, 1898.

17 Sir Arthur Conan Doyle,『わが思い出と冒険』, pp 61, 71.

18 London, 1921.

19 London, 1926.

20 London, 1882.

21 London, 1883.

22 Arthur Symons, *Selected Letters 1880–1935* (Iowa City, 1989), p. 79.

23 Joseph Hatton, 'Stories of Famous Men. 1. – The Boyhood of Henry Irving', The Idler, 1895, pp 669–85, 681

24 London, 1884.

25 Elizabeth P. Ramsay-Laye, *The Adventures of a Respectable Bohemian* (London, 1907), p. 39.

26 E.P. Thompson, 'Time, Work-Discipline, and Industrial Capitalism', *Past and Present*, No. 38 (December 1967), pp 56–97, 95.

27 Fitzroy Gardner, *More Reminiscences*, p. 107. See Christopher Kent 'British Bohemia and the Victorian Journalist', *Australasian Victorian Studies Journal*,vol.6, December 2000, pp 24–35.

28 Jeffrey Richards, Sir Henry Irving. *A Victorian Actor and his World* (Hambledon and London, 2005), p. 158.

29 'The Tragic Generation', *Autobiographies* (London, 1966), pp 304, 309.

30 E. Beresford Chancellor, *Wanderings in Piccadilly, Mayfair and Pall Mall* (London, 1908), p. 81.

31 参照：'Wilde at Bay: the diary of George Ives' in John Stokes, *Oscar Wilde. Myths, Miracles and Imitations* (Cambridge, 1996), pp 65–88.

32 1890 年代の若い女性に関する小説のバックグラウンドとなった 'bedsitter land' についての Carolyn Steedman の議論は 'Fictions of Engagement' in *Eleanor Marx (1855–1898). Life – Work – Contacts*, ed. John Stokes (Aldershot, 2000), pp 23–39. を参照。

33 Adair Fitzgerald, *Sketches from Bohemia*, p. 84.

34 Bratton, *The Making of the West End*, p. 110.

35 Sir Arthur Conan Doyle,『わが思い出と冒険』, p. 265.

36 London: Remington and Co., 1876, p. 6. また、Ransome, *Bohemia*, pp 67–98. も参照。

37 Adair Fitzgerald, *Sketches from Bohemia*, p. 147.

38 Adair Fitzgerald, *Ballads of a Bohemian* (London, 1893), pp 163–66, 166.

39 A Journalist [i.e. William Mackay], *Bohemian Days in Fleet Street* (London, 1913), p. 221.

40 Adair Fitzgerald, *Sketches from Bohemia*, p. 154.

41 Beresford Chancellor, *Wanderings*, p. 76.

42 ロンドンのレストランについては Clayton, *Decadent London*, pp 86–94. を参照。

43 Glasgow: 1898, pp 39–40.

44 Fitzroy Gardner, *More Reminiscences*, pp 165–66.

45 Fitzroy Gardner, *Days and Ways of an old Bohemian* (London, 1921), p. 171.

46 Dan Farson, *Marie Lloyd and the Music-Hall* (London, 1972), p. 94.

47 Adair Fitzgerald, *Ballads of a Bohemian*, pp 180–81.

48 'St. George's Day', *Fleet Street Eclogues*, 2nd series (London, 1896), p. 81.

49 Andrew Lycett, *Conan Doyle. The Man who Created Sherlock Holmes* (London, 2007), p. 184.

50 Peter Toohey, Boredom. *A Lively History* (New Haven and London, 2011), p. 187.

51 Patricia Meyer Spacks, Boredom. *The Literary History of a State of Mind* (Chicago and London, 1995), p. 12; Charles Palliser, introduction to *The Valley of Fear and Selected Cases* (Harmondsworth, 2001), p. xv.

52 ホームズのコカイン常習に関する議論 (*Emperor of Dreams. Drugs in the Nineteenth Century* (Sawtry, Cambs, 2000) で、Mike Jay は彼と 'the bohemian stereotype', p. 175. を結びつけている。

53 Adair Fitzgerald, *Ballads of a Bohemian*, p. 3.

54 Ransome, *Bohemia*, p. 251.

55 Ransome, *Bohemia*, p. 283.

56 London, 1882, vol. 1, pp 3–4.

57 London, 1888, p. 53.

58 London, 1899, p. 1.

59 Furniss, *Bohemian Days*, pp 1–2.

60 George R. Sims, *My Life. Sixty Years' Recollections of Bohemian London* (London, 1917), p. 338.

61 Orlo Williams, *Vie de Bohème. A Patch of Romantic Paris* (London, 1913), p. 5.

Chapter2

1 当時はシャーロック・ホームズがイギリスよりアメリカでよく知られていたという指摘もあるが、著作権法の不備により安価な版が大量に出回っていたことが主な原因と言える。コナン・ドイルは「初期のアメリカ版を見たことがあるが……商店で使う包み紙のような紙に印刷されていた」「私のホームズ本もアメリカである程度成功した」と書いている。Sir Arthur Conan Doyle,『わが思い出と冒険』, pp 77–78.

2 Peter McDonald, *British Literary Culture and Publishing Practice 1880–1914* (Cambridge, 1997), pp 135–37.

3 Conan Doyle,『わが思い出と冒険』, pp 95–96.

4 コナン・ドイルはまた、当時「悪性のインフルエンザにかかって」倒れ、あやうく死ぬところだったと記している。『わが思い出と冒険』, p. 96.

5 参照：McDonald, *British Literary Culture*, pp 144–157 and Kate Jackson, *George Newnes and the New Journalism in Britain, 1880–1901 Culture and Profit* (Aldershot, 2001), pp 53–117.

6 The *Strand* Magazine, Vol. IV August 1892, pp 182–88.

7 G.R. Sims, *Tales of To-Day* (London, 1889).

8 Alex Werner, 'The *London Society* magazine and the influence of William Powell Frith on modern life illustration of the

81 Service, *Edwardian Architecture*, pp 140–69; idem, *London 1900*, pp 109–29, 141–53, 217–45; Port, *Imperial London*, pp 18–19.
82 Service, *London 1900*, pp 60–71; Emsley, *Crime, Police and Penal Policy*, p. 187.
83 N. Barratt, *Greater London: The Story of the Suburbs* (London, 2012), pp 343–56; Thompson, 'Nineteenth-Century Horse Sense', p. 61.
84 D.S. Davies, 'Introduction' to ACD, *The Best of Sherlock Holmes* (Ware, 1998), p.xi; ACD, *The Lost World & The Poison Belt* (San Francisco, 1989), p. 242 ／『失われた世界――ロストワールド』（加島祥造訳、ハヤカワ文庫、1996年）ほか多数 ; *LiL*, pp 586–87.
85 ACD, *The New Revelation* (London, 1918) ／『コナン・ドイルの心霊学』（近藤千雄訳、新潮社、1992 年）の第1 部 ; ACD, *The Vital Message* (London, 1919) ／『コナン・ドイルの心霊学』の第 2 部 ; ACD, *The Wanderings of a Spiritualist* (London, 1921); ACD, *The Coming of the Fairies* (London, 1922) ／『妖精物語：実在する妖精世界』（近藤千雄訳、コスモ・テン・パブリケーション、1989 年）; ACD, *The Case for Spirit Photography* (London, 1922) ／『妖精の出現――コティングリー妖精事件』（井村君江訳、あんず堂、1998 年）; ACD, *The History of Spiritualism* (London, 1926); ACD, *The Edge of the Unknown* (London, 1930) ／コナン・ドイルの心霊ミステリー（小泉純訳、角川春樹事務所、1998 年）.
86 *CD*, pp 424–25, 439–40; *CASH*,〈サセックスの吸血鬼〉, p. 1034;〈這う男〉, pp 1082–83;〈ヴェールの下宿人〉, pp 1101–02;〈高名な依頼人〉, p.998;〈三人のガリデブ〉, p. 1053.
87 C. Clausen, 'Sherlock Holmes, Order and the Late-Victorian Mind', *The Georgia Review*, xxxviii (1984), p. 122; Dudley Edwards, *Quest for Sherlock Holmes*, pp 17–19, 113–14; Kestner, *Sherlock's Men*, pp 176–200.
88 *CASH*,〈隠居した画材屋〉, p. 1113;〈這う男〉, p. 1083.
89 Service, *London 1900*, pp 228–29, 250–51; Port, *Imperial London*, p. 19.
90 Barratt, *Greater London*, pp 357–76; Porter, *London*, pp 316–18; Thompson, 'Nineteenth-Century Horse Sense', p. 76.
91 H. Clunn, *London Rebuilt, 1897–1927* (London, 1927), pp 9-10; A. Sutcliffe, 'Introduction: Urbanization, Planning and the Giant City', in *Metropolis, 1890– 1940*, pp 7, 11.
92 *LiL*, p. 596; *CD*, p. 368.
93 A. Sutcliffe, 'The Metropolis in the Cinema', in Sutcliffe (ed.), *Metropolis*, pp 168–69.
94 ACD,『わが思い出と冒険』, p. 106; *CD*, pp 336, 406–07; R.W. Pohle and D. C. Hart, *Sherlock Holmes on the Screen: The Motion Picture Adventures of the World's Most Popular Detective* (South Brunswick, NJ); C. Steinbrunner and N. Michaels, *The Films of Sherlock Holmes* (Secaucus, NJ, 1978).
95 A. Conan Doyle and J. Dickson Carr, *The Exploits of Sherlock Holmes* (New York, 1954). ／『シャーロック・ホームズの功績』（大久保康雄訳、早川書房、1958 年）
96 C. James, 'The Sherlockologists', *New York Review of Books*, 20 February 1975, pp 15 –18.
97 James, *Detective Fiction*, p. 31; ACD, *Sherlock Holmes: The Major Stories with Contemporary Critical Essays* (ed. J.A. Hodgson, Boston, 1994), pp 437–41.
98 T.S. Eliot, 'Books of the Quarter', *Criterion*, viii (1929), p. 553.
99 *CD*, p. 455; Cawelti, *Adventure, Mystery and Romance*, p. 19; Brimblecombe, *Big Smoke*, pp 161–78.
100 McLaughlin, *Writing the Urban Jungle*, p. 29.
101 Cannadine, 'Gilbert and Sullivan', pp 12–32; idem, 'Another "Last Victorian"?: P.G.Wodehouse and His World', *South Atlantic Quarterly*, lxxvii (1978), pp 470–91.

Chapter1

Bratton, Jacky, *The Making of the West End Stage. Marriage, Management and the Mapping of Gender in London, 1830–1870* (Cambridge, 2011). Brooker, Peter, Bohemia in London. The Social Scene of Early Modernism (Basingstoke, 2007).
Clayton, Antony, *Decadent London. Fin de siècle city* (London, 2005).
Cottom, Daniel, *International Bohemia. Scenes of Nineteenth-Century Life* (Philadelphia, 2013).
Graña, César and Marigay Graña, *On Bohemia. The Code of the Self-Exiled* (New Brunswick and London, 1990).
Nead, Lynda, *Victorian Babylon. People, Streets and Images in Nineteenth-Century London* (London and New Haven, 2000).
Ransome, Arthur, *Bohemia in London,* Introduced by Rupert Hart-Davis (Oxford, 1984, first published in 1907).
Wilson, Elizabeth, *Bohemians. The Glamorous Outcasts* (London, 2000).

1 C.J. Wills, *In and About Bohemia. Being Forty-One Short Stories*, (London,1892).
2 時としてほかの地域もボヘミアンたちの場所となった。Justin McCarthy's *Reminiscences* (London, Second Edition, 1899), vol. 1, pp 308–24 には 'A Fitzroy Square Bohemia' という章があり、1870 年代の美意識運動をそれより以前のものと比較している。
3 S.J. Adair Fitzgerald *Sketches from Bohemia. Stories of the Stage, the Study and the Studio* (London, 1890), p. 150.《ストランド》全般については Michael Harrison, *The London of Sherlock Holmes* (Newton Abbott, 1972), pp 140–67.　を参照。
4 参照：Antony Clayton, *Decadent London. Fin de siècle city* (London, 2005), pp 18, 56–7; Lynda Nead, Victorian Babylon. *People, Streets and Images in Nineteenth- Century London* (London and New Haven, 2000), pp 161–2, 165, 229–30; Michael Harrison, *In the Footsteps of Sherlock Holmes* (London, 1958), p. 62.
5 Harry Furniss, *My Bohemian Days* (London, 1919), pp 1–2.
6 Nead, *Victorian Babylon*, pp 161–62.
7 参照：Christopher Kent, 'The Idea of Bohemia in Mid-Victorian England', *Queen's Quarterly*, vol. 80, no. 3, autumn 1973, pp 360–69. Reproduced in *Bohemia. The code of the self-exiled*, eds. by César Graña and Marigay Graña (New Brunswick and London, 1990), pp 158–67, 158.
8 Henri Murger, *The Bohemians of the Latin Quarter* (London, 1888), pp xxv–xxix.
9 [Justin McCarthy], 'The Literature of Bohemia', *Westminster Review*, January 1863, n.s. 23, pp 32–56, 52.
10 George Saintsbury, 'Henry Murger', *Fortnightly Review*, No. CXL, n.s., August 1, 1878, pp 230–49, 230.
11 Michael Harrison, *In the Footsteps of Sherlock Holmes* (London, 1958), p. 150.
12 Arthur Ransome, *Bohemia in London, Introduced* by Rupert Hart-Davis (Oxford, 1984, first published in 1907), pp

264–65, 277, 308–13, 320–21; *LiL*, pp 412–18, 522.

47 *LiL*, pp 365–66, 562–63; ACD,『わが思い出と冒険』, pp 55–56; ACD, *The Story of Mr George Edalji* (London, 1907); ACD, *The Case of Oscar Slater* (London, 1912); ACD, *The Crime of the Congo* (London, 1909); C. Wynne, *The Colonial Conan Doyle: British Imperialism, Irish Nationalism and the Gothic* (London, 2002), pp 101–08.

48 James, *Detective Fiction*, p. 31; *CASH*,〈四つの署名〉, pp 89, 96, 129;〈赤毛組合〉, p. 190; 'The Abbey Grange', pp 642, 646;〈バスカヴィル家の犬〉, p. 754;〈ブルース・パーティントン型設計書〉, p. 927.

49 *CASH*,〈ブルース・パーティントン型設計書〉, p. 913; 'The Illustrious Client', p. 999; 'TheThree Gables', p. 1032; 'The Retired Colourman', p. 1120; Wiener, *Reconstructing the Criminal*, p. 222; Dudley Edwards, *Quest for Sherlock Holmes*, pp 127–28, 132–33; *LiL*, pp 78–79; W.O. Aydelotte, 'The Detective Story as a Historical Source', in F.M. Nevins (ed.), *The Mystery Writer's Art* (Bowling Green, Ohio, 1970), pp 323–24.

50 *CD*, p. 120; Hill, 'Holmes: The Hamlet of Crime Fiction', pp 22–24. /「シャーロック・ホームズ：犯罪小説のハムレット」(上・下)(日暮雅通訳、早川書房《ミステリマガジン》1984 年 11 月および 12 月)

51 *CASH*, 'The Greek Interpreter', p. 435;〈四つの署名〉, pp 89–90; 'The Priory School', p. 547.

52 *CD*, p. 358; *CASH*,〈四つの署名〉, p. 13; 'Scandal in Bohemia', p. 170; *The Valley of Fear*, pp 776, 809;〈瀕死の探偵〉, p. 941;〈バスカヴィル家の犬〉, p.689;〈ブルース・パーティントン型設計書〉, p. 920;〈マザリンの宝石〉, pp 1012–13, 1022.

53 *CASH*,〈空き家の冒険〉, p. 488;〈ウィステリア荘〉, p. 879;〈ノーウッドの建築業者〉, p. 496;〈入院患者〉, p. 423;〈ボール箱〉, p. 888;〈青いガーネット〉, p. 245.

54 Gatrell, 'Crime, Authority and the Policeman-State', pp 264–65, 270; J. Walkowitz, *Prostitution and Victorian Society: Women, Class and the State* (Cambridge, 1980), pp 13–14, 29–31.

55 *CASH*,〈緋色の研究〉, p. 25;〈四つの署名〉, pp 89–90, 93;〈赤毛組合〉, p. 190;〈花婿の正体〉, p. 197;〈ぶな屋敷〉, p. 317;〈ウィステリア荘〉, p. 870.

56 *CASH*,〈空き家の冒険〉, p. 496;〈青いガーネット〉, p. 245;〈プライアリ・スクール〉, pp 543, 545, 555–56;〈恐喝王ミルヴァートン〉, p. 582;〈三人の学生〉, p. 596;〈スリー・クォーターの失踪〉, pp 629–30, 635;〈アビィ屋敷〉, p. 640;〈第二のしみ〉, pp 663, 666;〈バスカヴィル家の犬〉, p. 695;〈ソア橋の難問〉, p. 1055; Wiener, *Reconstructing the Criminal*, pp 219–20, 244–50; S. Knight, *Form and Ideology in Crime Fiction* (Bloomington, 1980), p. 88; Cawelti, *Adventure, Mystery and Romance*, pp 95–96.

57 *CASH*,〈ノーウッドの建築業者〉, p. 510;〈恐喝王ミルヴァートン〉, p. 572;〈第二のしみ〉, pp 651–53;〈ブルース・パーティントン型設計書〉, p. 916.

58 Dudley Edwards, *Quest for Sherlock Holmes*, pp 117–18; *LiL*, p. 595; *CD*, pp 24, 35, 364–65, 383; *CASH*,〈最後の挨拶〉, p. 973.

59 J.A. Hobson, *Imperialism: A Study* (1965), pp 48, 51, 59; idem, 'The General Election: A Sociological Interpretation', *Sociological Review*, iii (1910), pp 112–13; P.J Cain, 'J.A. Hobson, Financial Capitalism and Imperialism in Late Victorian and Edwardian England', *Journal of Imperial and Commonwealth History*, xiii (1985), pp 8–9; P.J. Cain and A.G. Hopkins, *British Imperialism*, vol. i, *Innovation and Expansion, 1688–1914* (Harlow, 1993), pp 16–17, 199–200.

60 Hobson, *Imperialism*, p. 54.

61 H. Orel, *Sir Arthur Conan Doyle: Interviews and Recollections* (New York, 1991), p.126; *LiL*, pp 336–44; *CD*, pp 21, 60, 82, 218–19; *CASH*,〈独身の貴族〉, pp 299–300.

62 *CASH*,〈オレンジの種五つ〉, pp 226–27;〈恐怖の谷〉, pp 832–33;〈踊る人形〉, p. 523;〈三人のガリデブ〉, p. 1051;〈ソア橋の難問〉, pp 1055–6[illegible].

63 *CASH*,〈バスカヴィル家の犬〉, p. 676;〈ボスコム谷の謎〉, pp 203, 208;〈花婿の正体〉, p. 193.

64 *CASH*,〈悪魔の足〉pp 961, 970;〈プライアリ・スクール〉, p. 558;〈三人の学生〉, pp 606–07;〈ぶな屋敷〉, p. 332.

65 J.A. Kestner, *Sherlock's Men: Masculinity, Conan Doyle, and Cultural History* (Aldershot, 1997), p. 7; *CD*, p. 325; *CASH*,〈四つの署名〉, pp 138–39;〈レディ・フランシス・カーファクスの失踪〉, p. 947.

66 *CASH*,〈まだらの紐〉, pp 260, 268, 272.

67 McLaughlin, *Writing the Urban Jungle*, p. 51; Hobson, *Imperialism*, p. 51. ホブソンと ACD は（そして *Heart of Darkness* の中のジョセフ・コンラッドも）コンゴに対するベルギーの問題についても意見を同じくしている。: Hobson, *Imperialism*, p. 198.

68 Dudley Edwards, *Quest for Sherlock Holmes*, p. 128.

69 *CASH*,『シャーロック・ホームズの事件簿』序文, p. 983; R. Hill,「シャーロック・ホームズ：犯罪小説のハムレット」, in H.F.R. Keating (ed.), *Crime Writers* (London, 1978), p. 22.

70 *LiL*, p. 514.

71 *CASH*,〈空き家の冒険〉, p. 489; Dudley Edwards, *Quest for Sherlock Holmes*, p.143; Conlin, *Tales of Two Cities*, pp 194–209.

72 Hill,「シャーロック・ホームズ：犯罪小説のハムレット」, pp 28–31; A. Hennegan, 'Personalities and Principles: Aspects of Literature and Life in Fin de Siècle England', in M. Teich and R. Porter (eds.), *Fin de Siècle and its Legacy* (Cambridge, 1990), pp 173, 184; M.D. Stetz, 'Publishing Industries and Practices', in Marshall *Cambridge Companion to the Fin de siècle*, pp 113–30.

73 *CD*, pp 155–56, 173.

74 Thompson, 'Nineteenth-Century Horse Sense', p. 65.

75 Gatrell, 'Crime, Authority and the Policeman State', p. 261; Service, *Edwardian Architecture*, pp 43–44; Hill,「シャーロック・ホームズ：犯罪小説のハムレット」, p. 33.

76 Kestner, *Sherlock's Men*, pp 6, 88; *CASH*,〈マスグレイヴ家の儀式書〉, p. 386.

77 *CASH*,〈海軍条約文書〉, pp 456–57;〈黄色い顔〉, pp 361–62; Dudley Edwards, *Quest for Sherlock Holmes*, pp 273–76, 286–87.

78 *CASH*,〈赤毛組合〉, pp 186, 189;〈緑柱石の宝冠〉, pp 304, 313;〈独身の貴族〉, pp 288–89; Dudley Edwards, *Quest for Sherlock Holmes*, pp 65–66.

79 *SACD*, pp 159–61; *LiL*, pp 494–507; *CASH*,〈三人のガリデブ〉, p. 1044.

80 *CASH*,〈アビィ屋敷〉, p. 148;〈悪魔の足〉, p. 968;〈第二のしみ〉, p. 653;〈六つのナポレオン像〉, p. 588;〈金縁の鼻めがね〉, p. 619;〈ウィステリア荘〉, pp 884–85;〈赤い輪団〉, pp 908–09;〈悪魔の足〉, p. 955; Kestner, *Sherlock's Men*, pp 165–76.

2009), p. 40; *CASH*, 'The Copper Beeches', p. 317.

21 F.J. Brodie, 'On the Prevalence of Fog in London During the 20 Years 1871 to 1890', *Quarterly Journal of the Royal Meteorological Society*, xviii (1892), pp 40–45; idem, 'Decrease of Fog in London During Recent Years', *Quarterly Journal of the Royal Meteorological Society*, xxxi (1905), pp 15–28; H.T. Bernstein, 'The Mysterious Disappearance of Edwardian London Fog', *The London Journal*, I (1975), pp 189– 206; P. Brimblecombe, *The Big Smoke: A History of Air Pollution in London Since Medieval Times* (London, 2011), pp 108–35.

22 H. James, *Essays on London and Elsewhere* (London, 1893), pp 1, 9; G. Seiberling, *Monet in London* (Seattle, 1988), p. 55. See also S.F. Khan, 'Monet at the Savoy Hotel and the London Fogs, 1899–1901' (unpublished PhD dissertation, University of Birmingham, 2011).

23 F.M.L. Thompson, 'Nineteenth-Century Horse Sense', *Economic History Review*, new ser., xxix (1976), pp 62–63, 77.

24 Briggs, *Victorian Cities*, p. 331; G.M. Young, *Victorian England: Portrait of an Age* (Oxford, 1977), p. 92.

25 *CASH*,〈瀕死の探偵〉, p. 933;〈四つの署名〉, p. 138; A. Service, *London 1900* (London, 1979), pp 1–7.

26 *CASH*,〈海軍条約文書〉, p. 451; M.H. Port, *Imperial London: Civil Government Building in London, 1850–1915* (London, 1995), pp 198–210; Dudley Edwards, *Quest for Sherlock Holmes*, pp 249–50.

27 *CASH*,〈青いガーネット〉, p. 251;〈四つの署名〉, p. 99.

28 ホームズのロンドンに関する"シャーロッキアン"著の疑似学問書もたくさんあり、貴重な情報が大量に含まれているが、惜しむらくは歴史的な認識や観点を欠いていることが多い。主なものは以下のとおり。M. Harrison, *The London of Sherlock Holmes* (Newton Abbot, 1972); T. Kobayashi, A. Higashiyama and M. Uemura, *Sherlock Holmes's London: Following in the Footsteps of London's Master Detective* (San Francisco, 1983) /『写真集 シャーロック・ホームズの倫敦』(小林司・東山あかね・植田正春、求龍堂、1984年); D. Sinclair, *Sherlock Holmes's London* (London, 2009); D. Sinclair, *Close to Holmes: A look at the connections between historical London, Sherlock Holmes and Sir Arthur Conan Doyle* (London, 2009); T. Bruce Wheeler, *The London of Sherlock Holmes* (London, 2011); J. Christiopher, *The London of Sherlock Holmes* (Stroud, 2012).

29 J. Summerson, *Georgian London* (London, 2003), pp 179–224; J. Mordaunt Crook, *London's Arcadia: John Nash & the Planning of Regent's Park* (London, 2001); R. Porter, *London: A Social History* (London, 1994), pp 313–14; *CASH*,〈ブルース・パーティントン型設計書〉, p. 915.

30 D.J. Olsen, *The Growth of Victorian London* (London, 1976), p. 81; J. White, *London in the Nineteenth Century: 'A Human Awful Wonder of God'* (London, 2007), p. 477.

31 Briggs, *Victorian Cities*, p. 335; H. Pelling, *Social Geography of British Elections, 1885–1910* (London, 1967), p. 27.

32 G. Grossmith and W. Grossmith, *The Diary of a Nobody* (Bristol, 1892).

33 *CASH*,〈六つのナポレオン像〉, p. 588.

34 *SACD*, pp 84, 236; *LiL*, p. 343; N. Pevsner, *An Outline of European Architecture* (Harmondsworth, 1963), pp 397–98, 444–46; K.T. Jackson, 'The Capital of Capitalism: the New York Metropolitan Region, 1890–1940', in Sutcliffe (ed.), *Metropolis*, pp 321–24; Girouard, *Cities and People*, pp 319–24.

35 J. Schneer, *London 1900: The Imperial Metropolis* (London, 1999), pp 184–226; D. Cannadine, 'The Context, Performance and Meaning of Ritual: The British Monarchy and the 'Invention of Tradition', c. 1820–1977', in E.J. Hobsbawm and T. Tanger (eds.), *The Invention of Tradition* (Cambridge, 1983), pp 108–38.

36 S. Ledger and R. Luckhurst, 'Introduction: Reading the 'Fin de Siècle'', in idem (eds.), *The Fin de Siècle: A Reader in Cultural History, c. 1880–1900* (Oxford, 2000), pp xvi–xviii; R.A. Kaye, 'Sexual Identity at the Fin de Siècle', in G. Marshall (ed.), *The Cambridge Companion to the Fin de Siècle* (Cambridge, 2007), pp 53–72.

37 L. McKinstry, *Rosebery: Statesman in Turmoil* (London, 2005), pp 348–68; R.F. Mackay, *Balfour: Intellectual Statesman* (Oxford, 1985), p. 8

38 Briggs, *Victorian Cities*, pp 342–55; P. Thompson, *Socialists, Liberals and Labour: The Struggle for London, 1885–1914* (London, 1967), pp 80–82, 90–111; K. Young and P. Garside, *Metropolitan London: Politics and Urban Change, 1837–1981* (London, 1982), pp 64–101; S. Pennybacker, *A Vision for London: Labour, Everyday Life and the LCC Experiment* (London, 1995), pp 1–32.

39 J. Walkowitz, *City of Dreadful Delight: Narratives of Sexual Danger in Late-Victorian London* (Chicago, 1992), pp 81–120, 191–228; D. Gray, 'Gang Crime and the Media in Late Nineteenth-Century London: The Regent's Park Murder of 1888', *Cultural and Social History*, vol. 10 (2013), pp 559–75.

40 V.A.C. Gatrell, 'The Decline of Theft and Violence in Victorian and Edwardian England', in V.A.C. Gatrell, B. Lenman and G. Parker (eds.), *Crime and the Law: The Social History of Crime in Western Europe since 1500* (London, 1980), pp 240–41, 280–86, 290–93; M.J. Wiener, *Reconstructing the Criminal: Culture, Law and Policy in England, 1830–1914* (Cambridge, 1990), pp 216–17.

41 D. Cannadine, 'Gilbert and Sullivan: The Making and Un-Making of a British Tradition', and C. Emsley, 'The English Bobby: An Indulgent Tradition', both in R. Porter (ed.), *Myths of the English* (Cambridge, 1993), respectively p. 22, p. 120; James, *Detective Fiction*, pp 18–19.

42 C. Emsley, *Crime, Police and Penal Policy: European Experiences, 1750–1940* (Oxford, 2007), pp 142–59, 181–214; V.A.C. Gatrell, 'Crime, Authority and the Policeman State', in F.M.L. Thompson (ed.), *The Cambridge Social History of Britain*, vol. iii, *Social Agencies and Institutions* (Cambridge, 1990), pp 306–10; Wiener, *Reconstructing the Criminal*, pp 224–56.

43 *SACD*, pp 48–49; *LiL*, pp 267–68, 407–507, 566; ACD,『わが思い出と冒険』, pp 200–09; ACD, *The Great Boer War* (London, 1900); ACD, *The War in South Africa – Its Cause and Conduct* (London, 1902).

44 *SACD*, pp xiv, 56–60, 163, 263–64, 276, 283; Schneer, *London 1900*, pp 106–13; McLaughin, *Writing the Urban Jungle*, pp 27–78.

45 *CD*, p. 44; Dudley Edwards, *Quest for Sherlock Holmes*, pp 185–86, 189–90; *LiL*, pp 313, 357–58, 532–33, 579–60, 623, 637; *CASH*,〈第二のしみ〉, p. 650.

46 *CASH*, 'The Devil's Foot', p. 968; ACD,『わが思い出と冒険』, pp 78–79; Dudley Edwards, *Quest for Sherlock Holmes*, pp 15–17; *SACD*, pp 101–12; *CD*, pp 242–46, 253–55, 259,

原注

Introduction

1 このエッセイの初期草稿について助言をいただいた Linda Colley, Patricia Hardy, Maya Jasanoff, Mervyn King, Emma Rothschild, Quentin Skinner, そして Martha Vandrei に、感謝を捧げる。なお、この章の注では以下の略称を使っている。
ACD…… サー・アーサー・コナン・ドイル
CASH …… ACD, *The Penguin Complete Adventures of Sherlock Holmes* (Harmondsworth, 1984 edn.) ／コナン・ドイル『ペンギン版シャーロック・ホームズ全集』
CD …… A. Lycett, *Conan Doyle: The Man Who Created Sherlock Holmes* (London, 2008 年)
LiL …… J. Lellenberg, D. Stashower and C. Foley (eds.), *Arthur Conan Doyle: A Life in Letters* (London, 2008) ／レレンバーグ、スタシャワー、フォーリー編『コナン・ドイル書簡集』(日暮雅通訳、東洋書林、2012 年)
SACD ……J. Dickson Carr, *The Life of Sir Arthur Conan Doyle* (New York, 2003 edn.) ／ジョン・ディクスン・カー『コナン・ドイル』(大久保康雄訳、早川書房、1962 年、1993 年)

2 A. Briggs, *Victorian Cities* (London, 1963), pp 320–31. これ以前の時期に関する同様の記述については以下を参照：C. Fox (ed.), *London – World City, 1800–1840* (London, 1992).

3 J. Martin, 'Reinventing the Tower Beefeater in the Nineteenth Century', *History*, xcviii (2013), pp 730–49; T.B. Smith, 'In Defence of Privilege: The City of London and the Challenge of Municipal Reform, 1875–1890', *Journal of Social History*, xxvii (1993), pp 59–83.

4 G. Stedman Jones, *Outcast London: A Study in the Relationship between the Classes in Victorian Society* (Harmondsworth, 1976); W.J. Fishman, *East End 1888* (London, 1988); J.R. Walkowitz, *City of Dreadful Delight: Narratives of Sexual Danger in Late-Victorian London* (London, 1992); P.L. Garside, 'West End, East End: London, 1890–1940', in A. Sutcliffe (ed.), *Metropolis, 1890–1940* (London, 1984), pp 221–35.

5 A. Service, *Edwardian Architecture: A Handbook to Building Design in Britain, 1890– 1914* (London, 1977), pp 43-44.

6 D. Rodgers, *Atlantic Crossings: Social Politics in a Progressive Age* (Cambridge, Mass., 1998), pp 132–42; A. Lees, 'The Metropolis and the Intellectual', in Sutcliffe (ed.), *Metropolis*, pp 75–77, 79–81.

7 *CASH*:〈緋色の研究〉, p. 15; ACD, 'On the Geographical Distribution of British Intellect', *The Nineteenth Century* (August 1888), p. 185; *CD*, p. 146.

8 M. Girouard, *Cities and People, A Social and Architectural History* (London, 1985), pp 343–49; T. Hunt, *Building Jerusalem: The Rise and Fall of the Victorian City* (London, 2004). この都市が人類の裏切り者であり同時に身請け人であるという同時代人の見解については、以下を参照：G. Gilloch, *Myth and Metropolis: Walter Benjamin and the City* (Cambridge, 1996), pp 1–5.

9 J. McLaughlin, *Writing the Urban Jungle: Reading Empire in London from Doyle to Eliot* (Charlottesville, 2000), p. 51.

10 この名探偵を“実在”の人物としてそのキャリアを調べ、扱った事件の日付を特定しようという“シャーロッキアン”たちによる疑似学問書は無数にあるが、中でも参考になるのは次のものである。W.S. Baring-Gould, *Sherlock Holmes: A Biography of the World's First Consulting Detective* (London, 1963) ／『シャーロック・ホームズ　ガス燈に浮かぶその生涯』(小林司・東山あかね訳、河出文庫、1987 年)；M. Harrison, *The World of Sherlock Holmes* (London, 1973); H.F.R. Keating, *Sherlock Holmes: The Man and His World* (New York, 1979) ／『シャーロック・ホームズ――世紀末とその生涯』(小林司・東山あかね・加藤祐子監訳、東京図書、1988 年)；D.A. Redmond, *Sherlock Holmes: A Study in Sources* (Montreal, 1982).

11 *CASH*:〈ギリシャ語通訳〉, p. 435;〈マスグレイヴ家の儀式書〉, p. 387; ACD, *Memories & Adventures* (London, 1988), p. 99. ／『わが思い出と冒険――コナン・ドイル自伝』(延原謙訳、新潮文庫、1965 年)［抄訳］

12 *CASH*:『シャーロック・ホームズ最後の挨拶』序文 , p. 869;〈這う男〉, p. 1080;〈ライオンのたてがみ〉, p. 1083.

13 J.G. Cawelti, *Adventure, Mystery and Romance: Formula Stories as Art and Popular Culture* (Chicago, 1976), p. 140; J. Conlin, *Tales of Two Cities: Paris, London and the Birth of the Modern City* (London, 2013), p. 175.

14 *CASH*:〈空き家の冒険〉, p. 489; A. Welsh, *The City of Dickens* (Oxford, 1971); F.S. Schwartzbach, *Dickens and the City* (London, 1979); Briggs, *Victorian Cities*, pp 355– 67.

15 ACD,『わが思い出と冒険』, pp 95–97; *LiL*, p. 291.

16 *SACD*, pp. 276, 280.

17 Girouard, *Cities and People*, p. v; *LiL*, pp 63–71, 101–07; *CD*, pp 42–43, 122; O. Dudley Edwards, *The Quest for Sherlock Holmes: A Biographical Study of Arthur Conan Doyle* (Edinburgh, 1983), pp 39–40, 150–51.

18 *CASH*,〈四つの署名〉, p. 126; Dudley Edwards, *Quest for Sherlock Holmes*, pp 202–03, 249–50.

19 *CASH*,〈プライアリ・スクール〉, p. 540;〈ぶな屋敷〉, p. 323;〈ライゲイトの大地主〉, p. 398.

20 P.D. James, *Talking about Detective Fiction* (London, Oxford,

索引

写真《しゃしん》で見《み》る
ヴィクトリア朝《ちょう》ロンドンと
シャーロック・ホームズ

●

2016年2月29日　第1刷

編者…………アレックス・ワーナー

訳者…………日暮雅通《ひぐらしまさみち》

装幀…………岡孝治

発行者…………成瀬雅人
発行所…………株式会社原書房

〒160-0022 東京都新宿区新宿1-25-13
電話・代表 03(3354)0685
http://www.harashobo.co.jp
振替・00150-6-151594

印刷…………シナノ印刷株式会社
製本…………小髙製本工業株式会社

ISBN978-4-562-05295-0, Printed in Japan